KB263458

오늘의 **중국**에서 올제의 **한국**을 본다

이중의 중국산책

오늘의 **중국**에서
올제의 **한국**을 본다

초판 제1쇄 인쇄 2008. 9. 10.
초판 제1쇄 발행 2008. 9. 17.

지은이   이 중
펴낸이   김 경 희
펴낸곳   (주)지식산업사
          본사 • 413-832, 경기도 파주시 교하읍 문발리 520-12
             전화 (031) 955-4226~7 팩스 (031)955-4228
          서울사무소 • 110-040, 서울시 종로구 통의동 35-18
             전화 (02)734-1978 팩스 (02)720-7200
          한글문패   지식산업사
          영문문패   www.jisik.co.kr
          전자우편   jsp@jisik.co.kr
          등록번호   1-363
          등록날짜   1969. 5. 8

책값은 뒤표지에 있습니다.

ⓒ 이 중, 2008
ISBN 978-89-423-7048-1 03810

이 책을 읽고 저자에게 문의하고자 하는 이는
지식산업사 전자우편으로 연락바랍니다.

오늘의 중국에서 올제의 한국을 본다

이 중(李中)의 중국산책

수천 년에 걸쳐 우리가 중국으로부터 받은 상처는 깊고 크다. 그러나 그것은 역사이다. 국력이 신장되고 국위가 올라갈수록 중국은 우리와의 지난 관계를 기억 속에서 되살리고 있다. 그들의 강하고 화려했던 시절에 대한 향수鄕愁이다. 그 향수병이 도지려 하는 징후가 베이징 올림픽에서 그대로 들어났다.

베이징 올림픽을 보는 세계의 시선이 곱지 않다. 몹시 당황하고 곤혹스러워하는 표정들이다. 저렇게까지 스스로를 과시하는 이유가 무엇일까? 한풀이일까? 자신감 넘치는 기지개인가? 세계에 으뜸으로 우뚝 서려는 신호탄인가?

한 마디로 중화민족주의, 중국의 패권주의에 대한 우려와 경계심을 잔뜩 심어준 베이징 올림픽이었다고 나는 본다. 미국을 방문했을 때, 뜻하지 않은 홀대를 받고 호금도(후진타오) 중국 국가주석은 두보의 시를 읊었다. "언젠가 산꼭대기에서 작은 산들을 내려다보리라."

지난 7월, 북경에서 중국기업연합회 상임 부이사장인 이명성 李明星 박사를 만났다. 그는 중국공산당의 엘리트 당원으로, 중국 국가경제무역위원회 처장, 국무원 국가자산위원회 경제연구센터 국제경제부 부장직을 지낸 빼어난 경제전문가이며, 영국과 일본에서 학위를 받았다. 그가 쓴 《중국경제전략》의 한국어판이 재작년 지식산업사에서 나온 바 있다.

그는 중국공산당에 대한 믿음이 확고했다. 그의 한 마디 한 마디는 열정과 진지함과 진정성으로 뭉쳐 있었다. 중국의 대국주의에 대한 그의 견해를 간추리면, 중국공산당은 대국주의나 패권주의를 지향하지 않는다는 것이었다.

오히려 그는 중국 인민들 속에 점차 떠오르기 시작한, 편협한 애국주의와 지나친 자국중심사상을 걱정한다는 말을 했다. 정서적 민족주의가 포퓰리즘 형태로 중국공산당을 압박할 수 있는 현실을 경계한다는 말도 덧붙였다.

중국은 강대국들의 반半식민지로 전락했던 19세기 중반부터 20세기 중반까지 지난 100년의 아픈 역사를 쉽게 잊지 못한다. 서구 열강과, 같은 동양의 섬나라 일본으로부터 당한 굴욕과 수모를 결코 잊을 수 없는 것이다. 그리고 뼈아픈 것은 한반도가 중화문화권으로부터 벗어났다는 역사적 사실이다.

10년 동안 아수라장이 되었던 문화대혁명 같은 혼란과 혼돈이 다시 있어선 안 되겠다고 중국은 다짐하고 있다. 내부 혼란과 관련되는 작고 큰 그 어떠한 징후에 대해서도 지나치게 민감하고 단호하다. 올림픽 기간에 중국 당국의 지나친 경계태세는, 서방 사람들의 눈에는 '과잉過剩'과 '후진성後進性'으로 비치지만, 중국은 태연하게 '국익國益'과 '유비무환有備無患'을 내세운다.

한국과 중국이 국교를 튼 지도 16년이 되었다. 분단국인 한국이 자기네보다 20년 앞서 올림픽을 여는 걸 보고 그들의 가슴이 얼마나 쓰렸고, 그들의 부러움이 얼마나 컸을까? 자존심 강하고, 과거 역사에 대한 묘한 향수까지 가지고 있는 중국이 동맹국인 북한의 뜻을 거슬려가면서 우리와 수교한 이유가 무엇일까?

한국을 따라잡겠다는 그들의 집념을 우리는 읽어야 한다. 이제는 한국을 때려잡자는 식으로 드러나는 일부 중국인의 광포한 모습을 있는 그대로 바로 볼 용기와 대응능력이 필요하다.

얼마 전 유럽으로부터 주로 화공약품을 수입하는 친구를 만났더니, 수입원가가 날로 치솟아 이 장사도 못해 먹겠다는 하소연을 들었다. 그러면서 혼자서 하는 말이, "다 중국 탓"이라는 것이었다.

옛날부터 중국은 '지대물박地大物博'이라 해서, 땅이 넓고 물산이 풍부한 나라로 알려져왔다. 중국인 자신들도 그렇게 알고 자랑해왔다. 요즘엔 "그게 아니다"가 되었다. 세계에서 가장 많이 자원을 수입하는 나라가 중국이다. 중국의 고위지도자들이 숨 가쁘게, 발 빠르게 자원외교에 나서는 까닭을 알 만하다.

13억 인구가 다 잘 살고 잘 먹는다고 할 때, 그 엄청난 자원을 누가 어떻게 조달하고 감당할 것인가? 세계 곳곳에 중국산 공산품이 넘쳐난다. 그러나 그것들은 맨손으로 만드는 것이 아니다.

중국의 가난은 인류의 재앙이지만, 중국의 풍요 또한 지구의 재앙일 수 있다는 생각을 늘 해본다.

1997년부터 내리 5년 동안, 다시 2005년부터 현재에 이르기까지 연길과 상해에서 많은 시간을 보내고 있다. 그러는 동안에 몇 차례 중국공산혁명 유적지와 연고지를 답사했다. 틈틈이 삼협댐이나 신농가神農架 같은, 평소에 중국인들도 찾아가기 힘든 곳도 다녀보았다.

황포군관학교가 있던 중국 혁명의 요람 광주, 붉은 바위 홍암촌이 있는 중경, 모택동·주은래·등소평의 생가가 있는 소산·회안·광안, 8·1 건군절의 모태가 되는 남창기의起義의 남창, 그리고 장사, 서안, 상해, 남경, 항주, 천진 등지를 한번 길 떠나면 힌 달 여정으로 각기 두어 차례 다녀왔다.

중국공산당의 근거지인 연안, 제2차 세계대전 후 해방전쟁을 승리로 마무리했던 서백파, 모택동과 '홍군의 아버지' 주덕이 만나 유격진지를 만들었던 정강산은 중국 사람들도 가기 힘든 오지이다. 그만큼 중국공산당의 피맺힌 한과 얼이 담겨있는 곳들이다.

이런 여행을 바탕으로 중국에 관한 책을 두 권째 낸다. 2002년에 냈던 《모택동과 중국을 이야기하다》의 중국어 번역판이 2006년 중국 북경 인민출판사에서 나왔다. 2006년은 모택동이 세상을 뜬 지 30년 되는 해이므로 기념출판이라고 했다. 중국어판 제목은 《追尋毛澤東的革命軌迹》으로 우리말로 풀면 '모택동의 혁명 궤적을 찾아서'이다. 얼마 전까지도 중국 곳곳에 있는 신화서점에서 시판되고 있었다.

지난 2년 동안, 주간 《교수신문》에 〈이중의 중국산책〉을 50회 연재했다. 주된 독자가 교수들이어서 처음엔 긴장했으나 회를 거듭하면서 안정적으로 집필에 집중할 수 있었다. 될수록 쉬운 문장으로 글을 쓰려고 애썼다.

한국의 지성을 대표하는 교수들에게 중국에 관한 지식이나 정보를 전달한다는 것은 무의미한 일일 뿐더러 실제로 가능하지도 않다. 다만 우리가 너무 모르는 중국, 우리와 너무 다른 중국, 그러면서도 많이 아는 것 같은 중국에 대해 서로 거리낌없이 이야기를 나누어보고 싶은 마음으로 글을 써나갔다.

다시 말해서 중국을 보면서 우리 자신을 성찰하는 기회를 갖고 싶었던 것이다. 중국을 보며 한국을 생각해보는 것이 이 연재물의 주된 의도였다.

어제의 중국공산당을 모르면 오늘의 중국을 이야기할 수 없고, 오늘의 중국공산당을 살펴보지 않고 내일(올제)의 중국을 내다볼 수 없다. 사회주의 체제를 겪어보지 않은 우리가, 기본적으로 이념과 지향이 다른 중국을 턱없이 깔보거나 얕잡아보는 것도 부질없는 일이다.

베이징 올림픽 경기장에 한국 선수단이 입장할 때 관중석의 반응이 가장 썰렁했다는 사실이나, 중국이 동북공정이니 무어니 하면서 그들의 향수병이 새롭게 돋아난다고 해서 화들짝 놀라거나 시시덕거릴 필요는 없다.

오늘의 중국을 바라보면, 우리의 살 길이 훤히 보일 수도 있다. 전쟁과 투쟁, 경쟁으로만 이어져온 중국의 아픔과 질곡을 이해하고, 그들의 지향이 잘못되었으면 거기에 의연하게 대처하면 된다.

어차피 우리는 이미 100년 전에 중화문명권으로부터 떨어져 나왔다. 돌이킬 수 없는 역사적 현실이다. 우리가 이제 다시 초등학교부터 천자문을 외우고, 논어를 익히고, 두보나 이백의 시를 공부할 수는 없다.

그러나 중국이 우리의 가장 가까운 이웃이 된 것도 피할 수 없는 현실이다. 우리가 선택한 길이다. 이제는 전략적 동반자 관계로 한반도 8천만 겨레의 안정적 삶과 번영의 역사를 중국과 협조하며 가꾸어 나가야 할 처지이다.

이 책은 논리적 기승전결起承轉結보다 자유롭게 생각을 풀어내는 데 중심을 두었다. 그래서 소재도 다양하고 시간과 공간의 이동도 아주 자유롭다. 한 꼭지, 한 꼭지를 따로 떼어 읽으셔도 되고 한달음에 읽어도 좋도록 꾸며졌다. 읽고 나서는 조금 길게 숨을 고르시고, 잠시 생각에 잠기시기를 부탁드리고 싶다.

2008년 8월

이 중

차례

머리말 4

**1 혁명의 발자취 따라
오늘의 중국을 본다 15**

한국과 중국을 이어주는 '홍색 여행' 16

황포군관학교의 손문, 장개석, 주은래와 모택동 24

상해의 야망과 꿈, 세계에 우뚝 설 수 있을까 31

임시정부, 초창기의 숨겨진 이야기들 38

중국공산당 선상 창당대회 열렸던 가흥, 백범을 품다 43

혁명의 열정 기리는 '홍암 정신' 51

'10년의 황무지가 오히려 다행' — 소동파 시로 보는 중국 58

압록강 사이로 빛과 어둠 갈리는 단동과 신의주 65

하늘 오르기보다 힘든 촉도에 꿈의 고속도로 72

**2 사상과 전략으로 거대 중국을
통합한 권력가 모택동 77**

전쟁 이기고 새 중국 설계한 혁명유적지 서백파 78

모택동의 '통일전선 전략', 장개석을 꺾다 86

책과 사색이 더 어울리는 혁명가의 또 다른 초상 96

중국의 운명, 이어지는 전쟁과 투쟁과 경쟁 103

시를 쓰는 영웅은 무서운 사람 113

나는 남이 걸어간 길을 가지 않는다 119

하늘이 무너지려는데 그 사이를 버티고 섰네 125

모택동은 산, 주은래는 물, 등소평은 길 131

15년 걸린 모택동 리더십 3단계 정립 과정 140

3 죽음을 두려워하지 않았던, 모택동의 동지들 147

키신저 보고서 — 주은래는 드골 버금가는 정치지도자 148

문화대혁명의 씨앗이 된 '팽덕회는 반당분자' 156

죽음에 맞서 직언한 평생전우의 비참한 말로 163

시인이며 전우였던 모택동과 진의 169

임표의 추락, 37년 만에 복권되나? 174

손자병법, 인해전술, 지구전과 유격전 181

4 중국과 대만의 60년 별거, 운명의 종착점은?　189

큰 대륙과 작은 섬, 결국 '우리는 하나'　190

'일국양제' 외치는 대만의 외로운 전사 이오　198

서안사변의 숨은 주인공, '모략대사' 들　205

항일 전쟁이냐? 공산당 소탕이냐?　212

공산당과 주은래가 장개석을 살렸다?　220

손문과 장개석, 중산과 중정의 이름 풀이　226

역사는 되풀이 되는가 — '민족 영웅' 정성공의 대만정벌　233

5 중국의 오늘을 연 등소평의 꿈과 소망　243

문화대혁명 없었으면 중국의 개혁·개방 없다　244

권력보다 역사 속의 평가를 바랬던 등소평　250

모진 매질 견뎌내며 중원의 벌판을 홀로 서다　257

젊은 지도자에 간절한 당부 — '동아리 만들지 마라'　263

우파 치고 좌파 달래며 개혁·개방 채찍질　269

칠전팔기, 오뚝이 정신이 중국을 살려냈다　275

나는 '경제 아마추어', 그러나 홍콩은 몇 개 더 있어야　284

등소평이 끝내 고향 광안을 찾지 않은 이유　291

백성을 잘 먹이는 것이 진짜 공산당　298

6　중국을 보며
한국을 생각한다　305

언젠가 산꼭대기에서 작은 산들을 내려다보리라　306

중국의 시간은 느리게만 흘러가는 것일까?　313

자원빈국? 세계의 자원을 빨아들이는 속사정　318

상해 양산심수항에 세계인이 몰려온다　325

중국 자국중심사상의 역사적 배경　335

사느냐, 죽느냐, 전략이 있느냐, 없느냐　341

나라의 영원한 제1원칙 ― '국가이익'　347

떠오르는 장백산, 낮아지는 백두산　355

후삼계를 주목하라, 중국 세대교체의 핵심　362

중국은 어떻게 잃어버린 10년을 되찾았는가?　368

1

혁명의 발자취 따라 오늘의 중국을 본다

한국과 중국을 이어주는 '홍색 여행'

　오늘의 중국은 우리 한국인에게 여러모로 낯선 존재이다. 그 럼에도 우리는 중국에 대해 많이 알고 있는 것 같고, 매우 친숙 한 느낌마저 갖는다. 오래 전부터 공자孔子와 맹자孟子를 알고 있 고, 중·고등학교에서 시인 이백李白과 두보杜甫를 배웠기 때문일 까. 오랜 동안 문화와 역사를 함께 한 친근감과, 유교문화를 통 한 일종의 동질감 같은 것 때문일까.

　특히 재미있는 것은, '공산 중국'에 대해서는 거의 아는 것이 없으면서도 별로 불편해 한다거나 문제의식을 갖지 않는다는 점 이다. 대륙의 '공산 중국'과 국교를 튼 지도 벌써 15년이 지났 다. 인적·물적 교류는 나날이 늘어나고, 언론에서 중국 기사나 보도가 안 나오는 날이 없다. 그러나 실제로 우리는 오늘의 중국 에 대해 얼마나 알고 있는 것일까.

　중학교 3학년 때, 한국전쟁이 일어났다. 그때 나는 고향 마산 의 친구 집에 얹혀 지내고 있었다. 마침 옆방에 국어 선생님께서 하숙을 하고 계셨는데, 커다란 모택동毛澤東 사진을 벽에 걸어놓고 있었다. 20대 초반의 젊은 국어 선생이 국민당의 장개석蔣介石이 아닌 공산당 모택동의 사진을 걸어놓고 있다니, 당시로서는 아주 보기 드문 일이었다.

전쟁이 나면서 뿔뿔이 헤어졌고 선생님도 교단을 떠났다. 그런데 1997년 가을 어느 날, 대구에서 그 선생님을 뵙게 되었다. 중·고등학교 선후배 동창들이 만나는 자리에서였다. 27년 만에 타향인 대구에서 모처럼 옛 은사님을 모시게 되었던 것이다. 다행히도 나를 알아보셔서 흐뭇하고 반가웠다.

교단에 계실 걸로 짐작했던 선생님은 대구 시내의 어느 신용금고 이사장이 되어 있었다. 예상을 뛰어넘는 변신이었다. 나는 그때 한국조폐공사의 임원으로 대구 인근에 자리한 경산 조폐창장이었다. 모택동 사진을 벽에 걸어두었던 옛날의 국어 선생님은 지방 금융계의 실력자가 되어 있었다.

한국전쟁에 모택동이 이끄는 중국이 참전했고, 그의 아들 모안영毛岸英이 전선에서 목숨을 잃었다. 지원병으로 전쟁터로 갔던 나의 형님도 평북 초산에서 전사했다. 비슷한 나이의 두 사람은 개인적으로 아무런 원수진 일도 없이 전쟁터에서 적으로 만나 20대의 나이로 사라졌다.

중국은 한국전쟁을 '항미원조전쟁抗美援朝戰爭'이라 부른다. 미국에 맞서고 조선을 도와주었다는 이 전쟁을 중국은 스스로 '승리한 전쟁'으로 기록하고 있다. 그러나 속으로는 엄청나게 골병이 든 전쟁이었다. 1985년 가을, 중국공산당 총서기 호요방胡耀邦, 후야오방은 동독 수상 호네커에게 다음과 같이 실토하고 있다.

"1950년대에 우리는 100만의 군대를 한국에 보냈다. 미국과 싸우기 위해 우리는 소련으로부터 50억 루블어치 무기와 장비를 샀고, 한국전쟁에서 38만 명의 사상자를 냈다."

1993년 한중韓中 수교가 이루어지기까지 40년 동안 두 나라는 '단절'과 '적대'의 관계였다. 그야말로 사생결단, 서로 피를 흘리며 싸웠으니 그럴 수밖에 없었다. 상대방에 대한 지식과 정보, 그 어느 하나도 서로 공유하지 않은 채 50년 가까운 세월이 흘러갔던 것이다.

그러나 한국인에게 오늘의 중국은 오래 실종되었다가 갑자기 나타난 친구 같은 존재이다. 기나긴 세월 동안 제각기 살아온 나

압록강을 건너는 중국 인민 지원군.

름대로의 사연들(체제와 이념, 관습과 의식, 지향과 전략 등) 서로가 제대로 파악하고 이해해야만 지난 세월의 간극을 메우고 허물없는 친구가 될 수 있을 터인데도, 두 나라 사람들은 서로를 덥석 껴안아 버렸다. 당연히 잘 알고 있다는 듯이, 잠시 떨어져 있던 친구인 듯이.

　중국 산하 곳곳엔 공산혁명의 근거지들이 여기저기 숱하게 있다. 이런 곳을 탐방하는 것을 중국인들은 '홍색紅色 여행' 또는 '홍색 기행'이라 한다. 이것은 중국의 사회·정치교육의 중요한 뼈대가 되고 있다. 대표적인 중국혁명의 성지로 정강산井岡山과 연안延安, 서백파西柏坡 등을 꼽을 수 있다.
　정강산은 모택동 농민혁명의 최초 거점이었으며, 연안은 중국

연안은 중국공산당의 요새이자 수도이며, 혁명의 거점이 되었다.

공산당의 10여 년에 걸친 요새요 수도였다. 서백파는 중국의 최고 지도자 호금도胡錦濤,후진타오가 국가 주석이 되고나서 맨 처음 방문한 곳이기도 하다. 국민당 군과의 마지막 결전을 총지휘했던 곳이 서백파였고, 북경정부의 뼈대를 다듬은 곳도 서백파였다.

2002년 2월까지 만 5년 동안 중국 연변에 살면서 나는 방학이면 배낭을 메고 주로 '홍색 여행'을 다녔다. 50년 가까운 두 나라 사이의 공백과 단절을 발로 걷고 눈으로 보며 '홍색 여행'으로 메울 생각을 한 것이다. 기차와 버스로 2만여 킬로미터에 걸친 중국 여행을 했다. 중국의 지식인들, 당료나 관료들을 만나보면 나의 어설픈 여행 지식이 매우 값지다는 걸 알게 된다. 홍색 여행의 낙수落穗들이 나름으로 효과를 보는 것이다.

나는 오늘의 중국공산당을 하나의 통치 메커니즘으로 파악한다. 일당독재나, 노동자·농민의 대표성 같은 것은 실질적으로 폐기된 지 오래다. 이름만 '홍색'이지 이념의 붉은 빛깔은 '시장경제'로 대체되었다. 그럼에도 중국 사람들을 만나 정강산과 연안, 서백파 이야기를 하고, 모택동의 시를 인용하거나 주은래周恩來가 좋아했던 노신魯迅의 시 〈유자우孺子牛〉를 외우면 아주 반가워한다.

요즘 한국의 관광객들은 중국 천지 안 가는 데가 없다. 그러면서도 중국 곳곳에, 지금은 잘 다듬어져 있는 수많은 공산혁명의 유적과 파편들에 대해서는 거의 무관심하다. 나만 해도 처음 중경重慶에 갔을 때, 볼 것이 없을 거라는 지레짐작으로 한국임시정부 청사나 다녀오고 장강長江 뱃놀이에 나설 생각이었다. 중경에서 상해까지 유람선을 타고 가는, 6박7일의 환상적인 코스에 잔뜩 매료되어 있었다.

그런데, 알고 보니 중경에서 등소평鄧小平의 고향 광안廣安까지 하루 일정으로 다녀올 수 있고, 홍암촌紅岩村이니 사재동渣滓洞이니 국민당과 공산당 사이에 얽히고설킨 역사의 흔적이 적지 않았다.

중국에 대한 우리의 관심은 청나라에서 곧바로 대만의 국민당 정부로 이어졌다. 그러한 우리의 시각은 1992년까지 변하지 않았다. 대륙이 문화대혁명이란 홍역을 치를 때, 한국은 기적 같은 경제성장을 일구어냈다. 그 성장 동력이 아직도 명맥을 유지하고 있어서 한국인의 중국 관광이 가능하다. 그러나 오늘은 어떤가.

한국의 성장 모델을 거울삼아 연 평균 9퍼센트의 가공할 경제성장을 이어가고 있는 중국이다. 그들의 돌진은 무섭다. 무엇보다 그들의 넘치는 자신감이 중국의 향배를 가늠하게 한다. 중국의 한국 관광객도 날로 늘어나고 있다. 언제 역전될지 모르는 아슬아슬한 경계선에 우리는 서 있다.

중국인은 사귈수록 더 알기 어렵다고 한다. 중국이란 나라도 마찬가지다. 특히 공산 중국의 역사와 흔적들을 외면하고 현대 중국의 오늘과 내일을 점치기는 더더욱 어렵다.

대한민국은 공산주의 사회에 대한 체험이 없기 때문에 공산주의나 사회주의 체제를 이해하는 것이 실제로 쉽지가 않다. 따라서 중국의 개혁·개방에 대한 접근도 다분히 주관적일 수밖에 없고, 일방적으로 해석하는 경우를 많이 본다. 오늘날 중국의 개혁·개방정책은, 그 이전에 있었던 모택동 시대의 인민공사, 대약진 운동, 문화대혁명과는 전혀 다른 가치체계에 속한다. 완전히 이질적이고 서로 양립할 수가 없다. 그런데 같은 공산당이, 더구나 중국공산당 1세대라 할 등소평이 개혁·개방을 설계하고 추진했다. 이질적이고, 대립되는 이념과 정책을 하나의 조직체가 추진했다는 사실을 주목해야 한다. 오늘의 중국공산당 지도자들은 거의가 문화혁명 때 피해를 입은 사람들이다. 5년 뒤 중국의 최정상으로 떠오를 50대 실력자들도 문화혁명이 끝날 때까지 대학에 입학하는 것을 엄두도 못 낼 처지에 있었다. 중국은 문화대혁명을 거울로 삼아 역동적으로 개방과 개혁을 밀어붙여 오늘의 경제적 과실을 만끽하고 있다.

이런 맥락에서 볼 때, 공산 중국은 결코 중국의 유장한 역사로부터 단절된 존재도 아니거니와, 중화민족의 전통적이며 관례적인 지향에서 조금도 벗어나지 않고 있다. 마르크스의 이론이나 레닌 혁명의 성공 사례는 하나의 유효한 도구로 중국공산당이 받아들였을 뿐, 모택동의 지향은 거대하고 강한 중국, 중국인의 자존심 회복과 역사에 길이 빛날 중국의 부활이었다.

모택동의 호는 널리 쓰이지는 않았지만 '윤지潤之'였다. 또 다른 호도 하나 있었는데 그것은 '자임子任'이었다. 왜 자임이었을까. 여러 설이 있지만, 양계초梁啓超의 호 '임공任公'에서 따왔다는 설이 유력하다. 젊은 시절 아직 마르크스주의에 입문하기 전의 모택동은, 당시 중국의 많은 지식 청년들이 그랬던 것처럼 양계초를 따랐다.

19세기, 봉건 말기에 양계초는 그의 스승이기도 한 강유위康有爲와 함께 중국의 대표적인 개량주의 지식인이었다. 그들은 망해가는 청나라 왕조에 서양의 입헌군주국 제도라는 카무플라주 주사를 놓아, 열강 앞에 그 쇠잔함을 노출한 중국을 다시 일으켜 세우려고 했지만 뜻을 이루지 못했다.

양계초는 한족漢族이었고, 청나라는 만주족의 나라였다. 한족에게는 만주족이나 주변 민족이 모두 오랑캐였다. 현실적으로나 역사적으로 중원을 지배한 전통적인 중국 왕조의 하나로 청나라를 인정할 수밖에 없었지만, 양계초는 내심 중국의 몰락을 이민족 통치의 결과로 보았다.

그렇다면 그 시대의 대표적인 한족 지식인이었던 양계초는 당시의 한반도 정세를 어떻게 읽고 있었을까. 오늘의 중국을 제대로 이해하기 위해서도 한 번쯤은 짚고 가야 할 대목이다.

황포군관학교의 손문, 장개석, 주은래와 모택동

양계초는 《조선망국사략朝鮮亡國史略》이란 책과, 〈조선애사朝鮮哀詞 5율24수五律二十四首〉란 시를 썼다. 이러한 글들에서 그는 조선이 망한 것은 오랫동안 내려오던 중국에 대한 충성의 자세를 버리고, 서방 세계 특히 신흥 일본에 빌붙은 결과 때문이라고 했다. 다시 말해, 중국의 영향권 안에서 생존해야 할 한국이 중국을 버림으로써 전통적인 한반도 질서가 붕괴되었고, 이로 말미암아 한국인이 입은 재앙은 결과적으로 자업자득이라는 것이었다.

물론 그도 당대의 최고 지식인답게, 한국 내부의 치명적인 병폐와 제국주의 열강의 약육강식을 망국 원인으로 지적하고는 있지만, 중요하게는 한국이 중국의 영향권에서 벗어난 결과라는 생각이 강했다. 고종 임금의 '황제' 등극을 소재로 한 것 같은 아래의 시를 읽어보면, 한반도를 바라보는 그의 눈을 대충 짐작할 수 있다.

기이한 복이 까닭 없이 굴러온 듯	奇福無端至,
아직은 수명부도 받지 않았는데	無胎受命符.
야랑이 천하에 자신만이 제일인가 하듯	夜郎能自大,
제국의 국호에 그네들만 웃음짓네	帝號若爲娛.
제왕의 칙서 문서 하늘에 알리고	誓廟絲綸誥,
이웃에 구슬 비단 주고 받았네	交隣玉帛圖.
임금님의 만세 소리 높이 부르며	千秋萬歲壽,
조선은 독립했다 환호성 높네	朝鮮正歡虞.

조선의 망국을 몹시 애통해 한 양계초였지만, 이 시를 보면 중국인의 오랜 우월감이 그대로 드러난다. 조선의 임금이 하늘(천자, 중국 황제)로부터 '수명부受命符'를 받지도 않은 채, 곧 한국이 중국의 속국 상태에서 벗어나도 좋다는 승인도 받지 않은 상태에서 멋대로 황제라 일컬었다고 비아냥대고 있다. 시에 나오는 '야랑夜郎'은 고대 중국의 서역西域에 있었던 작은 나라로, 그 나라 임금은 스스로 자기 나라가 천하에서 제일 크다고 뽐냈다는 고사가 있다. 중국과 대등한 관계임을 나라 안팎에 선포한 '대한제국'을 중국의 지식인 양계초는 도저히 이해할 수도, 용서할 수도 없었던 것이다.

양계초는 한국이 망하는 것을 일본 망명 중에 지켜보았다. 1898년 무술변법戊戌變法이 실패해 일본으로 망명한 그는 청나라가 열강 앞에서 곤욕을 치르고, 한국이 청나라로부터 떨어져나

강유위(우)와 양계초(좌)와 광서제(가운데). 강유위와 양계초는 전통적인 정치체제와 교육제도 개혁해야만 중국이 살아남을 수 있다는 무술변법운동을 주장하였다.

가면서 동아시아권에 대변동이 생겨, 마침내는 한국이 일본의 식민지가 되는 과정을 역사의 현장에서 지켜보면서 큰 충격을 받았다. 그러나 그가 진정으로 애통해 하고 충격을 받은 것은 한국의 망국 그 자체라기보다는, 한반도의 지배세력 교체에 따르는 중화문명권의 위기와 몰락이었던 것이다.

강유위와 양계초가 청 왕조를 인정하면서 점진적인 개혁을 추진한 것과는 정반대로, 손문孫文은 청나라를 타도하고 새 중국을 건설하려는 혁명적 발상을 하고 있었다. 강유위와 손문은 같은 광동 출신이면서 앙숙이었다. 사사건건 대립하고 나라 안팎에서 두 파가 격돌했다. 손문의 국공합작 정책으로 손문의 국민당에 함께 참여했던 장개석과 모택동은 모두 혁명을 지향했다. 손문이 죽자 국민당과 공산당은 이내 갈라졌으나, 그들의 승패는 한참 뒤인 1949년이 되어 비로소 분명해졌다. 장개석이 대만 섬으로 보따리를 쌌고, 10월 1일 모택동의 중국공산당이 북경에서 정부 수립을 만천하에 선포했던 것이다.

이들 모두가 북벌北伐과 함께 새 중국 건설에 열정을 쏟던 곳이 광주였다. 광주는 손문의 고향이자 청 왕조 초기에 마지막까지 만주족에 저항했던 고장이기도 하다. 북경에서 광주까지의 거리는 2,294킬로미터이다. 서울과 부산 간 거리의 5배에 가깝다. 특급열차로 북경을 출발하면 광주까지 꼬박 24시간이 걸린다. 열차 시간표엔 23시간 58분으로 적혀있지만 연착하기 일쑤이고, 그깟 2분이야 연착한 것에 들어가지도 않는다. 2000년대 초만 해도 그랬었다.

광주는 근대 중국혁명의 요람이고 북경은 혁명을 최종적으로 수확한 도시이다. 혁명의 요람 광주에서 종착지 북경까지의 지리적 거리는 2천 킬로미터 남짓이지만, 역사적인 시간은 거의 40년이 걸렸다. 1911년에 있었던 신해혁명辛亥革命을 기점으로 했을 때의 계산이다.

손문을 추대했던 신해혁명은 원세개袁世凱의 배신과 폭주로 막을 내렸다. 우여곡절 끝에 손문의 광동廣東 시대가 다시 열리기 시작했다. 그것은 바로 제1차 국공합작으로 나타났다. 중국 현대사의 주역들인 손문, 장개석, 모택동, 주은래 등이 모두 1920년대 초반의 광동을 무대로 활동하고 있었다.

　　총리 손문과 황포군관학교黃埔軍官學校 교장 장개석, 정치부 주임 주은래가 한 울타리에 있었다. 모택동은 1924년 1월 광주에서 열린 중국 국민당 제1차 전국대표자대회에서 중앙집행위원회 후보위원으로 선출되었으며, 잠시 농민운동강습소 소장과 국민당 선전부 대리 부장을 맡기도 했다. 손문을 정점으로 국민당의 장개석과 공산당의 모택동·주은래가 광동 땅에서 청나라와 군벌 타도, 새 중국 건설이라는 한 목표 아래 잠시나마 뭉쳐 있었다.

　　전 미국 대통령 닉슨R. M. Nixon은 자신이 쓴 《지도자들》의 〈주은래〉 편에서 "지난 반세기 중국에 관한 가장 큰 화제는 그 태반이 모택동, 주은래, 그리고 장개석 세 사람에 관한 이야기이다"라고 적고 있다. 장개석은 1887년생, 모택동은 1893년생, 그리고 주은래는 1898년생으로, 그들은 각각 여섯 살, 다섯 살씩

황포군관학교 열병식을 참관하고 있는 손문과 부인 송경령.

터울이 진다. 장개석과 모택동, 모택동과 주은래, 주은래와 장개석, 이 세 사람의 물고 물린 인생역정은 기구하며, 인연 또한 끈질기다. 세 사람 다 19세기 말에 태어나서 20세기 중국의 변혁에 결정적 구실을 했다.

1998년 정월에 나는 북경 발 광동 행 특급열차에 몸을 실었다. 그 유명한 황포군관학교를 찾기 위해서였다. 황포군관학교는 중국 근대 혁명의 산실 가운데 하나이다. 아침 8시에 북경을 떠났다가 이튿날 아침 8시 5분에 광주역에 내렸다. 1월 10일 아침이었다. 따뜻한 기운이 온몸에 와 닿았다. 겨울에서 곧바로 여름으로 질주한 셈이다.

정월이었는데도 광주에는 비가 내리고 있었다. 그 여름비가

황포군관학교의 정식 이름은 중국 국민 육군군관학교이다.

남방의 더운 기온을 식혀 약간 쌀쌀하기까지 했다. 광주역에서 240번 버스로 종점까지 간 뒤 다시 43번 버스를 갈아타고 내린 곳이 어주魚珠 부두였다. 부두 건너편에 황포도 요즘은 장주도長洲島라 부르는 섬이 보였다.

애초부터 중국에 황포군관학교라는 존재는 없었다. 1924년 6월 개교할 때의 정식 이름은 '중국 국민 육군군관학교'였다. 그 뒤 남경으로 옮겨가면서 '중앙군사정치학교', '국민혁명군 군관학교' 등으로 이름이 바뀌었고, 분교도 몇 군데 있었다. 이 군관학교를 통틀어 짧게 '황포군교'라고 하는데, 물론 황포 섬에서 시작했기 때문이었다.

현재의 황포군교 건물은 역사적인 유물로만 남아있다. 1938년에 일본 공군기의 폭격을 받아 내려앉았던 것을 1992년에 대문을 복원, 1996년 교사校舍 전체를 중건하였다. 건물 안에는 2층에 손문 총리의 집무실과 교장실이, 1층에 정치부 주임실이 옛날 모습으로 복원되어 있었고, 자료전시실에 당시의 기록물과 참고 사진들이 진열되어 있었다.

제1회 졸업생들에게 주어진 졸업증서가 재미있었다. 개교한 그해 11월 30일에 졸업식이 있었는데, '畢業證書'(필업증서 : 중국에서는 졸업을 '필업'이라고 함)라고 쓰인 증서의 윗부분에 손문의 사진과 양쪽으로 청천백일기靑天白日旗가 그려져 있고, 총리 손문, 교장 장중정(蔣中正 : 장개석의 호), 국민당 대표 요중개廖仲愷, 세 사람의 이름이 적혀 있었다.

상해의 야망과 꿈,
세계에 우뚝 설 수 있을까

  상해上海는 '바다로 나가자' 또는 '바다로 나간다' 는 뜻이다. '상발上發' 과 '하발下發' 이 출근과 퇴근을 말하는 것처럼, 상해는 드넓은 대륙에서 바다를 향한다는 말이 된다. 상해는 중국대륙 1만 8천 킬로미터의 해안선 한 가운데에 있다. 대륙에서 해외로 나가는 모든 자원과 물류가 상해를 거치고, 또 상해를 통해 외국의 자원과 문화가 대륙으로 전달된다.

  중국사회과학원은 '2005년 중국 도시 평가' 에서 북경을 제치고 상해를 종합 순위 1위로 올렸다. 세계은행도 중국의 투자전망 등급을 북경은 A-, 상해는 A+로 평가했다. 이런 높은 경제력을 바탕으로 상해는 오늘도 중국 안에서 동서 문화의 교류와 융합의 구실을 다하고 있다.

  한때 '상해방의 몰락' 이니 운운하며 상해 인맥이 권력 투쟁에서 밀리고 있다는 뉴스가 많았었다. 개혁·개방 초기 단계에 성공한 사례는, 국제 감각과 경제인식에서 우월한 처지에 있던 상

해파 실력자들의 노고에 기댄 바가 컸었다. 그러나 경제 방면에
탁월한 능력을 발휘하다 보면, 자칫 부패지수가 높아지기 쉽다.
정치제도와 사회적 관습은 사회주의적이면서, 경제만은 자본주
의 경제의 뼈대라 할 시장경제를 급속하게 받아들이다보니, 그
모순의 틈새로 부패와 오염이 스며들기 마련이다.

권력 교체기일수록 이러한 부패는 결정적인 약점이 될 수 있
다. 강택민江澤民, 장쩌민 주석과 주용기朱鎔基, 주룽지 총리는 이미
좋은 평가를 받으며 역사의 뒤안길로 물러났지만, 부패 혐의에
서 벗어나기 힘든 일부 상해파 관료와 당료들은 정권의 실세들
이 바뀌면서 그동안 전전긍긍했던 것도 사실이다. '조만간에 어
떤 형태로든 다치지 않겠나' 하는 예측과 전망이 벌써부터 나타
났던 것이다.

상해는, 청나라가 아편전쟁에서 패하고 남경조약으로 홍콩을
영국에 넘겨주는 굴욕을 겪으면서 강제로 개항을 하게 되었다.
열강의 강압에 따른 개항은 상해를 외국 조차지租借地의 명문名
門으로 만들어버렸다. 영국, 프랑스, 일본 등이 상해 안에 조차
지를 만들고 경찰권과 행정권을 독립적으로 행사했다. 그러면
서 상해는 선진문명을 가장 먼저 받아들이는 국제도시로 빠르게
성장했다. 세계 굴지의 은행과 보험회사들이 상해로 진출했다.
1949년 국민당 시절만 해도 상해는 국가재정의 대부분을 맡았
고, 중국 자본의 절반 이상을 차지하고 있었다.

상해는 등소평 개혁·개방 정책의 중심에 자리 잡고 있다. 등소평이 개혁·개방의 전략적 시범 지역으로 국가사업화했기 때문이다. 1992년 포동浦東 지역 개발을 본격화하면서 10년 이상 두 자릿수 성장률을 자랑하고 있다. 2004년 기준으로 상해의 일인당 GDP는 6,656달러, 중국 전체 일인당 1,200 달러의 5.5배에 이른다. 비교적 선진 지역에 속하는 북경·천진·광동보다 1.5배, 1.8배, 2.7배나 높은 수치를 기록한다.

상해는 면적만으로 보면 서울의 10배나 되는 큰 도시이다. 동서남북으로 특색 있는 전략을 세웠는데, 동쪽은 IT, 서쪽은 자동차, 남쪽은 화학, 그리고 북쪽에는 철강 등 최강의 제조업 단지를 구축한다는 것이다. 이것이 상해 경제의 네 기둥이다. 제조업 분야만 아니고 상해는 중국 최대 금융도시로 발돋움하고 있다. 화려했던 옛 상해의 국제 금융도시로서의 위상과 면모를 되찾자는 것이다. 홍콩과 경쟁하며 아시아 지역의 금융 허브 구실을 하겠다는 의지를 보이고 있다. 상해시가 2002년 8월에 밝힌, 3단계 발전 전략인 '삼보주三步走'가 그것이다. 2005년까지의 1단계에서 기초를 다지고, 2단계 2008년까지는 국제금융 허브로서의 골격을 갖추고, 마지막 3단계로 2020년에 도약을 하겠다는 전략이다.

하지만 이러한 청사진이 성공할 것인가. 상해가 홍콩이나 동경東京, 싱가포르를 제치고 동북아의 금융 중심지로 자리를 굳힐 수 있겠는가에 대해 의문을 표시하는 사람도 있다. 2005년 1년 동안을 꼬박 중국 전역을 다니며 취재를 했던 기 소르망은 중국의 장래에 대해 회의적인 사람이다. 중국 정치의 경직성과 일당 체제를 끈질기게 물고 늘어진다.

상해의 운명은 바뀔 것인가? 미래는 열려있다. 유럽에서 프랑크푸르트와 런던이 공존하고 있는 것처럼 중국에는 홍콩과 상해, 두 개의 금융도시가 있다. 그러나 이 두 도시로 만족하기에 중국은 참으로 거대하다. ……상해는 관습과 법과 쾌적함이 부족하다.

— 기 소르망, 《중국이라는 거짓말》

이 표현 속에 감추어진 함의가 묘한 뒷맛을 남긴다. 소르망은 다시 "닭의 해에 방문한 모든 도시들 가운데 내가 단 한 명의 반체제자도 접촉할 수 없었던 유일한 곳은 바로 상해이다"라고 부연 설명을 하고 있다. 중국 체제가 근본적으로 바뀌지 않는 한 상해의 금융도시를 향한 도약도 쉽게 이뤄질 수 없다는 것이 소르망의 진단인 것 같다.

상해에 대한 소르망의 지적에 나도 놀라고 말았다. 상해에서는 단 한 사람의 반체제 인사도 만나지 못했다니……. 2006년 한 해 동안 상해사범대학 천화天華학원의 명예 원장으로 있으면서, 내가 느낀 상해의 분위기는 비교적 자유롭고 열린 사회라는 것이었다. 2006년을 전후로 나는 자주 상해를 다니는 편이다. 내기 겉모습만 본 것일까. 아마도 소르망이 상해에서 반체제 인사들을 만나지 못한 데에는 여러 가지 이유가 복합적으로 얽혀 있었기 때문일 것이다. 소르망의 진단처럼 어두운 전망만이 있는 상해는 아니다. 적어도 외형상으로 보이는 상해의 발전상은 눈부시다. 글로벌화化의 중심지다운 모습을 나날이 갖추어 가고 있다. 2008년 북경 올림픽처럼 2010년의 상해 EXPO는 상해의 희망이 되고 있다.

지난 2006년 9월 18일, 나는 상해사범대학 천화학원 신입생 입학식에서 특강을 한 적이 있다. 대충 다음과 같은 이야기를 들려주었다.

동북아시아의 금융 중심지를 꿈꾸는 상해.

　“여러분 또래의 한국의 대학 신입생들은 어머니 뱃속에서 88
서울 올림픽을 겪으며 태어났고, 이제 성년이 되었다. 하지만 중
국의 대학생들은 재학 중에 북경 올림픽의 감격을 맛보게 된다.
이것은 여러분에게 엄청난 기회이며 축복이다. 20년 전의 88서
울 올림픽이 한국 경제의 선진화에 결정적으로 이바지했다면 중
국도 마찬가지이다. 북경 올림픽은 분명 중국 경제의 새로운 도
약을 약속한다.

　나라는 힘차게 뻗어나가는데, 거꾸로 여러분 자신이 뒤쳐진
다면 그 이상의 불행이 어디 있겠는가. 이 축복의 기회를 살리

고 못 살리는 것도 여러분의 몫이다. 여러분이 제대로 실력을 갖추고 국가번영에 대한 의지와 목표가 뚜렷하다면 북경 올림픽도 살고, 중국도 살고 여러분 자신도 산다.

특히 여러분이 졸업하는 해의 상해 EXPO는 상해 발전의 상징이자 중국의 국위를 한 단계 높이는 쾌거이다. 여러분의 장래와 직결되며 취업과도 단단히 관계가 있다. 용기와 자신감을 가지고 분발해야 한다.”

대체로 이런 취지의 말이었는데, 같이 있던 교수들이 뜨거운 박수를 보내주었다. 이 날 강의를 하면서도 나는 내 마음 한 구석에 드리운 어두운 그림자를 떨쳐버릴 수 없었다. 어머니 뱃속에서 서울 올림픽을 겪었던 오늘의 한국 대학 졸업생들의 취업률이 날로 곤두박질하고 있기 때문이었다.

상해가 국제도시로 도약하기 위한 노력은 거의 필사적이다. 경제 분야만이 아니다. 영어 교육도 대단하다. 유치원 교육에서부터 영어 교육이 자리를 잡고 있다. 소학교(한국의 초등학교에 해당) 교육도 마찬가지다. 대단한 영어 교육 열풍이 상해를 뒤덮고 있는 것을 쉽게 볼 수 있다.

그러면서도 그들의 소학교 교과서에는 이백李白의 시가 나온다. 소학교를 마치면 당시唐詩 수십 편은 줄줄이 외우게 하는 것이 중국의 ‘국어 교육’이다. 대한민국의 영어 열풍과 초등학교 교육의 현실을 비추어 보면 참 많은 것을 생각하게 해 마음이 착잡해진다.

임시정부, 초창기의 숨겨진 이야기들

상해의 조차지는 중국인에겐 더없는 수치羞恥며 모멸이었지만, 당시 상해에 둥지를 틀고 있던 대한민국 상해임시정부와 애국 독립지사들에겐 고마운 피난처요, 안식처였다. 핑계만 있으면 잡아 가두려는 일본 경찰과 헌병의 눈을 피해 우리 애국지사들은 프랑스나 영국의 조차지를 교묘하게 넘나들었다.

1919년 11월, 누더기 옷을 걸친 70대 노인 한 분과 20대 청년이 일산역에서 경의선京義線 열차에 올랐다. 왜경倭警의 눈을 피하기 위해서 서울역 탑승을 일부러 피했던 것이다. 74세의 김가진金嘉鎭 옹과 스무 살인 그의 아들 김의한金毅漢, 대한제국 대신을 지낸 분이 아들 하나만 달랑 데리고 망명길에 나선 것이다.

단동(丹東 : 당시의 안동)에서 내려 계림호라는 배를 타고 상해로 잠입했다. 일제의 감시망을 철저히 따돌리고 상해에 나타나, 프랑스 조계租界에 있는 병원에 입원해서 내외신 기자 회견을 가졌다. 그의 망명 사실이 처음으로 세상에 알려지는 순간이었다. 일본에겐 엄청난 충격이었다.

그는 단동으로 향하는 기차 안에서 시를 지었다.

나라와 임금 망하고 사직은 기울었어도	國破君亡社稷傾
부끄럼 안고 죽음 참으며 여지껏 살아있네	包羞忍死至今生
늙은 몸, 아직도 하늘 꿰뚫는 뜻은 있어서	老身尙有沖宵志
단숨에 솟아올라 만 리 길 날아가네	一擧雄飛萬里行
민국의 존망 앞에 어찌 내 한 몸 돌보리	民國存亡敢顧身
천라지망 가운데서 귀신 같이 빠져 나왔네	天羅地網脫如神
찢긴 갓, 누더기 입은 삼등 찻칸 손님을	誰知三等車客中
뉘라서 옛적 대신으로 알아볼 것인가	破笠襤衣舊大臣

지난 2006년 10월 1일, 평양 형제산 구역 신미리에 있는 북한의 애국열사릉과 재북在北인사 묘역을 임시정부 간부의 후손들이 참배했다. 1950년에 납북된 김의한 선생의 묘소도 재북인사릉에 있었다. 20세에 아버지 김가진 옹을 따라서 상해로 망명했고, 임시정부 외교위원으로 광복 후 남북협상 때 백범白凡 김구 선생을 따라 평양을 다녀오기도 했지만, 전쟁 통에 북으로 끌려가고 말았다.

이 날 참배를 주선한 대한민국 임시정부기념사업회 김자동金滋東 회장이 바로 김의한 선생의 외아들이다. 김자동 회장은 꿈결같이 아버지의 묘소를 참배했지만, 가슴엔 커다란 응어리가 남아 있다. 상해에 있는 할아버지 김가진 선생의 묘소를 한국으로 옮겨오지 못한 한을 고스란히 가슴에 묻고 있는 것이다.

김가진 옹은 1922년 7월 4일, 풍찬노숙의 고된 행로를 마감하고 상해에서 숨을 거둔다. 옛 동료 대신들이 일제 치하의 서울에서 호의호식하고 있는 그 시간에, 그는 상해 프랑스 조계 홍교로虹橋路의 서가회徐家匯 만국공동묘지에 묻힌다. 해방이 되고 김구 선생은 윤봉길, 이봉창 의사들의 묘소를 서울로 옮기면서 김가진 옹의 묘소도 이장할 것을 권유했으나, 가족들이 기회를 놓치고 말았다. 이미 그 공동묘역은 없어진 지 오래이다. 대한제국 대신의 신분으로 일제가 준 작위爵位도 팽개치고 망명길을 택했던 동농東農 김가진 선생의 원혼冤魂이 지금도 상해 하늘을 날고 있다.

1920년 11월 16일, 하와이 호놀룰루 항구에서 상해로 직행하는 화물선 한 척이 닻을 올렸다. 죽은 중국인의 관도 놓인, 통풍도 잘 안 되는 창고 구석에 한국인 두 사람이 변장한 채 숨어 있었다. 배가 하와이 영역을 벗어나자 두 사람은 갑판 위로 올라왔다. 그들은 선장의 도움으로 12월 5일 상해 부두에 내려 호텔 두어 군데를 거친 뒤, 당시 상해 교민단僑民團 단장으로 있던 여운형呂運亨의 주선으로 프랑스 조계에 있는 미국 안식교 선교사 크로푸트 목사의 집에 여장을 풀었다.

그들은 상해임시정부의 대통령으로 추대되었던 45세의 이승만李承晩과 비서 임병직林炳稷이었다. 이승만은 미국 정부가 여권을 만들어 주지 않고, 중국 정부 또한 비자를 내주지 않아 상해 직행 화물선으로 밀항하는 방법 외에는 상해로 갈 다른 방도가 없었다.

12월 13일 임시정부 청사에 들러서 인사를 나누었고, 28일에는 교민단 주최 환영행사에 나타났다. 해가 바뀌어 1921년 1월 1일, 시무식을 겸한 신년하례회에 나와서 공식행사를 시작했다. 이날 찍은 기념사진에는 안창호, 김구, 조소앙, 여운형, 신익희 등 임시정부 초기 요인들의 얼굴이 다 나온다.

이승만은 상해에 머무는 동안 김가진 옹을 찾아뵈었다. 이승만이 미국으로 유학을 갈 때에 여비도 주며 젊은 이승만을 무척 아꼈던 김 옹은, 임시정부의 대표를 맡아달라는 후배들의 간곡한 청도 늙었다는 이유로 스스로 뿌리치고 있었다. 바로 그 대표를 맡기 위해 하와이에서 이승만이 온 것이다.

이승만 박사 일행은 5월 29일 상해를 떠난다. 마닐라로 가는 컬럼비아호에 올라 6월 29일에 호놀룰루 항에 도착한다. 동농 선생이나 이승만 박사가 망명지 상해에서 신변의 안전을 도모할 수 있었던 곳이 프랑스 조계였다.

그도 상해로 가는 망망대해에서 시 한 편을 남겼다.

물 따라 하늘 따라 떠도는 이 몸	一身漂漂水天門
만 리 길 태평양 오고 가고 몇 번이던가	萬里大洋幾往還
이름 있는 명승지 어디 한두 군데랴만	到處尋常形勝地
오로지 꿈속에서도 내 고향 남산뿐일세	夢魂長在漢南山.

　오늘의 시점에서 여러 관점과 평가가 있을 수 있겠지만, 상해 거리를 거닐다보면 나라 잃고 이국땅을 헤매던 애국선열들의 간고했던 발자취가 가슴을 짓누른다. 이제 그 후손들이 올림픽과 월드컵의 열광을 휘몰아치며 중국과 대등한 위치에서 경제, 문화 교류를 하는 모습을 보면 가슴이 뭉클해질 뿐이다. 1천여 년을 이소사대以小事大로 중원을 섬겨오던 우리가 아니던가.

중국공산당 선상 창당대회 열렸던 가흥,
백범을 품다

  한국전쟁에 무력 개입했던 중국의 지도자 모택동은 1893년생이고, 중국의 참전으로 모처럼의 통일 기회를 놓쳐버린 한국의 대통령 이승만은 모택동보다 18년 앞선 1875년생이다. 1945년 제2차 세계대전이 끝났을 때, 이승만은 만 70세였고, 모택동은 52세였다. 1912년생인 북한의 김일성은 33세로 모택동보다 19세 연하가 된다. 이승만, 모택동, 김일성이 비슷한 나이 터울을 보이고 있다. 옛날 풍속대로라면 서로 자식뻘이 된다고 해도 지나치지 않다.

  그런데 이 세 사람이 제2차 세계대전 이후 중국 대륙과 한반도에 역사의 주인공으로 등장하게 된다. 모택동은 장개석을 대만으로 밀어내고 대륙에 새 정부를 수립한다. 전후 냉전구조 속에서 이승만은 미국의 지원으로, 김일성은 소련의 개입으로 각각 남북한에 단독정부를 세운다.

  1950년 6월, 30대의 무장 게릴라 출신인 김일성은 70대의 외교 전략가인 이승만을 무력으로 공격한다. UN군의 참전으로 가까스로 전세는 만회되었지만, 중공군의 참전이라는 돌변에 직면하게 된다. 한국전쟁은 한반도의 남과 북이 미국과 중국의 영향권 안에 새롭게 진입하는 전환점이 되었다. 결과적으로 한반도에 대한 소련의 입김이 그만큼 줄어들었다.

소련 수상 스탈린이 한반도 전쟁에 의도적으로 미국과 중국을 끌어들였다는 새로운 증언이 나왔다. 붕괴된 옛 소비에트 연방의 비밀문서들이 쏟아져 나오면서 한국전쟁이 분명하게 북한의 침공으로 시작되었다는 것이 정설로 굳어진 지 오래다. 그러나 풀리지 않은 의문이 하나 있었다. 왜 소련은 UN 안전보장이사회에서 거부권을 행사하지 않고 미국과 UN군의 참전을 유도했을까. 스탈린의 복안腹案은 한반도에서 물러났던 미국을 다시 불러들여 막강한 군사력을 한국전쟁에서 소진케 하려는 것이었고, 동시에 갓 건국하여 경제력이 부실한 공산중국을 세계 최대 강국인 미국과 맞붙게 하려는 것이었다. 유럽에서 소련의 영향력과 동구권 지배력을 안정적으로 강화하고, 한편으로 공산권 안에서 자칫 라이벌이 될 수도 있는 신생 공산중국의 잠재력과 돋아날 싹을 애초부터 잘라버리려는, 일거양득의 절묘한 전략이었다.

1972년 닉슨 미국 대통령이 중국을 방문했을 때, 미·중 비밀회담에 다루어진 주요의제는 뜻밖에도 한반도 문제였다고 한다. 그들은 휴전에 항의하던 한국 대통령 이승만의 눈물을 비웃었고, 한국인이 조급하고 거칠다고 헐뜯었다. 남북한 사이에 대화의 통로를 만들어 한반도의 긴장을 풀어야 한다고도 했다. 이때 이루어진 것이 미국과 중국 사이에 묵시적으로 합의된 '한반도 현상'이라는 것이었다. 북한이 김일성 유일체제를 강화하고 핵 개발을 서두르기까지, 이 '한반도 현상'은 그런 대로 유지되어 왔다. 제한적이었지만 남북대화도 여러 형태로 이어져 왔다. 남북 사이에 아슬아슬하게 균형을 유지하면 한반도는 그런대로 '평화'가 유지되는 셈이다. 미국이나 중국, 러시아, 일본도 남북한 어느 한쪽의 무리한 '통일 시도'를 바라지 않았다.

중국의 한반도 정책에 '삼불三不'이란 것이 있다는 말을 들었다. 그들은 남북한 사이에 통일도, 전쟁도, 또 교류도 원치 않는다는 것이다. 이 '삼불'이야말로 한반도 현상의 골격이 아니었던가 싶다.

그러나 북한의 핵 개발은 한반도에 지각변동을 일으킨 셈이다. 노태우 정권의 '비핵화 선언'은 '한반도 현상' 유지의 결정판이 될 수 있었다. 북한의 '핵 공갈'이 커지면 커질수록 오히려 미국과 중국의 한반도에 대한 발언권은 더 강화되고 영향력은 더욱 더 커지고 있다. 북한이 한국을 제치고 바로 미국과 협상하려는 것은 언뜻 보아 북한 외교 역량의 강화처럼 보인다. 그러나 결과적으로는 한반도에 대한 미국과 중국의 영향력을 더 크게 할 뿐이다. 상대적으로 주변 강대국들에 대해 남북한 정부의 발목이 잡혀서 의존도를 더 깊게 하는 결과도 초래할 수 있다.

　　1953년 휴전 이후에도 북한의 공격성은 멈추지 않았다. 전후의 재건 경쟁에서도 30대의 지도자가 일사불란하게 이끄는 북한이 단연 앞서 갔다. 70대 고령의 한국 지도자는 장기집권을 둘러싸고 야당과 격렬한 정치싸움을 벌여야 했다. 1960년의 대통령 하야, 민주당 정권 수립, 5·16과 박정희 정권 등장 등 한국이 격심한 내부 혼란에 빠져 있는 동안, 북한의 경제는 경공업 중심이기는 하지만 나름대로 전후 복구와 경제 재건에 성공하고 있었다.

　　1964년 수출 1억 달러 달성으로 우리가 환호성을 지를 때 북한은 이미 2억 달러 고지를 넘어서고 있었다. 그러나 1988년 서울 올림픽이 열리던 해에 한국의 수출은 500억 달러인 반면에, 북한은 고작 20억 달러에 머물고 있었다. 남한의 2배로 앞서가던 북한이 겨우 20여 년 만에 25분의 1로 뒤처진 것이다. 어처구니없이 역전되어버린 이 수치가 의미하는 것은 무엇일까?

　　80세 고령의 이승만이 물러나고 김일성보다 다섯 살 아래인 박정희가 군사 쿠데타로 정권을 잡기까지, 남북한 대결은 북한의 일방적인 판정승이었다. 고령의 남한 지도자는 계속 북한에게 밀리기만 했는데, 젊은 지도자가 등장한 뒤 남한 경제는 북쪽을 앞지르기 시작했다. 남북한의 체제경쟁을 선언했던 남한의 젊은 지도자의 엎어치기 한 판 승이었다. 여기서 전후의 신생 독립국가 지도자와 그들의 나이에 어떤 함수관계가 있는 것인지, 한 번쯤 짚어볼 필요가 있겠다.

중국에서 풍상을 겪은 백범 김구는 이승만보다 한 살 아래이다. 이승만이 신생 독립국의 지도자로서 노령이라면 백범 김구도 예외는 아니다. 둘 다 황해도 출신인 백범과 이승만은, 광복 후 중국과 미국에서 각각 돌아와서 건국을 둘러싸고 노선 갈등을 빚기까지 형님, 아우님으로 서로를 불렀다. 두 지도자는 남북협상과 단독정부 수립으로 끝내 갈라지고 말았다.

1921년 중국공산당 창당대회는 상해서 첫날을 보내고, 이튿날부터 항주 근방의 가흥嘉興이란 곳으로 피난가다시피 하여 속개된다. 창당대회는 선상船上에서 이어가게 되었다. 가흥은 그때로부터 10여 년 뒤에 한국 임시정부와도 인연을 맺는다. 1932년 5월, 김구의 상해 임시정부는 상해로부터도 떠나야 했다. 상해가 망명지인데 또다시 망명길을 떠나야 한 것이다.

망명亡命이란 무엇인가. '도망이구명逃亡而救命'의 준말이다. 일단 위험으로부터 벗어나서 새로운 활로를 찾는 것이 망명이다. 대한민국 임시정부는 상해를 기점으로 계속 도망과 구명의 장정을 하게 된다.

4월 29일 윤봉길 의사의 홍구공원 의거가 있자, 일본은 임시정부를 싹쓸이하려고 혈안이 되었다. 그동안 온정적이었던 프랑스 조계도 결코 안전지대나 성역이 될 수 없었다. 부랴부랴 피난을 간 곳이 가흥, 중국공산당의 선상 창당대회가 열렸던 바로 그곳이었다.

중국공산당의 선상 창당대회가 열렸던 배. 당시 당국에 쫓기어 창당대회를 강 위에서 치렀다.

역사는 언제나 변화무쌍하다. 뒷날 한국전쟁에서 전쟁 당사국의 두 우두머리로 맞섰던 이승만과 모택동이 겨우 몇 달 차이로 상해를 스쳐갔던 것이다. 임시정부 법통을 껴안고 중국을 전전했던 김구가 상해 임시정부를 지탱할 수 없어서 첫 도망지로 택했던 곳이, 하필이면 중국공산당 또한 상해 창당대회를 속개하기 힘들어서 도망가다시피 해서 선상 창당대회를 열었던 가흥이었다.

대한민국 임시정부는 가흥을 기점으로 항주, 남경, 진강, 남경, 한구, 장사, 광주, 유주, 사천성 기강, 그리고 마지막으로 중경에 정착해서 8·15광복을 맞게 된다. 임시정부 하면 곧장 상해가 연상되는데, 실제로 임시정부가 상해에 있었던 기간은 10년 남짓이고, 나머지 기간은 천신만고千辛萬苦의 장정長征이었다. 망명 애국지사들이 다녔던 이 길을 오늘에 와서 한국의 기업들이 부지런하게 누비고 있다. 상해를 중심으로 하는 화동華東 지역은 삼성, LG, SK, 현대 그룹을 비롯한 한국의 거대 기업들이 모두 진출해 있다. 인천, 부산, 대구, 청주, 그리고 제주공항과 상해 포동을 잇는 항공편이 1주일에 115편이 넘는다.

요즘 임시정부가 뭘 했느냐, 매일 내부에서 싸움질만 하고 제대로 일제日帝와 맞붙어 싸우지도 못한 정부가 아니냐고 핀잔하는 소리가 들린다. 일면 옳은 말이다. 그러나 이런 논란들의 배후를 살펴보면 어떤 숨어있는 의도 같은 것이 쉽게 잡힌다. 항일 독립운동의 정통성을 중국 동북 지역이나 소만蘇滿 국경지대에서 있었던 국지적인 항일 게릴라 활동에 두려는 의도가 그것이다.

정정화鄭靖和 여사가 쓴《장강일기長江日記》를 보면 "일경의 현상금까지 걸려 있어 신변의 위험을 심하게 받고 있던 백범은, 공장에 머물지 않고 따로 그 공장의 공장장이며 저보성의 수양아들인 진동돈 집에 숨어있기로 했다. 그리고 그곳도 불안하다고 느껴질 때에는 남호南湖라는 호수의 배 안에 은신하기도 했다"며 가흥으로 몸을 숨긴 백범의 곤고했던 당시의 사정을 전하고 있다. 정정화 할머니는 앞서 이야기했던 동농東農 김가진 선생의 며느님이시다. 백범을 가장 가까이에서 보살피고 모셨던 분이다. 연로한 시아버님을 모시겠다고 단신으로 상해 밀항을 결행했고, 그 뒤 몇 차례에 걸쳐서 독립운동 자금을 마련하기 위해 목숨을 걸고 한국으로 잠입하기도 했다.

《장강일기》를 다시 읽으면서 정정화 할머니가 살아 계실 적

모습을 떠올렸다. 나는 김자동 선생과 1960년 4월 19일 직후에 친교를 맺어 오늘에 이르고 있다. 사연도 많고 굴곡도 심했던 지난 세월 속에 5·16 직후 김자동 선생 집에서 추어탕을 끓여 먹으며 정정화 여사님의 인자하고 자상하고 결단이 강한 모습을 인상 깊게 새겼던 일이 기억에 새롭다. 《장강일기》에서 한 대목을 살펴본다.

아들 자동이가 서울대학교 법과대학에 입학했다. 백범이 피살된 이후 두어 달 남짓 전국이 슬픔에 잠겨있던 1949년 9월의 일이었다. 집안일이나 성엄이 관계하는 한독당 일이나 한결같이 이렇다 할 만하게 기쁜 일이 없었던 차에 아들의 서울대 입학은 하나의 경사였다. 다만 아들의 대학 입학을 마땅히 축하하고, 또 아들뿐만 아니라 우리 내외의 감사의 말을 들었어야 할 백범이 이미 세상에 계시지 아니한 것이 몹시 마음에 걸렸다.

백범이 별세하기 꼭 두 주일 전 아들 자동이의 보성普成 중학교(6년제) 졸업식이 있었다. 백범은 기꺼이 그 졸업식에 참석하여 축사까지 맡게 되었는데, 그 자리에서 자동이를 가리켜 '내 친자식이나 다름없는 학생' 이라고 해서 졸업식장에 있던 성엄이 무척 자랑스럽게 여긴 적이 있었다.

'성엄' 은 김가진 선생의 아들 김의한 선생이고, 자동은 성엄의 아들이다.

혁명의 열정 기리는 '홍암 정신'

여운형의 딸 여연구가 자기 아버지에 대해 쓴 책이 있다. 몽양 夢陽 여운형은 1920년대 초, 상해교민단 단장으로 있으면서 하와이에서 밀항해 온 이승만을 프랑스 조계 안에 있는 미국인 목사 집으로 안내한 주인공이다. 그러나 여운형은 상해 임시정부가 매일 내부분열만 일삼고 별 볼일이 없다는 이유로 임시정부 참여를 거부했다고 여연구는 적고 있다.

8·15 해방 공간에서 하루아침에 서울에서 사라져 북한으로 가버린 여연구는 아버지 몽양과 김일성의 각별했던 사이를 자상하게 설명해준다. 자신과 자기 남매들의 월북도 모두 아버지 몽양이 김일성에게 부탁하여 이루어진 일이었다고 술회하고 있다. 아버지의 옛날 회고담을 빌려 여연구는 상해 임시정부를 별 볼일 없는 정부로 낮춰버렸다. 상대적으로 만주 지역의 항일 게릴라 활동을 높이 떠받들었다.

헌법에는 대한민국이 임시정부의 법통을 이었다고 명시되어 있다. 대한민국이 볼품도 없고 초라한 임시정부를 승계한 것이라면 대한민국은 그 시초부터 초라해지고 만다. 만주 게릴라 활동을 독립운동사에서 우위에 둔다면 그것을 승계했다는 북한이 정통성에서 유리한 고지에 서게 됨은 자명한 일이다. 그동안 일부 지식인들이 대한민국의 건국 자체를 '잘못 낀 첫 단추'라고 폄하해왔던 것도 결코 우연한 일은 아닌 것 같다.

윤봉길 의사가 왜군 수뇌들을 향하여 던진 폭탄 소리가 아직도 귀에 쟁쟁할 법도 한 상해의 홍구공원도 노신魯迅공원으로 이름이 바뀌었다. 상해 임시정부는 날이 갈수록 꺼져가는 등불처럼 우리들의 뇌리에서 점점 사라져 가고 있다.

남북협상을 위해 38선을 넘어서 평양으로 갔던 백범 김구만 우뚝 솟아 있을 뿐이다. 중원 땅을 전전하며 갖은 고생을 마다하지 않았던 임시정부 계열의 활동에 대해서는 마땅한 기록이나 영화 한 편 제대로 된 것이 없다. 백범에 대한 평가도 임시정부를 중심으로 펼쳤던 독립운동보다는, 단독정부 수립을 반대하고 평양의 남북협상에 참여했던 것에만 초점을 맞추고 있다.

한때 한국의 공중파 방송들은 고구려, 발해와 관련된 역사물을 집중적으로 방영하며 고구려, 발해의 역사를 감성적으로 미화한 적이 있었다. 얼른 보기에 중국의 동북공정에 맞불을 지르는 것 같기도 하여 시원한 느낌도 주었다. 그러나 어느 순간, 폭포처럼 쏟아지기 시작한 드라마들의 제작 의도에 의심이 들기 시작했다. 한반도에 현실적으로 존재하는 두 나라, 두 정권의 정통성 싸움에서 어느 한쪽의 손을 들어주는 것이 아닌가 하는 의구심이었다.

한국 임시정부가 8·15를 맞이한 곳은 중경이었다. 중경은 임시정부의 마지막 거점이었다. 최근 중경의 임시정부 청사가 새롭게 단장되었다. 반가운 일이다. 중경은 장강長江 뱃놀이의 시발점이다. 1989년 처음으로 중경 땅을 밟았을 때만 해도 내가 아는 중경은 임시정부가 있었던 도시이고, 중경에서 삼협三峽댐을 거쳐서 상해에 이르는 긴 유람선을 타는 곳으로만 알았다. 잠시 거쳐 가려고만 했었다. 그러나 하루 이틀 있으면서 이 산성山城도시의 매력에 빠져들고 말았다.

고층 빌딩들이 다닥다닥 산비탈에 붙어있는 모양도 매력적이었다. 산길을 따라 한참 올라가면 여기 저기 넓은 시가지가 형성되어 있다. 언덕이 높아서 자전거가 잘 보이지 않는다. 대신 오토바이가 많이 다니는데 경적을 울리지 못하게 했기 때문에 시끄럽지는 않다.

여름날의 중경은 찜통이다. 남경과 무한武漢, 그리고 중경을 중국의 '3대 찜통[三大火爐]'이라 한다. 그만큼 살인적인 더위가 이 도시의 또 하나의 특징인데, 이 무더위를 뚫고 공산당 유적들을 찾아 나서려니 여간 고생이 아니었다.

홍암촌紅岩村을 그대로 풀이하면 '붉은 바위 마을'이다. 그러나 알고 보니 국공합작 시절, 국민당에 파견되어 있던 중국공산당이 근거지로 삼았던 건물이 홍암촌이었다. 1938년부터 45년

항일전쟁을 위해 국민당과 공산당은 2차 합작을 실현하여, 1937년 8월에 홍군은 국민혁명군 제8로군으로 개편되었다. 위는 제8로군 산하 129사단이 산서성 동남부로 진군하는 모습.

까지 중국의 전시戰時 수도는 중경이었고, 한국 임시정부가 중경에 있었던 것도 그런 이유 때문이었다.

느슨하고 모순이 많았던 국공합작이기는 하였지만, 북방 섬서성 연안延安에 근거지를 두고 있는 중국공산당도 전시의 임시 수도 중경에 파견 형식의 연락기관 또는 협력기관을 두어야 했다. 공식적으로 중국공산당 중앙남방국과 팔로군八路軍의 중경 판사처辦事處가 홍암촌에 있었다.

주은래, 등영초鄧穎超 부부와 엽검영葉劍英이 주로 홍암촌을 지켰다. 중공군 10대 원수元帥의 한 사람인 엽검영은 황포군교 시절부터 주은래와 인연을 맺어왔다. 주은래는 정치부 주임, 자신은 군사 교관으로 초기 황포군교를 이끌었다. 모택동이 죽은 뒤,

오늘날 홍암촌의 모습.

4인방 타도의 주역으로 등소평 시대를 여는 데 핵심 구실을 한 대표적 인물이 바로 엽검영이었다.

국민당과 중국공산당은 항일전쟁을 위해 임시로 합작한 처지였지만 문자 그대로 오월동주吳越同舟였다. 지향이 달랐고, 서로 경계했다. 그러나 중공의 수도는 멀리 있고, 중경의 경찰력과 병력은 모두 국민당의 손 안에 있었다. 실제로 전쟁 중에도 국민당은 공산당원을 핍박했다. 홍암촌은 이렇게 어려웠던 시절의 중국공산당의 모습을 일깨워주는 곳이다.

1953년에 가다듬기 시작해서 1958년에야 혁명 유적지의 하나로 정식으로 공개되었다. 바깥에서 보면 2층 집이지만 안은 3층으로 되어있다. 원래 홍암촌은 여주인인 전국모錢國模와 남편 유문장劉文章이 살았던 별장이었으나, 중국공산당이 이 집을 빌려서 비밀 아지트로 만들어 보안과 경계를 철저히 했던 것이다.

중국 도처에서 '홍암紅岩'이란 이름을 적지 않게 볼 수 있다. 그냥 붉은 바위가 아니라, 중경의 혁명 유적지 '홍암'을 일컫는 말이다. '홍암정신'이란 말도 많이 쓰이며, 홍암촌을 다녀간 사람만 해도 3천만 명이 넘는다.

중국 영도 급으로는 주은래, 유소기, 주덕, 동필무, 엽검영, 등영초, 진의, 하룡, 곽말약, 양상곤, 이붕, 강택민이 다녀갔다. 모택동이 죽은 뒤 잠시 권력의 최정상에 있었던 화국봉도 홍암촌을 방문했었다. 외국인으로는 영국의 히스 수상과 미국의 키신저 국무장관이 이곳을 다녀간 대표적인 인물이다.

중국공산당은 공산당원들이 핍박을 받았던 산 증거로 중경의 감옥들을 보여준다. 사재동渣滓洞 감옥과 백공관白公館 감옥이 그것이다. 높은 산자락에 있어 경치도 아주 좋은 사재동 감옥은 원래는 광부들의 숙소였다. 일본이 패퇴하고 국공내전이 다시 가열되면서 중국공산당에 대한 국민당의 탄압도 심해져, 많은 공산당원들이 정치범으로 이들 감옥에 갇혔다.

1백여 명의 탈출자가 떼죽음을 당한 곳도 사재동 감옥이었다. 광부들의 숙소였지만 워낙 경치가 좋아서 대립戴笠라는 국민당군 특무 책임자가 장개석의 별장으로 개조하기도 했다. 장개석의 호를 딴 '중정실中正室'이란 현판이 그대로 남아 있어 눈길을 끌었다. 서안사변의 두 주인공 가운데 한 사람인 양호성 장군이 희생된 곳도 바로 이 감옥이었다.

1936년 12월 12일, 장학량과 함께 '서안사변'을 일으켜 장개석을 감금했던 양호성은 1949년 9월, 중공의 마지막 승리를 눈앞에 두고 이곳으로 끌려 와 비밀리에 살해되었다. 대립은 악명이 높았고, 이 일도 그가 저지른 것으로 알려져 있다.

1945년, 종전 직후 장개석과 모택동의 화평교섭 회동이 중경에서 이루어짐으로써 중경은 더욱 유명해졌다. 홍암촌도 덩달아 유명세를 얻었다. 8월 28일, 모택동이 연안에서 중경으로 날아왔다. 홍암촌엔 당시 모택동이 머물렀던 방과 집무실도 전시되고 있다.

중경 회담 동안 모택동과 장개석은 43일의 긴 회담 끝에 '쌍십협정'을 성사시킨다.

우여곡절을 겪으며 마침내 합의를 보아 체결된 것이 10월 10일이라는 날짜를 딴 '쌍십회담기요雙十會談紀要', 세상에서 흔히 일컫는 '쌍십협정'이었다. 10월 10일은 중국에서 신해혁명이 일어났던 날로 그 의미가 매우 크다. 그러나 그 뒤 쌍방이 서로 비난하는 것처럼, 국민당과 공산당의 싸움은 협정서의 잉크도 마르기 전에 더 격렬한 열전熱戰으로 확대되고 말았다.

'10년의 황무지가 오히려 다행'
― 소동파 시로 보는 중국

　중국 사람들과 의사소통을 원활하게 하기 위해 두보나 이백, 도연명陶淵明, 소동파蘇東坡의 시 몇 구절 정도는 알고 있는 것이 어떨까. 새삼스럽게 중국의 고전 명시들을 외울 수는 없겠지만, 좋아하는 시의 한두 구절쯤은 평소에 수첩에 적어두면 대화할 때 요긴하게 활용할 수 있다. 현대 시인으로는 많은 중국인들이 애송하는 노신魯迅의 〈유자우孺子牛〉라는 짧고도 애국적인 분위기의 시를 알아두는 것도 괜찮다.

눈썹 치켜뜨고 천 사람의 손가락질 쏘아보지만　　横眉冷待千夫指
머리 숙여 기꺼이 아이들 등 태우는 소가 되리라　　俯首甘爲孺子牛

　1932년에 노신이 쓴 이 시는 1942년에 모택동의 '문학강화' 한 마디로 전 중국인의 애송시가 되어버렸다. 연안 시절, 한 문학예술 좌담회에서 모택동은 노신의 이 시를 두고 "우리는 노신

을 본받아 프롤레타리아 계급과 인민대중의 '소'가 되어 목숨이
붙어있는 한 헌신적으로 봉사해야 한다"고 강조했다.

알다시피 눈썹을 치켜세운다는 것은 대결과 전투의 표정이다.
고개를 바짝 들고 눈앞의 적과 맞선다는 뜻이다. '천부지千夫指'
란, 수많은 사람들이 비난하며 손가락질하는 것을 말한다. 중국
엔 옛날부터 천 사람으로부터 손가락질을 받으면 병을 앓지 않
아도 죽고 만다는 말이 전해지고 있다. 당시 노신의 처지가 그렇
지 않았나 싶다. 그는 그를 비난하고 적대시하는 세력들과 맞서
싸워야 했던 것이다. 〈유자우孺子牛〉는 소처럼 넙죽 엎드려 등에
다가 아이들을 태운다는 얘기안데, 철저한 봉사와 헌신의 자세
를 은유하고 있다. '천부'가 중공당과 싸우는 적이라면, '유자'
는 인민대중을 가리킨다고 할 수 있다.

미국의 닉슨 전 대통령은 워터게이트 사건으로 물러나 야인
이 되었을 때, 모택동의 초청으로 다시 중국을 방문했다. 거
의 사경을 헤매다시피 하던 모택동을 만나서, 닉슨은 모택동의
시 한 구절을 인용하여 미국과 중국의 밝은 장래를 전망했다.
1965년 5월에 쓴 〈다시 정강산을 찾아서重上井岡山〉의 마지막
구절이다.

세상에 못 해낼 일 없노라 世上無難事

마음먹고 오르려고만 한다면 只要肯登攀

중국 사람들과 이야기를 나눌 때는 모택동의 시 한 구절로 속
뜻을 전할 수가 있다. 사실 이 시는 의미가 깊은 시이다. 시대적
배경을 두고 하는 말이다. 모택동이 38년 만에 정강산을 찾은 것
이 바로 '문화대혁명'을 한 해 앞 둔 1965년이었다. 이 시간에
담긴 의미가 중요하다.

그 무렵 중국에는 두 사람의 '주석主席'이 있었다. 공산당 주
석 모택동과 국가 주석 유소기. 소련의 흐루시초프 수상이 스탈
린 격하운동을 벌이며 세계의 공산권이 한참 시끌벅적할 때, 모
택동도 할 수 없이 한 발자국 뒤로 물러나 있었다. 유소기, 주은

문화대혁명을 일으킨 모택동과 이를 도운 임표(모택동 옆). 현대화 정책을 추진했던 유소기
(임표 옆)는 문화대혁명으로 모택동과 대립하게 된다.

래, 등소평 등은 모택동 노선과 다르게 국가의 현대화 정책을 추진했다.

인간에겐 '초심初心'이란 것이 있다. 정강산은 모택동에는 혁명의 초심을 상징하는 곳이다. 문화대혁명이란, 모택동에게 있어서 제2의 혁명이었다. 사실 그 자신이 문화대혁명을 자산계급에 대항하는 무산계급 혁명이라고 공언하기도 했다. 권력과 혁명정신을 되살리기 위해서 그는 초심의 정강산을 찾아 '世上無難事 只要肯登攀'을 읊었던 것이다.

정강산에서 모택동이 머물렀던 곳이 '정강산 빈관'인데, 1989년 내가 정강산을 찾았을 때만 해도 영업을 하고 있었다. 낡은 여관이라 여름인데도 너무 추워서 실내의 난방기를 틀었더니 그 소리가 너무 요란해서 밤잠을 설쳤던 기억이 있다.

모택동이 묵었던 방도 그대로 보존되고 있었다. 침대와 탁자, 의자도 그대로 그 자리에 놓여 있었다. 방문 앞 표지판엔 '모택동 동지가 정강산에 다시 올랐을 때 묵었던 방毛澤東同志 重上井岡山時的住房, 1965. 5. 22~5. 28이라는 푯말이 붙어 있었다. 정강산 방문 첫날에 그 방을 보았더라면 기념 삼아 하루쯤 묵을 법도 했는데, 기회를 놓치고 말았다.

중국에선 손꼽히는 시인 소동파를 노산鷺山 이은상 선생은 아주 싫어했다. 한국인을 깔보고 폄훼했다는 것이 노산이 내세운 이유였다. 고등학생일 때 이런 내용의 글을 읽고 나도 흥분한 적이 있는데, 그 근거를 잊어버렸다. 아마도 노산 문집을 찾아보면 노산이 노여워한 까닭을 알 수 있을 것이다.

예로부터 소동파뿐 아니고 중국인, 특히 중국의 지식인들은 한국인을 한 수 아래로 접고 본다. 최고로 치켜세운다고 하는 말이 기껏 '소중화小中華' 같은 말들이다. 중화문명, 좁게는 유교 문화를 흉내 내는 데 한국 사람들이 주변의 다른 오랑캐들보다 낫다고 하는 것이 칭찬의 전부라 할 것이다. 갖은 조공朝貢을 다 바치면서 고분고분할 때에는 '형제의 나라'라면서 우리에게 아우 '대우'를 해주었다.

그러나 소동파는 한국을 깔보는 것 말고는 탁월한 중국의 시인임에 틀림없다. 특히 기개도 대단해서 《삼국지》에 나오는 제갈공명에 대해서도 거센 비판을 서슴지 않았다. 유비가 촉蜀을 집어삼킨 것도, 비록 '천하를 셋으로 나누는 계략天下三分之計' 때문이라고 하겠지만 잘못된 일이라고 비판했다. 엄한 군율을 지키기 위해 어쩔 수 없이 울면서 장군 마속馬謖의 목을 벴다는 '읍참마속泣斬馬謖'의 경우도, 애초에 유비가 써서는 안 된다고 한 사람을 공명이 우겨서 등용해 저질러진 일이라고 공명을 나무랐다.

소동파는 대대로 비단 장수를 하는 집안에서 태어났다. 송나라 시대에 꽃피었던 과거제도가 아니었으면 벼슬길은 물론이고 재상에 오를 수도 없는 신분이었다. 소동파가 활동하던 시기, 송나라는 왕안석王安石의 신법파新法派와 사마광司馬光, 구양수歐陽脩의 구법파舊法派로 나뉘어 당쟁이 치열했다. 소동파는 자기의 과거급제 때 시험관이었던 구양수 편에서 정치를 했다. 당시 송나라는 구법파와 신법파가 엎치락뒤치락하면서 정권 다툼을 했는데, 그가 59세 때에 다시 신법파 세상이 되자 멀리 해남도로 유배를 갔다. 7년 동안 유배생활을 하다가 겨우 사면이 되어 상경하던 중 상주常州라는 곳에서 숨을 거두었다.

그 전에도 그는 정부를 비방했다 해서 100일 동안 옥살이를 했고, 이어 황주로 귀양을 갔는데, 그곳 동파東坡 땅에 오두막을 짓고 살았다. 그래서 그의 본명인 식軾보다 '동파'라는 호가 더 유명해졌다. 황주 귀양살이에서 얻은 〈동파 8수〉 가운데 다음 구절을 나는 가끔 인용한다.

착한 농사꾼은 지력을 아끼나니	良農惜地力
십 년의 황무지가 오히려 다행일세	幸此十年荒

동파 땅은 오래 갈지 않고 내버려 둔 황폐한 땅이었지만 그만큼 지력이 쌩쌩하게 남아 있어서 오히려 새로 개간하기에는 안성맞춤이란 뜻이다. 1960년대 이래 '한강의 기적'을 이뤄낸 한국의 눈부신 경제성장이나, 개혁·개방과 더불어 봇물 터지는 중국의 '상전벽해桑田碧海' 같은 발전상을 보면 이 시구가 절로 떠오른다. 특히 중국의 경우, 10년 동안의 문화대혁명으로 만신창이가 되었지만 중국이 개혁·개방으로 기적같이 소생한 것을 보면, 동파의 시구처럼 십 년의 황무지로 말미암아 중국의 지역이

생생하게 살아 있었던 것이 오히려 다행일 수도 있었겠다라는 객쩍은 생각을 해보았다.

1988년의 서울 올림픽과 2008년의 북경 올림픽. 20년 간격으로 두 나라는 국제 올림픽을 치렀다. 두 나라는 1950년에 한반도에서 피를 흘리며 싸웠고, 이후 그 뒤로 중국은 인민공사, 대약진 운동 등의 실패와 1966년 문화대혁명으로 완전 피폐해지는 길을 걷게 된다. 그러다가 1976년 모택동의 사망과 더불어 등소평의 시대가 막을 올리면서 새 중국 30년의 황무지가 비로소 본격적으로 개간되기에 이른다.

압록강 사이로 빛과 어둠 갈리는 단동과 신의주

중국 단동시와 북한 신의주시 사이로 압록강이 흐른다. 두 도시는 국경도시이다. 흐르는 강물의 가운데가 국경선이다. 그런데 두 도시의 밤은 너무나 대조적이다. 단동이 밤마다 불야성不夜城을 이루는 것과는 달리 신의주의 밤은 적막 그 자체이다. 단동의 강변에는 고층 아파트가 줄지어 서 있고, 지금도 공사 중인 아파트들이 곳곳에 솟아있다. 하늘 높이 치솟는 분수의 물줄기를 비추는 조명도 휘황찬란하다. 광장 한 모서리에는 아마추어 악사들이 트럼펫과 기타 연주로 지나가는 사람들의 발길을 멈추게 한다. 유럽이나 미국의 밤과 별로 다르지 않은 풍경들이다.

강 건너편의 깊이 잠든 어둠의 세계를 응시하면서 하늘로 치솟는 단동의 분수를 보노라면, 나도 모르게 "누구 약 올리는 거야?"라는 말이 입속을 맴돈다. 한때는 정반대인 시절도 있었다. 중국이 대약진 운동, 문화대혁명 등으로 경제 침체의 깊은 늪에 빠져 있을 때, 북한은 한국전쟁 이후 복구사업에 성공하여 호황

을 누리고 있었다. 1960년대 후반까지도 한국은 북한을 따라 잡

느라고 안간힘을 써야 했다.

　북한에 친인척을 둔 중국 조선족 동포들은 그때와 오늘, 명암

이 엇갈려 있는 현실에 곤혹스러워 한다. 중국이 어려울 때 그들

은 북한 친인척의 도움을 받았으나, 지금은 거꾸로 북한의 친인

척을 도와주기에 바쁘다. 한 번 북한을 다녀오면 며칠씩 밥맛을

잃는다는 동포도 있다. 두만강 하류의 훈춘이나 압록강 하류의

단동은 이러한 국경도시들의 독특한 분위기를 잘 드러낸다.

　지난 5월 28일, 단동을 찾았다. 비행기로 연길에서 심양으로

날아갔고, 심양공항에서 곧바로 유하柳河라는 곳으로 향했다.

미국에서 온 옛 친구가 유하와 단동을 찾을 일이 있어서 동행으

로 따라나선 길이었다. 가는 길에 점심을 먹은 시간을 포함해서

거의 네 시간이나 걸려 유하에 도착했다. 길은 잘 포장되어 있었

지만 가는 길이 그만큼 멀었다. 유하에서 단동으로 가는 길도 어

지간히 멀었다. 심양으로 되돌아가서 거기서 심단瀋丹 고속도로

를 타고 단동으로 가는 길을 택했다. 심양과 단동을 잇는 이 고

속도로도 세 시간 남짓 걸리는 짧지 않은 거리였다. 정확하게 밤

12시에 예약된 호텔에 짐을 풀 수 있었다.

　　아아 잊으랴 어찌 우리 이 날을

　　조국을 원수들이 짓밟아 오던 날을

한국의 어린이들은 '6·25'를 잘 모른다. 어떤 조사에 따르면, '일본이 한국을 침략했던 전쟁'이라고 답하거나, 임진왜란과 혼동하는 어린이들도 적지 않았다고 한다. 더구나 현재의 초등학교 교과서에서 '6·25'는 스치는 이야기 정도로 두세 군데에 나올 뿐이다. 그들에게 이 노래는 너무나 낯설고 이해하기 힘들 것이다. 하지만 오늘날 60대 이상의 세대들은 해마다 6월이 오면 이 〈6·25의 노래〉를 목청껏 불렀던 것을 기억할 것이다.

그런데 어느새, 정확하게 지난 10년 사이에 노랫말에 나오는 '조국'은 대한민국에서 온데간데없이 사라져버렸고, '원수'는 지구상에서 가장 다정한 친구가 되었다. 북한은 자신을 일컬어 반드시 '조국'이리는 호칭을 쓴다. 북한 사람들과 이야기를 나눌 때 '조국'이라는 말을 쓰면 훨씬 다정해진다. 한반도의 남쪽에서 사라진 '조국'이 북쪽 땅에서 위력을 발휘하고 있다. 이런 사정을 헤아릴 때 이 노래는 차라리 북한 어린이들이 불러야 할 노래라는 생각이 들기도 한다. 아직도 북한은 한국전쟁을 '북침'이라고 가르치고 있다. 그렇다면 '조국'인 북한을 남한의 '원수'들이 짓밟은 것이 되니까 말이다.

이 노래는 한국에서 사실상 잊혀진 노래가 되어버렸다. '민족공조'라는 큰 물살 때문이다. 어느 해던가 국방부가 제작한 포스터에 한국의 국군과 북한의 인민군이 형제처럼 나란히 다정한 모습으로 그려져 있어서 말썽이 되었던 적이 있었다. '원수'와 '적군'이 한순간 그림 한 장으로 '친구'와 '형제'가 되어버렸던 이 해프닝도 '민족공조'라는 큰 그림에서 나온 것이었다.

단동과 신의주를 잇는 쌍둥이 다리가 있다. 하나는 철로와 육로가 있어서 중국과 북한을 연결하는 가장 분주한 다리가 되어 있지만, 다른 하나는 강 위의 국경선에서 북한 쪽으로 가는 교각이 파괴된 채 복구되지 않고 있다. '압록강 단교斷橋'이다. 단동에서 신의주로 가다가 중간쯤에서 뚝 끊어진 이 다리는, 중공군의 한반도 진입을 막기 위해 미군 폭격기 100여 대가 1950년 11월 8일부터 1주일 동안 융단폭격을 해서 다리의 반 토막이 날아가 버리고 남은 것이었다. 끊어진 다리의 난간에 서 보니 6·25 한국전쟁은 '이미 흘러가버린 전쟁'이 아니었다. 아직도 진행되고 있는 아주 큰 덩어리의 역사로 나를 압박해 오는 것이었다.

새삼스레 북한을 '원수'로 보고 싶어서 이 노래를 인용한 것은 물론 아니다. 나 자신은 이미 두 차례나 평양을 다녀왔었고, 연변이나 상해·북경 등지의 북한 식당에서 '조국'의 젊은 '여복무원'과 다정하게 애기를 나눌 줄도 안다. '조국'의 소중한 노래 '사향가思鄕歌'도 혼자 흥얼거릴 정도로 북한에 대한 이해심도 남다르게 갖고 있다고 생각하는 사람이다.

그러나 엄연히 살아있는 전쟁의 실체 앞에서 전쟁의 의미를 제대로 파악하지 않고, 가치를 왜곡歪曲하거나 전도顚倒하는 일만은 문제가 심각하다고 말하지 않을 수 없다. 망각과 극복은 엄연히 다르다. 6·25 한국전쟁은 극복의 대상일 수는 있어도, 망각해도 될 그 무엇은 결코 아니기 때문이다.

중국 어디를 가나 정치교육, 사회교육이 잘 되어 있다는 인상을 강하게 받는다. 이 끊어진 다리도 예외가 아니었다. 단동에서 출발하는 지점에서 끊어진 부분까지, 중공군의 참전에 관한 홍보성 설명문이 차례로 진열되어 있었다. 한쪽에는 한국전쟁에 참여한 중공군의 활약상이, 다른 한쪽에는 다리와 관련된 전 세계의 역대 전쟁 사진들이 진열되어 있었다. 다리 진입로에는 팽덕회 사령관을 중심으로 '항미원조전쟁'에 참가한 중국인민군의 커다란 부조상이 먼저 눈길을 끌었다. 중공군은 이 압록강을

한국전쟁에서 전선을 시찰하고 있는 인민 지원군 사령관 팽덕회.

건너서 한반도로 진군했던 것이다.

끝부분 난간에서 관광객인 듯한 7~8명의 중국 노인과 노파들이 자기네끼리 무슨 말을 주고받고 있었다. 강 건너 북한 쪽을 손가락으로 가리키며 하는 말들을 들어보니, "우리 중국이 대단해. 우리가 도와주지 않았더라면 오늘 저 북한이 있을 수 있었겠느냐"가 속삭임의 골자였다. 아마도 나이로 보아 참전 군인이거나 그들의 가족들인 것 같았다. 참전 군인 가운데에는 전사자도 있을 수 있고, 그 뒤 영웅이 되어 출세한 사람도 있을 것이다. 옷매무새도 모두들 정갈하여 요즘 중국 경제의 현주소를 잘 드러내고 있었다. 그들은 아직도, 어떤 형태로든 '전쟁 세대'에 머물러 있었다. 우리 식으로 표현하면 '냉전사고'와 '분단의식'을 떨쳐버리지 못하고 있다고나 할까. 그러나 그들은 우리로서는 분통해야 할 한국전쟁 참전을 자랑스럽게 생각하고 있었고, 그들의 국가관 또는 애국심과 밀착시키고 있었다.

또한 그들의 우월감은 요즘 중국인들의 넘치는 자신감과 절묘한 배합을 이루고 있었다. 나날이 자신감을 잃어가고 있는 우리네와 대조적이었다. 요즘에 와서 중국이 우리를 조금씩 깔보기 시작한 것은 아니냐는 우려의 목소리가 있다. 한국이 6·25 전쟁을 마음속에서 점점 지워가고 있는 것과 달리, 중국은 사회교육, 정치교육을 통해 한국전쟁을 '승리한 전쟁'이라 주장하며 인민들을 단련하고 있다. 단동의 끊어진 다리는 나에게 6·25 전쟁을 다시 한 번 역사의 실체로써 환기시켜 주었다.

　며칠 뒤 상해로 가서 양산洋山 심수항深水港을 찾았다. 32.5킬로미터의 세계 최장이라는 ‘동해대교’를 건넜다. 거기 펼쳐진 장대한 시설들은 전쟁의 상처를 이미 넘어버리고 국가 건설을 향한 전후 세대의 집념과, 젊은 중국인들의 새로운 끼를 한껏 발산하고 있었다.

하늘 오르기보다 힘든 촉도에 꿈의 고속도로

한국과 수교한 지 겨우 15년, 모택동의 시 구절을 인용한다면 '손가락을 튕기다 말' 정도의 아주 짧은 한 순간에 지나지 않는 세월인데도, 중국은 지난 15년 사이 엄청난 변화와 발전의 모습을 보이고 있다. 모택동은 그의 첫 혁명 근거지인 정강산을 38년 만에 찾으면서, 서른여덟 해 세월을 손가락을 튕기는 짧은 한순간에 비유했었다. 38년에 견주면 15년은 무척 짧은 시간일 것이다. 그런데 사람이란, 모택동의 "세상무난사 지요긍등반世上無難事 只要肯登攀"란 시구처럼 마음먹고 하려고만 한다면 세상에 못 해낼 일이 없는 존재인 것 같다.

중국이 본격적으로 개혁·개방 정책을 편 지는 30년이 된다. 그 사이 15년은 한국과 중국이 교류를 크게 키운 기간이다. 서울 올림픽은 1988년, 북경 올림픽은 2008년, 둘 사이에 20년의 시차가 있다. 수교 당시의 한국과 중국의 경제력도 아마 20년 정도의 시차가 있었던 것이 아니었을까. 그래서 상호 교류가 필요했던 것인데, 지난 15년은 중국이 무서운 속도로 한국을 추월하는 시간이었다. 두 나라 관계가 가까우면 가까워질수록 한국은 더 이상 중국을 얕볼 수 없게 되었고, 중국은 그만큼 한국으로부터 더 이상 배울 것이 없다고 하는 형편이 되었다.

중국이 10년의 문화대혁명으로 망가질 대로 망가져버린 나라를 추스르고 개혁·개방정책으로 다시 일으켜 세우는 과정이야말로 한 편의 거대한 드라마였다. 공산정권 수립 이후 인민공사, 대약진 운동, 문화대혁명을 거쳐서 정반대의 이념과 정책인 개혁·개방으로 중국이 다시 일어서는, 반전에 반전을 거듭하는 중국의 현대사야말로 세계사에서 예전에도 없고 앞으로도 없을 드라마라 할 수 있다. 이 극적인 장면들에 등장하는 주인공을 꼽으라면 단연 모택동, 주은래, 등소평 세 사람의 이름을 들지 않을 수 없다.

2007년 8월 25일자 《인민일보人民日報》 해외 판을 보니 산과 숲을 뚫고 지나가는, 새로 건설된 시원한 고속도로 사진 하나가 눈길을 끌었다. 〈서한고속도로西漢高速公路 전선全線이 곧 개통될 것〉이라는 작은 제목에 〈촉도진정고별蜀道眞正告別 '행로난行路難'〉이라는 큰 제목이 보였다. 사진으로 보는 서한고속도로는, 2002년에 착공하여 거의 완성된 모습이었다. 왕복 4차선 도로이지만 산과 산 사이로 교각을 높이 세워 문자 그대로 장관壯觀이었다.

이 고속도로는 섬서성의 서안西安과 한중漢中시를 잇는 것으로 장차는 사천성의 성도成都까지 이르게 된다. 옛날부터 서안과 성도 사이의 험준한 길을 '촉도蜀道'라 했다. 《삼국지三國志》에 나오는 촉나라로 가는 길이 바로 촉도인 것이다. 산이 얼마나 높고 험했으면 시인 이백이 "촉도지난 난우상청천(蜀道之難 難于上靑天: 촉으로 가는 길, 참으로 험난하구나. 하늘 오르기보다 더 힘드네)"이라 했을까.

예로부터 촉도는 높은 산이 겹겹으로 에워싸고 있어서 길을 내기가 아주 힘들었다. 가파른 벼랑의 바위를 일일이 쪼아야 겨우 길이 된다. 그렇게 만든 길을 '잔도棧道'라고 하는데, 옛날 잠총蠶叢이란 사람이 그 어려운 일을 해냈다고 한다. 사천성 사람들이 외지, 특히 중국의 중심부로 나가려면 양자강을 이용하거나 이 잔도에 의지해야 하는데, 여간 어려운 일이 아니다. 등소평이 프랑스로 고학 길을 떠날 때에도 중경에서 장강, 곧 양자강에 올라 상해를 거쳐서 프랑스로 갈 수 있었다.

그런데, 드디어 이 촉도에 시원한 고속도로가 뚫린 것이다. 이제 촉도는 옛날의 그 촉도가 아니다. 30년 개혁·개방정책의 결과물이 이렇게 나오고 있다. 그 중심에 등소평이 있다. 등소평은 이제 이 세상 사람이 아니지만, 그가 죽고 10년이 지나 그의 고향인 촉나라 땅에 이제 고속도로가 뚫린 것이다.

등소평의 '흑묘백묘론黑描白描論'은 너무도 유명하다. 그는 검은 고양이든 흰 고양이든 쥐만 잡으면 된다고 말하면서, 배고픈 사회주의는 사회주의가 아니라고 외쳤다. 사상을 개조하고 마음을 열어서 개방과 개혁으로 나라를 새로 일으키자고 힘주

어 말했다. 중국의 비전과 진로를 분명하게 밝히면서, 개혁·개
방만이 중국이 새로 나아가야 할 '길'이라고 지도부와 인민들
을 다그쳤다.

'개혁·개방'을 중국에서 '제2의 장정長征'이라고 일컫는 것
도 이런 이유에서다. 서한고속도로가 개통되면서 이제 정말 촉
도는 유래가 깊은 '행로난行路難'과 마침내 고별을 하게 되는 것
일까. 적지 않은 문제점이 있으면서도 중국의 제2 장정은 오늘
도 계속되고 있다.

2

사상과 전략으로 거대 중국을 통합한 권력가 모택동

전쟁 이기고 새 중국 설계한
혁명유적지 서백파

손문의 '국공합작'에 가장 먼저 참여한 이대교李大釗는 모택동의 스승이었다. 모택동보다 겨우 네 살 위이지만, 처음 만났을 때 그는 북경대학 도서관 주임이었고 모택동은 사서 일을 보고 있었다. 모택동의 첫 번째 장인이자, 당시 북경대학 교수였던 양창제楊昌濟의 소개로 모택동은 도서관에 취직이 되었고, 그는 여기서 마르크스주의에 눈뜨기 시작했다.

당시 북경대학 총장은 채원배蔡元培였다. 그는 "사상의 자유라는 원칙에 따라 이념을 포함한 모든 것을 취하고 허용한다"고 선언할 정도로 대학에 자유로운 분위기를 보장하고 있었다. 따라서 마르크스주의 연구도 활발하게 전개되었다.

그 뒤, 이대교는 국민당의 북경집행부가 생기자 조직부장을 맡기도 했지만 그의 최후는 처참했다. 동북東北 군벌 장작림張作霖에게 체포된 지 22일 만인 1927년 4월 28일, 혹형과 회유에 시달리다가 비밀리에 처형되고 만다. 그때 그의 나이 38세, 북경

대학에 가면 뜰 한 모퉁이
에 그의 반신상이 서 있는
것을 볼 수 있다.

채원배가 북경대학 총장
으로 취임한 것은 1917년 1
월이었다. 1912년 정부의 교
육총장을 맡았다가 이내 사
임하고 독일로 건너갔던 그
는, 1916년 다시 중국으로
돌아왔다. 채원배는 당대의

북경대학 총장 시절의 채원배.

명망 높은 학자이자 전형적인 전통 지식인이었다. 그는 서구의 자
유주의 사상과 중국의 전통적인 부분을 함께 받아들임으로써 포용
적인 교육 정신을 펼칠 수 있었고, 신해혁명 뒤 드러나기 시작한 대
학 안의 신구新舊 갈등을 나름대로 추스를 수 있었다.

당시의 북경대학 분위기를 짐작할 수 있는 몇 가지 단면을 소
개하면, 학칙에 대학평의회를 두어 교수들이 대학 운영에 참여
할 수 있는 길을 열어주고 있었다. 이것은 채원배의 명망과 영향
력이 정부를 설득할 수 있었기 때문에 가능한 일이었다. 또 교수
들이 7년을 근무하면 1년 동안은 외국에 나가서 연구할 수 있도
록 하는 규정을 두기도 했다. 요즘 말로, 안식년이나 연구년 같
은 제도가 채 총장 당시에 시행되었던 것이 재미있다.

호금도 중국 국가주석이 취임 뒤 첫 번째로 방문한 곳이 서백파라는 말을 앞에서 했다. 서백파는 하북성에 있는 작은 마을이다. 땅은 메마르고 교통도 외진 곳이다. 그런 곳을 호금도는 왜애써 찾아갔을까. 1998년 정월에 나도 서백파를 찾은 적이 있는데, 중국 공산혁명의 줄거리를 알기 위해서는 참 잘 찾아왔다고 생각했었다. 하북성 성도인 석가장石家莊을 거쳐 들어가야 하는 후미진 곳인데, 그 뒤 길을 잘 닦아놓아서 크게 불편하지는 않다.

서백파에는 강남수고崗南水庫라는 큰 저수지가 있다. 저수지 입구에 다섯 사람의 거대한 동상이 보인다. 왼쪽부터 주은래, 유소기劉少奇, 모택동, 주덕朱德, 임필시任弼時, 당시의 최고 영도들이 모두 두터운 솜옷을 입고 서 있다. 마침 떠오르는 아침 햇살이 이 다섯 사람의 동상을 비추고 있는 것이 인상적이었다.

이 다섯 영도 가운데 유독 낯선 이름이 임필시이다. 임필시는 1950년 10월 25일 뇌일혈로 쓰러졌다가, 사흘 만에 숨을 거두었다. 1904년생으로, 등소평과 동갑인 그는 이때 46세였다. 건국 이듬해 젊은 나이에 죽었기 때문에, 다른 개국공신들이 그 후에 겪어야 했던 영욕榮辱의 역사를 그는 겪지 않아도 되었다. 하지만 모택동, 주덕, 주은래가 다같이 1976년에 거의 천수를 누리고 숨을 거두었던 것에 견주면 그의 수명은 너무 짧았다고 하겠다.

그만큼 그는 대외적으로 덜 알려진 존재이지만, 모택동과 같은 호남성 출신으로 항일전쟁 때에는 팔로군의 정치부 주임과 중앙군사위원회 총정치부 주임 등을 맡았었다. 1945년 4월부터 연안에서 열렸던 일련의 고위급회의에서 그는 모택동, 주덕, 유소기, 주은래와 함께 5인으로 구성된 당 서기처의 서기로 선출되었다. 이는 요즘의 중국공산당 조직에서 보면 정치국 상무위원과 같은 격이다. 중공 중앙中共中央 비서장도 겸한 그는, 젊은 나이에 연안과 서백파 시절 중공당의 새로운 영도 집단의 구성원으로 떠올랐던 것이다. 다섯 사람의 서기 가운데 주덕이 59세로 제일 연장자였고, 41세의 임필시가 가장 젊었다. 젊은 만큼 그는 역동적으로 활동했고 몸을 많이 혹사해서 당뇨, 고혈압 등에 시달렸다.

당시 5대 서기들은 완전히 고정된 것은 아니지만, 대체로 정

서백파 시절 5대 서기 가운데 가장 젊었던 임필시(맨 왼쪽)

해진 구실이 있었다. 모택동은 사실상의 최고 군사통수권자로서 전국의 군사 지휘를 맡았고, 주덕은 당의 감찰 사업, 유소기는 당내 사무와 적 통치구역 안에 관련된 여러 사업, 임필시는 토지 개혁을 책임졌다. 주은래는 군사 방면에서 모택동과 협조하는 일을 맡았다.

서백파는 중국 공산정권을 배태한 역사적인 고장이다. 거기 서 북경 정부의 뼈대가 잡혔다. '해방전쟁'이라 일컫는 국공내 전國共內戰에서 공산군이 승리한 3대 싸움[戰役]이 있다. 해방전쟁 의 결정판이라 할 '평진平津 전역, 회해淮海 전역, 요심遼瀋 전역' 이다. 당시 모택동과 주은래가 협조하여 해방전쟁을 승리로 이 끌었던 지휘처는 20평방미터도 채 안 되는 모택동의 좁은 사무 실이었다. 침실과 사무실이 붙어있는 이 방에서 4개월, 120일에 걸쳐서 3대 전역을 승리로 마무리했던 곳이 서백파인 것이다.

서백파에서 모택동이 북경으로 향한 것이 1949년 3월 25일이 었다. 이 역사적 장도壯途에서 모택동은 이대교를 생각했다. 모 택동으로서는 떠난 지 30년 만에 북경을 찾는 길이었다. 단순한 방문길이 아니라, 숱하게 죽을 고비를 넘고 넘어서 '새 중국'의 건국을 선포하기 위해서 가는 길이었다. 북경의 성벽이 시야에 들어오자 모택동은 느닷없이 이대교 이야기를 꺼내는 것이었다.

"30년이 지났군요. 나는 나라와 백성을 구하는 길이 무엇인가 하고 동분서주하면서 인생의 쓴맛도 적지 않게 보았습니다. 그

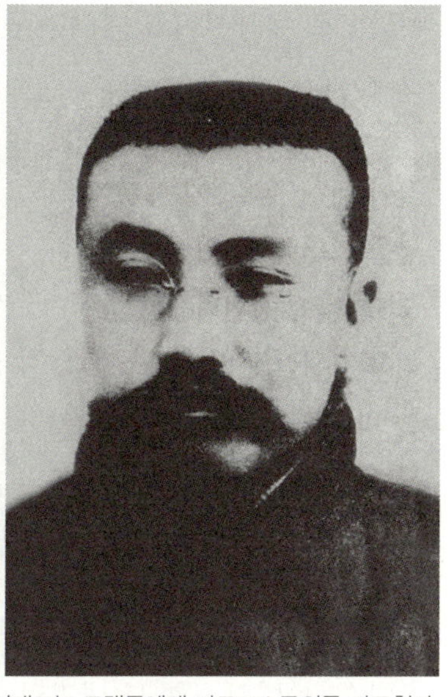

젊은 시절의 모택동(좌)과 이대교(우). 이대교는 모택동에게 마르크스주의를 가르쳤다.

러나 참으로 운 좋게 북경에서 아주 훌륭하신 선생님 한 분을 만나게 되었는데, 그분이 바로 이대교 동지였습니다. 나는 그의 도움으로 마르크스주의자가 되었습니다. 그러나 안타깝게도 그 분은 혁명을 위하여 고귀한 생명을 이미 바쳤습니다."

자신에게 마르크스주의를 가르친 이대교를 추억하는 한편, 모택동은 명나라 말기에 농민혁명을 일으켜 잠시 북경의 자금성紫禁城을 차지했으나, 중국 천하를 얻는 데에는 실패한 이자성李自成에 대해서도 한 마디 하는 것을 잊지 않았다. 하북성의 탁현涿縣에서 마지막 밤을 보내고 북경으로 떠나는 날 아침, 모택동은 느닷없이 측근에게 "서울[北京]로 과거 보러 가는 길입니다. 우리는 절대로 이자성이 되어서는 안 됩니다. 우리 모두 시험에서 좋은 성적을 내기 바랍니다"라고 말한 것이었다.

명나라 마지막 황제 숭정제崇禎帝의 자결과, 권신들의 항복을 받으며 기세 좋게 입성했지만, 결국 이자성은 만주족의 청나라가 산해관山海關을 넘어 북경으로 쳐들어오자 쫓겨 달아나고 만다. 황제 즉위식도 미처 치르지 못한 채, 북경 입성 40일 만에 농민반란군을 이끌었던 이자성의 천하는 막을 내렸다.

명나라 말기, 서북 섬서陝西지방에 닥친 대기근은 농민의 폭동을 촉발시켰고, 점차 확대된 농민폭동의 중심에 이자성이 있었다. 그는 틈왕闖王이라 자칭하고 낙양洛陽과 서안西安을 점령하고 대순大順이란 국호도 내걸었다. 명의 정예부대가 동북의 청나라 군대와 산해관에서 대치하고 있는 틈을 타서 이자성 부대는 1664년 순식간에 북경을 손 안에 넣을 수 있었지만, 대세는 자기 몫이 아니었다.

역사에 밝은 모택동은 이자성의 실패를 절대로 되풀이할 수 없다는 결의와 자신감을 갖고 서백파를 떠나 북경으로 향했던 것이다. 서백파는 현재 역사의 도시로 존재한다. 거기에도 물론 혁명기념관이 있다. 나는 그 기념관에서 작은 문서 하나를 발견하고 스스로 대견해 한 적이 있다. 제목이 '창의실행화장倡義實行火葬'이라 적힌 긴 두루마리 문서였다.

등소평과 이탈리아 여기자 파라치와의 대담에 이런 얘기가 나온다. "1950년대 중국공산당의 영도들은, 죽고 나서 화장을 하여 골회나 유해를 남기지 말며, 무덤을 만들지 말자고 약속했다"는 것이다. 모택동이 앞장서서 서명을 한 그 문서가 서백파 혁명기념관에 있었다. 모택동은 친필서명에서 "현기화장적지원 모택동現其火葬的志願毛澤東"이라고 적고 있었다. 그러나 모택동의 이 다짐은 지켜지지 않았다.

천안문 광장, 자금성 건너편에 모택동기념당이 있다. 아침이면 모택동의 유체가 지상으로 올라오고, 저녁이면 지하로 내려간다. 실내에서는 모자도 벗어야 한다. 모택동 사후의 권력 승계를 위한 투쟁에서 강청江青 등 4인방은 자기네가 정통 승계 세력임을 내세우며 모택동의 유체 보존을 고집하여 관철시켰던 것이다.

모택동의 '통일전선 전략', 장개석을 꺾다

　호금도 중국 국가주석이 근래 서백파와 연안을 방문한 것을 두고 한국의 언론들은 재미있는 풀이들을 하고 있었다. 대체로 모택동 정신의 재현이라는 데 초점을 맞추었다. 어떤 신문은 도표까지 만들어 모택동과 호금도를 한 편으로 묶고, 등소평과 강택민을 다른 한 편으로 구분해서 좌우左右로 편 가르기까지 해놓은 것을 보았다. 일리 있는 평가일 수 있다. 정치권의 모든 기미나, 특히 상층부 내부의 미묘한 기류들이란 대체로 권력 싸움이나 노선투쟁의 또 다른 표현일 경우가 많기 때문이다.

　그러나 현재 진행 중인 선부론先富論과 공부론共富論 또는 균부론均富論을 노선의 대립으로 보는 것은 중국의 현실과는 거리가 있는 해석이다. 나아가 등소평과 강택민을 우파로, 호금도를 좌파로 갈라, 호금도의 연안·서백파 방문과 공부론을 연관 지어 모택동 노선으로 회귀한다고 보는 논리적 시도는 다분히 한국적이다. 한국 정치의 연장선 위에서 중국을 바라보는 시각이라는 얘기다.

모택동이 서백파에서 해방전쟁을 거의 마무리하고 있던 1949년 1월 31일 이른 새벽에, 소련의 군용기 한 대가 석가장 비행장에 내렸다. 비밀리에 모택동을 찾은 미코얀 일행이었다. 스탈린의 밀사 미코얀과 중국공산당 5대 서기들과의 회담은 그 뒤의 중·소 관계에 중요한 의미를 갖게 된다. 이 자리에서 미코얀은 소련의 당부 몇 가지를 건넨다.

지주와 부농들로부터 몰수한 토지를 농민에게 그냥 나눠 줄 것이 아니라 소련식, 다시 말해 마르크스 레닌주의 원칙에 따라서 협동농장을 꾸릴 것과, 새로 출범하는 정부는 공산당 일당 체제(소련식 프롤레타리아 독재체제)로 출발할 것을 요구했다. 더 중요한 사항으로 국공내전, 곧 해방전쟁을 빨리 끝내고, 양자강을 중심으로 국민당과 공산당이 남북으로 두 정부를 세워 중국을 다스릴 것을 제안했다. 내전이 더 확대되어 중공군이 양자강 이남으로 치고 내려갈 경우, 미국의 군사 개입이 우려된다고 중국 측을 윽박질렀다.

말이 설득이지, 이것은 스탈린이 중국공산당에 보내는 강력한 경고였다. 중국공산당 지도부는 이 모두를 거절했다. 농민들은 농토를 나눠 가져야 비로소 참된 해방을 느끼게 되고, 세상과 자기 신세가 모두 바뀌었다고 생각하게 된다고 대답했다. 중국의 공산혁명은, 200만 명이나 되는 농민군과 몇 백만 명의 농민 지원부대가 전선의 전후방에서 잘 싸워주었기 때문에 가능한 일이었다고 설명했다.

중국공산당 정부는 여러 세력의 연합체적인 성격을 띤 연합정부로 출범했다. 새 정부의 요직은 공이 많다 해서 공산당 수뇌들만이 독차지할 것이 아니라, 그동안 그 어려운 시기에 공산당 사업을 도와준 비非 공산당의 많은 대표자들, 이른바 ‘민주인사’들도 대거 참여시켜야 한다는 것이 중국공산당의 방침이었다. ‘우리를 도와준 사람들을 버릴 수 없으며, 그들과 함께 가는 중국 특유의 정부를 만들겠다’는 의지를 보였다. 또 그대로 실행했다.

‘정협政協’, 곧 ‘정치협상회의’의 탄생이 연합정부 수립의 중요한 근간이 된다. 정치협상회의의 배경은 통일전선統一戰線이다. 중국공산당의 통일전선 전략은 공산당 승리의 핵심이자 기본이다. 비 공산 세력인 소지주, 대지주, 소자산계급, 민족자산계급을 아울러서 공동으로 적에 대항하는 통일전선을 구축하는 것이야 말로 중국공산정권 수립의 바탕이 되었던 것이다. 중국의 국기인 오성홍기五星紅旗를 보면 그러한 의도가 잘 드러나 있다. 붉은 바탕에 큰 별 하나와 작은 별 네 개가 그려져 있다. 큰 별은 물론 중국공산당이다. 큰 별을 둘러싸고 있는 작은 별들은 농민과 노동자, 소자산계급과 민족자산계급이다.

모택동은 공산혁명을 내세우지 않았다. 당장은 반反봉건, 반反제국주의 민주혁명을 한다고 말했다. 공산주의 사회 건설은 그 다음의 과제라고 했다. 앞으로 몇 해가 걸릴지 모르지만, 이러한 민주혁명 단계를 거쳐서 비로소 중국은 공산주의 혁명에 들어갈

비공산 세력인 소지주, 대지주, 소자산계급, 민족자산 계급을 아울러서 통합한 것이 중국공산 정권 수립의 바탕이 되었다. 네 계급이 통합된 중앙인민정부위원회의 위원들(앞줄 왼쪽부터 이재심, 주덕, 모택동, 장란, 유소기) 위로 보이는 오성홍기가 이를 잘 나타낸다.

수 있다고 '민주인사' 들을 설득했고, 그것이 통했다.

중국의 동북지방을 삼킨 일본이 중원을 침략하기 시작하자 장개석의 중공군 토벌은 점점 더 명분을 잃어갔다. 일본에 대항하지 않고 같은 편끼리 싸우는 데 대한 국민들의 불만과 불안을 시원하게 해준 사건이 1936년 12월 12일 장개석을 감금하여 국공 합작을 이끌어낸 '서안西安사변' 이었다.

그 결과 광동 시절에 이어 두 번째로 국공합작이 이루어졌다. 이러한 통일전선의 성공이 건국에 즈음하여 정치협상회의로 이어졌고, 중공 정권 출범의 한 근간이 되었다. 물론 모택동은 연합정부를 구성한다 해도, 공산당의 지도와 통제를 받는 정치 체제인 점은 분명히 했다.

모택동은 소련의 '두 개의 중국' 제안에도 오히려 큰 소리를 치면서 받아들이지 않았다. 그러나 스탈린은 중국공산군이 제남濟南을 공격했을 때 청도靑島 등지에 와있던 미국 제7함대가 움직이지 않았고, 천진天津을 칠 때엔 당고唐沽에 주둔해 있던 미국 함대가 이미 철수한 뒤였다는 사실들을 들어 미군의 개입 가능성을 일축했다. 미국의 군사 개입을 빙자하여 한 국토, 두 정권이라는 카드를 내민 스탈린의 진의는 무엇이었을까.

스탈린은 강대한 중국을 원하지 않았다. 같은 공산권이고, 당시 소련이 세계 공산진영의 우두머리로 막강한 힘을 발휘하고 있다고는 하지만, 국경을 맞댄 중국이 새로운 통일국가로 발돋움하는 것을 소련은 달가워하지 않았다. 중국에 대한 경계는 오래 전부터 소련의 기본적인 국가 전략이었다.

한편, 스탈린은 혁명을 추진하는 과정에서 방법론을 놓고 고분고분하지 않았던 모택동을 껄끄럽게 생각했고 신뢰하지 않았다. 이와는 달리 항일전쟁과 국공내전에 지칠 대로 지친 장개석을 다루기 쉬운 상대로 보았다. 장개석의 남경 정부가 중공군에 밀려 중경으로 옮겨 갈 때, 다른 나라 대사관들은 사태의 추이를 본다며 엉거주춤 수도인 남경을 지키고 있었으나, 소련의 주중駐中 대사관만은 중경으로 국민당 정부를 따라갔던 것이다.

미코얀은 특히 술을 좋아했던 것 같다. 독한 중국 배갈을 유리컵에 부어 벌컥벌컥 마셨다는 이야기가 있다. 이와 달리 모택동, 주덕, 임필시는 체질적으로 맞지 않거나 혹은 병으로 술을 마시지 못했고, 유소기가 배갈 몇 잔을 마셨다. 술이 센 편인 주은래만이 미코얀과 대작했지만 미코얀의 상대가 되지 못했다 한다. 옷매무새도 완전히 대조적이었다. 중국의 최고 영도라는 다섯 사람은 주름 발이 서지 않는 누더기 같은 낡은 솜옷을 걸친 채였고, 모택동의 옷소매엔 기운 자리가 그대로 드러나 거의 남루에 가까웠다. 하지만 전승국 소련의 미코얀은 멋진 모자에 가죽 외투를 걸치고 있었다.

연안과 서백파에 모택동의 정신과 노선이란 것이 별도로 신주단지처럼 모셔져 있는 것이 아니다. 그곳엔 모택동을 중심으로

연안 시절 남루한 복장을 하고 있는 모택동과 동지들.

했던 공산당 지도자들의 혁명에 대한 열의와 고난의 삶이 녹아 있고, 혁명의 주축이었던 농민들의 희생과 헌신이 구석구석 짙게 깔려있다. 호금도 주석이 추구하는 것은 바로 그러한 선대, 선배들의 실천적인 삶이며 그것의 현대적 재현이라 할 수 있다.

중국 공산혁명의 주축이었던 농민의 '삶의 질'을 이대로 방치했다가는 오늘의 경제성장 자체가 무의미해질 수도 있다는 절박한 위기감을 중국의 지도부는 절실히 느끼고 있다. 한국인들의 눈에, 그것은 부질없게 보이거나 한낱 정쟁政爭쯤으로 비칠 수도 있을 것이다. 물론 오늘날 중국의 지도부가 도시와 농촌 사이의 소득 격차를 좁히기 위해서 특별히 애쓴다고 하더라도, 그 성과

혁명의 거점이었던 연안을 방문한 등소평.

나 효율성에 대해서는 아무도 장담할 수 없는 것이 중국의 현실이기는 하다.

그러나 여기서 하나 짚고 넘어갈 것은, 강택민과 호금도를 정적 개념이나 적대관계, 더구나 좌우파로 분류하는 것은 부적절하다는 것이다. 두 사람 모두 등소평이 발탁한 개혁·개방정책의 승계자들이다. 호금도의 공부론은 등소평의 선부론을 비방하거나 부정하지 않는다.

서부 내륙지방과 동부 연안지방, 농촌과 대도시, 농민과 도시민의 소득 격차와 차츰 증대되는 사회갈등 현상을 두고, 등소평과 강택민의 시장경제 정책을 겨냥하여 호금도가 정치적 공세를 취하는 것으로 이해한다면 이야말로 한국정치의 연장선에서 중국을 바라보는 것이 된다.

개혁·개방 정책으로 급성장한 중국 경제를 누가 다시 뒤로 되돌릴 수 있겠는가. 빈부격차를 해소한다고 이 시점에서 인민공사, 대약진 운동을 연상시키는 모택동식 극좌極左노선으로 되돌아가겠다는 사람이 있다면, 이야말로 엄청난 역발상이거나 역주행이다. 고난과 희망의 연안, 서백파 시절의 초심初心과 초발심初發心을 어떤 형태로든 오늘에 되찾아서, 새로운 발전과 도약의 디딤돌로 삼으려는 것이 현 지도체제의 의지가 아닐까.

중국의 거대한 실험에 주목하는 눈길도 있다. 사회주의를 거쳐 이제는 자본주의 경제를 실험하며 소화하고 있다고 보는 시각이다. 사회주의와 자본주의를 구성 원리로 하는 새로운 사회 모형을 만들어나가려는 것이 중국의 꿈이며 의지라고 매우 긍정적으로 중국을 바라보는 지식인들이 있다.

모택동이 거대한 중국의 밑그림을 그리고, 등소평과 강택민이 개혁·개방의 정책의 역동적인 추진으로 국부 창출에 성공하고, 이제 호금도의 지도부가 그 강력한 국부의 바탕 위에서 중국 특색의 사회주의를 새롭게 해석하고 소화해나가는 새로운 도전을 시도하고 있다. 이러한 흐름을 21세기 중국의 지향이라고 보는 시각이 만만치 않다는 이야기이다.

호금도 국가주석이 부지런히 혁명 성지를 순례하고, 온가보溫

家寶, 원자바오 총리가 10년 넘게 입은 점퍼를 걸치고 민정시찰에
나서는 것을 무슨 정치노선 싸움이나 지나가는 이벤트쯤으로 보
아서는 안 된다. 그들은 더 많은 시간을 할애해서 전 세계를 누
비며 국가발전의 원동력인 에너지 자원 조달에 나라의 명줄을
걸다시피 하고 있지 않은가.

역사의 도시 광주에서 호남성 수도인 장사長沙로 갔다. 대장정의 시발지인 서금瑞金이나 남창南昌으로 바로 갈까 했으나 교통편이 마땅치 않았다. 관광지인 계림桂林도 들를 겸, 모택동 혁명의 발진기지라 할 호남성으로 방향을 틀었다. 장사를 거쳐서 정강산과 서금을 갈 수도 있다는 생각이 들었다.

장사는 모택동이 중학교를 다닌 곳이다. 호남성 제1사범학교 졸업이 모택동의 최종 학력이다. 그는 당대의 다른 혁명동지들처럼 프랑스, 독일, 러시아, 일본 등지로 유학을 다녀오거나 국내의 군사학교를 다니지 않았다. 그는 철저하게 독학도獨學徒와 독학파篤學派로 자신을 일으켜 세웠다. 그러나 그가 이렇게 독학하는 이유로, 그의 게으름과 외국어에 대한 무능력를 꼽는 사람도 있다.

장융張戎과 존 헐리데이가 함께 쓴 《마오-알려지지 않은 이야기들》이란 책을 보면, 그동안 세간에 알려진 모택동의 위대성과 신비성이 송두리째 뒤집히고 있다. 초창기 급진주의자나 공산주의 지향의 동지들처럼 그가 프랑스나 소련으로 가지 않은 것은, "육체노동을 해야 할 것이라고 생각하니 내키지 않았기 때문"이라고 적고 있다. 이어서 "모택동이 알파벳도 익히지 못하자 다른 학생들이 그를 놀려댔고, 그러자 그는 홧김에 수업을 그만 두었다고 한다"라고 들은 이야기를 전하고 있는 것을 보면, 이들은 모택동이 어학에 소질이 없고 힘든 일을 피해서 외국에 나가지 않았던 것으로 이해하고 있는 것 같다.

그러나 모택동이 고단함과 죽음을 무릅쓰고 혁명에 몸을 내맡긴 사실이나, 장사의 사범학교 시절 영어사전을 끼고 다녔다는 후배들의 말들과 맞춰보면, 조금은 과장되거나 악의적인 해석을 하고 있는 것은 아닌가 하는 생각도 든다.

그 진위야 어찌 되었든, 해외 유학파도 아니고 군인으로 경력을 쌓은 것도 아닌 모택동은 이례적이며 매우 특출한 존재임에 틀림없다. 그는 일생 동안 사마광司馬光의 《자치통감資治通鑑》을 열일곱 번이나 탐독하며 제왕학帝王學을 스스로 익혔고, 병서兵書에도 아주 밝았다고 한다. 육도六韜와 삼략三略, 손자孫子와 오자吳子의 병법에도 정통했다. 해방전쟁과 항일전쟁, 그리고 한국전쟁에서 보여주었던 그의 군사 전략도 오로지 독학으로 익힌 것이라 할 수 있다.

저명한 중국인 물리학자 전삼강錢三强과 모택동이 나눈 대화가 있다. 《모택동과 중국철학전통毛澤東與中國哲學傳統》이란 책에서 저자 필검횡畢劍橫이 전해주는 이야기는 다음과 같다.

1955년 1월에 '원자原子가 발전할 수 있는가'에 관한 1차 토론회에 참석하여 모택동은 전삼강에게 이렇게 물었다.

"양자量子와 전자電子는 어떻게 이루어집니까?"

당시의 자연과학은 이 문제에 대한 연구가 진전되지 못했기 때문에 전 삼강은 사실대로 대답했다.

"이 문제에 대해서 새롭게 알고 있는 것은 없습니다. 단지 현재까지의 연구로는 양자와 중성자中性子가 원자핵을 구성하는 기본 입자라는 것만 알고 있습니다."

모택동은 이 말을 듣고 웃으며 말했다.

"제가 보기에는 그렇지 않습니다. 양자, 중성자, 전자는 당연히 나눌 수 있습니다. 하나가 나뉘어 둘이 되고, 대립·통일하는 것입니다. 비록 지금까지의 실험에서는 증명하지 못했다 하더라도 앞으로 실험 여건이 향상되면 그것들이 쪼개질 수 있다는 게 증명될 것입니다."

그리고는 "여러분은 믿습니까, 믿지 않습니까? 여러분이 믿지 않더라도 나는 믿습니다"라고 유머러스하게 말하였다.

아마도 저자는 이 글을 통해 모택동의 사색과 식견을 전하고 싶었던 것 같다. 모택동을 높이 추켜세우는 이러한 글들은 중국

문헌 여기저기에 보인다. 이와는 조금 다르긴 하지만 아주 최근에도 진징이金景— 베이징대 교수는 〈중국의 대국주의 경계론〉이란 시론(《문화일보》, 2006년 5월 2일자)에서, "1950년대 중반에 이미 모택동은 50년 후인 21세기에 들어서서 중국은 강대한 사회주의 공업국이 될 것이고, 그때 경계해야 할 것은 중국의 '대국주의'라고 전망했다"고 전했다. 오늘날 전 세계가 중국의 대국주의나 패권주의에 예민해 있는 시점에서, 모택동의 말을 근거로 "50년 전의 마오毛의 이 말은 오늘의 중국을 정확히 읽는 키워드이기도 하다"고 진징이 교수가 말하고 있는 것도, 의도적이든 아니든 모택동의 예측 능력과 문제의식을 잘 드러낸 대목이 아닐 수 없다.

모택동과 전삼강의 대화가 있고, 10년이 못 되어 중국은 원자폭탄 실험에 성공한다. 1964년 10월 16일, 《인민일보》는 호외를 뿌리며 핵실험 성공에 환호한다. 겉으로는 미국의 핵무기를 '종이 호랑이'라고 비웃던 모택동이었지만, 속으로는 원자탄 개발만이 중국의 안보와 국제적 위상을 담보한다는 믿음을 갖고 핵개발에 전력투구했던 결과였다.

1956년, 중국은 '핵核공업부'를 설치하고 1958년엔 전문가들로 구성된 원자폭탄 연구소를 가동한다. 얼마나 절박했던 과제였느냐 하면, 당시의 부총리 겸 외교부장이었던 진의陳毅가 "바지를 전당포에 잡혀서라도 해내야 하는 일"이라고 말했을 정도였다. 문화대혁명 초기인 1967년 6월 17일에는 수소폭탄마저

개발하여 세상을 놀라게 했
다. 1972년, 세계의 의표를
찔렀던 중·미 정상회담은
이러한 중국의 강한 국력에
대한 자신감이 바탕이 되어
추진될 수 있었다.

모택동을 시대의 특출한 사
색가思索家요 서재인書齋人으
로 보는 시각도 있다. 2000
년 봄, 나는 연변에서 우연히
일본의 종합지 월간《문예춘
추文藝春秋》2월호 증간본을
손에 넣게 되었다. 거기에는
일본의 저명한 중국 연구가
인 다케우치 미노루竹內實의

1964년 중국은 첫 원자탄 실험에 성공하였다.

아주 흥미 있는 글이 실려 있었다. 40년 전인 1960년, 그가 중국
상해에서 모택동을 만나고 난 뒤 그때의 인상을 적은 글이었다.
몇 대목을 옮겨본다.

기념촬영을 마치고 안의 별실로 옮겨 갈 때 뚫어지게 모택동의 뒷
모습을 바라보았다. 바로 뒤따르고 있는 노마 히로시野間宏 씨보다

키가 컸고 어깨 폭도 넓었다. 그리고 튼튼하다는 느낌을 받았다. 흔히 중국화에 나오는 맹호를 떠올리게 했다. 쭉 뻗은 두 어깨는 그런 그림 속의 호랑이를 속 빼닮은 느낌이었다. 전체적인 인상은 뼈대가 굵은 편이라 중국 남방인 특유의 유연함을 볼 수 없었다.……그의 음성은 매우 낮아서 바로 옆에 앉은 통역인 조안박趙安博 씨에게만 들릴 정도였다.……한 마디 두 마디씩 옆자리에 앉아있는 주은래에게 확인이나 하듯이 말하는 것이었다. 나는 일언 일구를 놓치지 않으려고 조 씨의 일본어 통역을 메모했다.……얼마 전에도 그 당시 메모한 것을 다시 읽어본 일이 있었는데, 안보개정반대安保改定反對 데모가 한창이던 일본 정세에 대한 모택동의 견해가 있는 그대로 개진되어 있었다.

그가 자라난 과정과 사고방식의 변천에 대해서도 말하고 있었는데, 실은 그 부분이 나에게는 전적으로 흥미를 느끼게 한 것이었다. "나는 초등학교 선생님이 될 생각이었습니다"라는 한 마디가 특히 인상적이었다. 그가 장사의 사범학교를 졸업하고 소학교의 교장 대리를 하고 있을 무렵. 아쿠다가와 류노스케芥川龍之助 씨가 장사 지방을 여행하면서 어떤 소학교를 방문했을 때, 무뚝뚝한 교장을 만났다는 것이다. 연대가 조금 불분명한 까닭으로 나는 그 교장이 모택동이 아니었다고 추정했었지만, 지금은 그 사람이 분명히 모택동이었으리라는 생각이다.……

그는 필사적으로 자기를 바라보고 있는 나를 전연 무시하고 시선을 실내의 허공에 집중하고 계속 말하는 것이었다. 잠깐 무서운 눈초

리로 노려보듯 나를 본 적이 있다고 메모에는 기록되어 있었다. 혁명가 모택동이 아니고 서재인 모택동의 측면을 연구하려고 한 것은 그 당시의 나의 직감을 믿기로 하였기 때문이다. 서재인, 명상가, 동動보다 정靜의 사람이라는 것이 '내 인상의 요약' 이다. 그러나 그의 성격은 복잡하고 자존심이 강한 사람이라고도 생각했다. 허세 부리지 않는 것이 마음에 들었다.

위의 인용문은 모택동에 대한 한국인의 보편적 인식과는 거리가 멀다. 모택동에 대해서는 양극단의 생각을 가진 한국인들이 많다. 문화대혁명까지도 미화하고 찬양하는 극단의 찬양파가 있는가 하면, 모택동은 여자나 밝히고, 정치수용소에 억울한 사람들을 가두고, 문화대혁명 때는 2천만 명에 이르는 사람을 죽게 한 몹쓸 지도자로 도장을 찍는 사람들도 있다. 그런 분들에게는 일본인 다케우치 미노루竹內實의 모택동 이야기는 엉뚱하고 생뚱맞다고 느껴질 수도 있을 것이다.

중국의 운명,
이어지는 전쟁과 투쟁과 경쟁

　모택동과 중국인의 관계는 외국인들이 풀기 어려운 곤혹스런 수수께끼 가운데 하나이다. 모든 단위의 중국 화폐에 모택동 초상이 자리 잡고 있는 것도 쉽게 이해되지 않는 부분이다. 중국에는 1원, 2원, 5원, 10원, 20원, 50원, 100원 권의 지폐가 있다. 이 모든 지폐에 어김없이 모택동의 얼굴이 그려져 있다. 젊은 시절의 모습인데, 그림 밑에 작은 글씨로 "모택동 1893~1976"라 적혀 있다. '毛澤東' 세 글자는 간자체簡字體로 씌어 있다.

　통용 화폐는 그 나라의 얼굴이나 다름없다. 화폐 속의 초상이나 그림들은 그 나라 특유의 정서와 문화, 염원 같은 것을 담고 있다. 프랑스와 이탈리아, 오스트리아의 화폐들은 예술성을 지향한다. 뛰어난 예술성 때문에 사랑을 받는 화폐로 유명하다. 한때 세계 해양세력의 대표였던 스페인과 포르투갈, 그리고 화폐의 현대화와 글로벌화를 지향하는 스위스 같은 나라들이 모두 화폐를 통해 제각각의 특성을 보이는 것도 이런 이유에서다.

우리나라의 화폐가 유교적 사회질서가 지배하던 조선왕조 때의 인물인 이퇴계, 이율곡 같은 선비와 세종대왕을 모델로 하고 있는 점도 특색이라면 특색이라 하겠다. 새로 발행될 지폐에 신사임당과 백범 김구 선생의 초상이 들어가는 것도 이는 시대 정신을 반영한 것이라 할 수 있다. 하지만 앞으로는 우리 화폐도 미래지향의 특이성과 생동감이 가미되었으면 하는 마음도 없지 않다.

그렇다면, 중국 화폐에 빠짐없이 등장하는 모택동의 초상은 이 시점에서 무엇을 의미하는 걸까. 오늘의 중국은 시장경제를 도입하고 있다. 중국공산당은 자본가도 당원이 될 수 있는, 프롤레타리아 계급만이 아니라 전 인민을 대표하는 당으로 탈바꿈했다. 모택동을 신격화했던 문화대혁명은 이미 역사적으로 부정되고 단죄된 지 오래다. 그에 대한 공식적 평가는 긍정 7, 부정 3으로 아예 못 박아 버렸다. 그런데도, 왜 아직도 모택동인가.

2005년 10월, 상해 복단復旦대학의 창립 1백주년 및 한국어과 건립 10주년 행사에 초청을 받아서 방문했을 때, 모택동의 대형 동상이 교정에 그대로 서 있는 것을 보고 참으로 묘한 느낌을 가졌던 기억이 있다. 등소평은 개혁·개방의 전초기지로 상해를 지목하여 오늘의 상해 경제를 일구어낸 주인공이다. 강택민과 주용기 등, 등소평 다음 세대의 주역들은 상해파上海派들이었다. 그럼에도 상해 한 가운데에 모택동의 동상이 아직도 우뚝 서 있는 이유는 무엇일까.

양자강 이남의 최고대학이라는 복단대학 교정에 서 있는 모택동 동상은, 모택동에 대한 지식인 계층의 시니컬한 무관심과, 적극적 이해라는 상반되는 반응을 뛰어넘어 초연하게 서 있었다. 중국 곳곳의 모택동 동상들은 이러한 복잡한 중국인의 내부 풍경을 고스란히 담고 있는 조형물이 아닐까 싶다.

중국의 현실을 조금이나마 이해하기 위해서는 우선 모택동의 실체와, 그것의 외연으로서의 상징성과 신화적 성격을 먼저 탐색할 필요가 있는 것도 다 이런 이유에서다. 통치 주체인 공산당의 사정만 가지고 모택동의 오늘을 보아서도 안 될 것이고, 중국 국민들의 정서만 보고서 내일의 모택동이 차지하는 위치가 보장된다고 보기도 어렵기 때문이다.

오늘의 중국이 모택동의 천하가 아닌 것도 분명하지만, 현실적으로 모택동이란 존재와 그가 만든 역사를 중국공산당이라는 틀과 떼어놓고 이해할 수 없는 것도 사실이다. 오늘의 중국에서 모택동에 대한 비판은 대체로 자유스러운 편이다. 하지만 모택동은 1980년대 초에 등소평이 제시한 긍정 7, 부정 3이라는 가이드라인 안에 갇혀버린 지 오래다.

문화대혁명의 비인간성, 파괴성, 난동성을 현장에서 실제로 체험해보지 못한 외국인들이 중국의 문화대혁명을 비판하는 것은 아주 쉽고 자유스러운 일이다. 그러나 혼돈의 극치를 실제로 몸으로 겪어본 사람은 그 혼돈과 혼란의 파괴성을 누구보다도 잘 알고 있기 때문에 오히려 함부로 말하기가 힘들다. 당시를 겪었던 사람들로서는 선과 악, 미움과 사랑이 엇갈려 있던 그때의 분위기를 쉽게 말하기가 어려운 것이 사실이다. 외국인의 처지에서는 예사롭지 않게 대만의 독립을 이야기하고, 천안문 사태를 들먹일 수 있겠지만, 중국공산당으로서는 '자라보고 놀란 가슴 솥뚜껑 보고 놀라는' 격으로 예민한 반응을 보일 수밖에 없다. 그러나 이러한 날카로운 반응이 반드시 중국공산당만의 것은 아니라는 사실도 똑바로 볼 필요가 있다.

문화대혁명의 고통을 몸소 겪은 보통의 시민들이나 지식인들은 대체로 웃으며 당시를 회고한다. "이미 한 시절, 지나간 이야기인데……" 하면서도, "요즘 애들에게 그 당시를 이야기해주면, '세상에, 어떻게 그런 일 있을 수 있어? 만화야, 만화!' 라고 한다"는 것이다. 이렇게 말하는 사람들의 심정이 오죽 하겠는가. 극한 상황을 겪어본 사람들은 또 다른 형태의 극한 상황을 결단코 원하지 않는 법이다. 거품을 뿜으며 문화대혁명에 대해 욕설을 할 법한 사람들도 이제 와서는 "만화야, 만화!"라는 애들의 말에 슬그머니 편승하고 있다. 중국 사람들이 문화대혁명의 폐해나 아픔에 대해 쉽게 말하려 하지 않는 이유를 공산당의 강력한 통제나 억제 때문이라고 보는 것은 잘못된 시각이다.

문화대혁명은 초현실적인 파괴였다. 오늘에 와서는 쉽게 이해되지 않는, 극단적인 극좌편향의 실험이었다. 그만큼 역사적이며 현실적인 교훈의 구실을 하고 있다. 문화대혁명 같은 10년에

구사상, 구문화, 구습관을 타도하자는 문화대혁명은 폭력성을 띠면서 개인을 박해하였다.

걸친 대 동란이 없었더라면, 그러한 극좌적인 실험이 가져온 처참한 실패의 경험이 없었더라면, 과연 오늘의 우파적 시장경제 실험이 가능했을까. 또 성공할 수 있었을까.

　우파적이든 좌파적이든 중국의 경제정책이 이만큼이나 성공하고 인민의 삶의 질을 끌어올린 이 마당에, 과연 나라의 혼란에 대한 경계와 두려움이 어찌 통치세력에게만 국한되는 과제일 것인가. 보통의 중국 사람들과 이야기하다 보면, 그들이 겪은 그 엄청난 고통에 대해 너무 무관심하고 무심하지 않나 하고, 이상하게 생각될 때가 많다. 우리 잣대로 그들을 평가하고 쉽게 재단해서는 안 되는 이유가 여기에 있다.

홍위병은 청화대학 부속 중학교 학생들만의 문화혁명조직이었지만 모택동이 친필로 지지한다고
표명한 이후부터 급속도로 전국에 확산되었다. 위는 모택동의 어록을 들고 있는 학생들의 모습.

그런 의미에서 어떤 중국인 교수가 쓴 글이 잊히지 않는다.

처절하고 절박한 표현이 아닐 수 없다. 전쟁, 투쟁, 그리고 경쟁의 길만을 걸어온 중국공산당이다. 그 속에서 살아온 중국 사람들이다. 전쟁은 적과 싸우는 일이었다면 투쟁은 동지끼리 싸우는 것이었다. 일본과 싸우고, 국민당과 싸워 마침내 정권을 쟁취한 공산당이었다. 공산정권이 세워진 뒤에는 반反 우파 투쟁이니 무산계급 문화대혁명이니 하여, 얼마나 많은 '공산당 동지'들과 인민들이 감옥살이를 하고 억울하게 죽어갔던가.

이제 비로소 중국은 치열한 경쟁의 시대에 들어와 있다. 글쓴이의 참뜻이 무엇인지 잘 모르겠지만, 내가 해석하기로는 경쟁에는 나라 안과 나라 바깥이 둘 다 포함되는 것 같다. 나라 밖으로는 먼저 미국·일본·유럽 나라들과 경제·국방에서의 경쟁관계를 들 수 있다. 나라 안으로는 좌파니 우파니, 영구혁명이니 현대화니 하며 이념적으로 투쟁하던 시대는 사라졌지만, 이제는 인민들의 삶의 질을 놓고 계층, 지역, 세대 사이에서 더 심한 경쟁관계가 새롭게 조성되고 있다.

　북경의 인민출판사가 지난 2006년 5월 초순에 《모택동과 중국을 이야기하다》라는 나의 책을 중국어판으로 출판한 것을 보고, 그 의미가 무엇일까 곰곰이 생각해보았다. 중국어판 제목을 《追尋毛澤東的革命軌迹 一介韓國人眼中的毛澤東》(모택동의 혁명궤적을 찾아서—한 한국인이 본 모택동)으로 바꾸었는데, 중국공산당과 모택동에 대해 한국인이 쓴 책을, 모택동이 죽은 지 30년이 되는 해에, 중국의 대표 출판사인 인민출판사에서 발행하는 데에는 나름의 의미가 있는 것 같다.

　한국인은 사회주의 체제에서 살아본 경험이 없다. 중국인들 또한 한국인들과 함께 나눌 수 있는 공통된 삶의 흔적이나 공감대가 없다. 자연히 서로 낯선 존재로 비칠 수밖에 없다. 한국인이 중국의 공산혁명을 어떻게 이해하고, 그들의 영도자의 세계를 어떻게 보고 있는가에 대해 중국인들도 궁금할 것이다. 이 궁금증을 풀기 위해서 한국인이 쓴 모택동 이야기에 관심을 가지게 되었고, 이 책이 번역 출판된 것이 아닌가 싶다.

　알다시피 2006년은 모택동의 30주기 되는 해였다. 인민출판사에 따르면, 모택동에 관해서 외국인이 쓴 책을 중국어로 번역해서 자기네 출판사에서 발행한 것은 이번이 두 번째라고 한다. 몇 해 전 영국 언론인이 쓴 모택동 관련 책을 번역해서 낸 적이 있고, 그 뒤 처음이라는 것이었다. 나는 기존의 책이나 문헌만으로 모택동과 중국 혁명 이야기를 쓴 것이 아니라, 혁명의 역사적인 현장을 직접 발품을 들여서 썼다. 내 책을 받아보는 거의 대부분의 중국 사람들은 먼저 고개를 갸웃둥 하고, 다음 놀라는 표정을 짓고, 그리고는 이내 반갑고 고맙다는 인사를 건넨다.

화보 등에서 보이는 모택동은 두툼한 솜옷 차림의 산적 같은 얼굴로만 우리에게 익숙해 있다. 넥타이를 맨, 정장차림의 사진을 볼 수 없다. 그러한 그가, 여덟 살 때부터 고향의 여러 사숙私塾을 전전하며 공자와 유학儒學을 익히기 시작했다고 한다면, 전혀 뜻밖이라는 반응이 먼저 나올 것이다. 모택동을 호되게 비판한 《마오-알려지지 않은 이야기들》의 저자인 장융도 모택동의 독서열과 독서 이력에 대해서는 그대로 시인하고 있다.

19세기와 20세기의 경계선에서 유소년 시절을 보낸 모택동이 일찍부터 유학(요즘 중국에서 '국학(國學)' 이라고 일컫는다)에 접근한 것은 아주 자연스런 일이라 하겠다. 그러나 그는 이내 유학을 벗어나서 신학문을 동경하게 된다. 그는 초자승肖子昇이란 친구로부터 《세계영웅호걸전》이란 책을 빌려 읽고 워싱턴, 링컨, 나폴레옹, 피터 대제, 루소 등 역사상의 위인과 영웅들에 빠져들기도 했다. 독후감도 부지런히 썼다. 그가 남긴 독후감 가운데에 우리의 눈길을 끄는 대목도 있다. "중국 또한 이와 같은 인물들이 있을 때에야 비로소 베트남과 조선과 인도의 전철을 밟지 않을 것이다"라는 구절이다.

열강의 먹이사슬이 되고 있던 청나라 말기의 중국을 바라보며, 10대 소년 모택동은 이미 프랑스·영국·일본의 식민지가 되어버린 베트남·인도·한국 세 나라의 전철을 중국도 밟지 않기 위해서는 영웅적 지도자가 필요하다는 생각을 그때부터 했던 것 같다. 또한 모택동이 한반도의 운명에 대해 말한 것은 그 독후감이 처음이 아니었을까 싶다.

시를 쓰는 영웅은 무서운 사람

장사의 호남 제1사범학교 시절, 모택동의 별명은 '시사통時事通'이었다. 한국 나이 스무 살이 되어 사범학교 학생이 된 모택동은 세계지도와 영어사전 그리고 메모를 위한 노트를 늘 끼고 다녔다고 한다. 1999년 정월에 중국 호남성의 성도인 장사를 찾으면서 나는 모택동의 모교인 호남 제1사범학교부터 먼저 들렀다. 유럽풍의 인상을 주는 호남사범학교는 당시로서는 무척 개방적인 성격의 학교가 아니었던가 싶다. 다소 이국적인 정취를 풍기는 건물과 교정을 가지고 있었다.

학생들은 이방인을 반갑게 맞아주었다. 아주 자유로운 분위기였다. 입구에 수위실 같은 것도 없고, 누구냐고 묻거나 출입을 막는 사람도 없었다. 한국 학교의 엄격한 통제만 봐 오다가 막상 '공산 중국'에서 이런 체험을 하게 되니 이상했다. 무질서 같지는 않고, 그렇다고 무한대의 방임은 아닐 테고, 굳이 통제할 필요가 없는 넉넉함과 느슨함 같은 것이 아닐까 하는 생각을 해보았다.

학생 식당에서 마음대로 메뉴를 골라 점심도 사먹었다. 학생 하나가 자발적으로 이국의 손님을 맞아 주어서, 그 학생을 따라 넓은 교정을 마음대로 돌아다녔다. 학생은 그들의 자랑스러운 대선배에 관해서 많은 이야기를 하고 싶어 했다. '시사통'이란 별명에, 유명한 '책벌레'였다는 이야기도 거기서 처음 들었다.

모택동이 시를 썼다고 하면 적지 않은 한국인들은 의아해 한다. 중국에선 모택동이 시를 썼다는 게 당연한 상식이지만 한국에선 의외의 사실로 받아들여진다. 모택동뿐만 아니라 주덕, 진의, 엽검영 등 중국공산당의 최정상에 있던 장군들이 시를 썼고 시첩도 냈다. 주덕이라면 '홍군의 아버지'로 통하는 야전군의 통수에다, 별로 유식해 보이지도 않는데 그가 시를 쓰다니, 이상하게 생각하는 사람도 없지 않겠지만 사실이다. 그에게도 시집이 있다.

현재 나에게는 《진의시사선집陳毅詩詞選集》과 《주덕시선집朱德詩選集》, 《동필무시선董必武詩選,》 등이 있는데, 모두 북경 인민문학출판사 발행이다. 인민문학출판사는 인민출판사의 자매출판사로 문학서적 출판으로 이름이 높다. 《진의시사선집》만 해도, 380여 쪽에 150편의 시가 실려 있다. 진의 또한 주덕과 함께 정강산 시절부터 모택동의 동지이자 유명한 신사군新四軍의 영도였다. 그는 주은래·등소평과 함께 프랑스에서 고학을 한 이력이 있고, 고향 후배인 등소평과 특별히 친했다. 공산정권 초대 상해시장이었으며 주은래로부터 외교부장 자리를 물려받았다.

작년 북경에서 열렸던 북한 핵 문제 6자회담에서 중국의 대표가

자작시를 낭독하여 화제를
모은 적이 있었다. 중국에
서는 지도급 인사들이 시
를 쓰는 일이 그리 낯선 일
이 아니다. 전 중국 국가주
석 강택민도 가끔 자작시
를 발표했다. 자신이 시를
쓰지 않더라도, 굴원屈原을
비롯하여 이백, 두보 등 자
기 나라 옛 시인의 시들을
인용하는 중국 지도자들이 많다.

연안 시절의 진의(왼쪽)와 모택동.

　이런 저런 사정을 알게 되면, 호남사범 시절부터 《초사楚辭》를
공부하고 당·송 시대의 시사詩詞에 밝았던 모택동이 직접 시를
썼다는 것이 전혀 이상스러울 것이 없을 것이다. 그는 당나라 시
인 가운데서도 이백, 이하李賀, 이상은李商隱의 '3이三李'를 특히
좋아했다고 한다. 물론 두보杜甫의 시도 좋아했다. 두보에 대해
서는 이백과 견주어 평하기를 즐겼고 자기 나름의 견해를 밝히
기도 했는데, 두보보다는 이백을 추켜세웠다.

　한국인들은 아무래도 정서상 두보 쪽에 가깝다. 어릴 때부터
교과서에서 《두시언해杜詩諺解》 같은 걸 배웠고, 눈물과 한恨의
정서에 익숙한 탓일 것이다. 이백의 시는 호방하지만 과장이 심
하다 하여 두보 쪽에 정을 기울이는 사람이 많다. 그런데 모택동

은 바로 그런 이유를 내세워 두보보다는 이백을 선호했다. 두보의 시는 눈물이 많고, 소지주小地主의 입장에 서 있는 '정치시政治詩'라는 것이다. 모택동은 1958년의 성도成都 회의에서 "두보의 시는 정치시杜甫的詩是政治詩"라고 말했다.

모택동은 이백의 호방하고 반항적인 성격과 생애를 사랑했다. 시를 통해 왕과 제후를 비웃고, 세속을 멸시하고, 권위를 부정하고, 권세를 두려워하지 않은 기백을 모택동은 좋아했던 것 같다. 모택동 자신이 낭만적 기질을 갖고 있었다. 자유분방하고 반항적인 기질과 상통하는 이 낭만적 기질은 자기 자신도 인정했다.

고향 선배이자 은사이기도 한 여금희黎錦熙에게 보낸 편지에서 모택동은 이렇게 고백했다고 한다.

"원래 본성이 속박을 싫어합니다.……애석하게도 저는 지나치게 감정이 풍부하여 너무 의분에 빠져 슬퍼하고 분개하는 병폐를 가지고 있습니다.……쉽사리 감정에 휘말리기 때문에 엄격한 규칙 생활에는 견디지 못합니다."

영웅이면서 시인이기도 하는 인물은 무섭다. 시란 원래 과잉된 감정이 분출된 것이지만, 영웅의 경우 그것은 말 밖으로 넘쳐 나와 버린다. 그 격정이 사람들이 사는 현실세계에 성난 파도처럼 밀려닥치면 곧이어 행동이 뒤따르게 마련이다. 그래서 무서운 것이다.

“시를 쓰면서 영웅인 자는 무서운 사람”이라는 진순신陳舜臣의 말을 빌리면, 모택동도 무서운 사람이다. 일본에서 태어나 본적을 대만에 두고 활발하게 문필활동을 하는 진순신은, 그의 《중국시인전》에서 조조曹操를 다음과 같이 말하고 있다.

늙은 천리마 마판에 엎드려 있어도　　　　　　　老驥伏櫪

그의 뜻 천리에 뻗고　　　　　　　　　　　　　志在千里

열사의 몸 비록 늙었어도　　　　　　　　　　　烈士暮年

그 장한 뜻 어찌 버리랴　　　　　　　　　　　壯心不已

진순신은 조조의 대표시라 할 위 시구를 들며 영웅과 시인을 겸한 인물의 무서움을 이야기했다. 진순신은 《비본秘本 삼국지》라는 작품을 썼는데, 조조를 주류로 보고 쓴 소설이다. 그는 “이제까지의 삼국지 이야기와는 다소 다르다고 자부하고 있다. 말하자면 나는 조조 팬이라고 할 수 있으나, 그래도 조조의 이력 가운데는 쉽게 용납할 수 없는 대목이 있다”고 쓰고 있다. 아마도 그가 말하는 ‘쉽게 용납할 수 없는 대목’이란, 권력과 결부된 조조의 비정함과 냉철함, 또는 잔인함 같은 것이 아닐까 싶다. 이는 조조가 영웅으로서 가지는 무서움일 것이다.

조조는 계산과 감정의 교차, 기복이 심했던 것 같다. 원소袁紹 진영에 진림陳琳이라는 격문을 잘 쓰는 사람이 있었다. 조조는 그를 포로로 잡아와서는 별나게 중용했을 뿐 아니라, 조조 자신의 조상을 욕한 격문도 비싼 값으로 사들이기까지 했다고 한다. 감정과 계산이 마구 헷갈리는 이러한 조조의 모순을 그의 타고 난 시인 기질 탓으로 보는 사람이 많다.

천하에 뜻을 두면 먼저 하는 일이 인재를 모으는 일일 것이다. 한국에서도 대권을 꿈꾸는 사람의 첫 번째 과제는 인재풀의 형성이다. 옛날 주공周公은 사람이 찾아오면 입에 든 음식도 급하게 내 뱉으며 달려가 맞이하였다는 고사가 있다. '일반삼토 일목삼착—飯三吐 —沐三捉'이 그것이다. 한 끼 밥을 먹으면서도 세 번이나 밥알을 내뱉으며 사람들을 맞이했고, 목욕하다가도 세 번이나 머릿단을 움켜쥔 채로 사람들을 맞이하러 나갔다는 이야기다.

조조의 유명한 시 〈단행가短歌行〉에도 그런 시구가 나온다. 조조의 속마음이었을 것이다.

달은 밝고 별은 드문드문	月明星稀
까마귀 까치 남으로 날아가네	烏鵲南飛
세 번이나 빙빙 나무를 돌지만	繞樹三匝
그래 어느 가지에 기댈까	何枝可依
산은 아무리 높아도 그만	山不厭高
바다도 깊을수록 좋은 것	海不厭深
주공은 먹던 음식조차 내뱉어	周公吐哺
천하의 마음 얻었다네	天下歸心

나는 남이 걸어간 길을 가지 않는다

대약진 운동으로 나라가 온통 술렁이던 때였다. 과장되고 거짓된 보고들이 잇따라 들어오고 있었다. 모택동은 여러 번 현장시찰에 나서기도 했다. 그런 어느 날, 그는 갑자기 타고 가던 전용열차를 멈추게 했다. 기차에서 내린 그는 철로 아래에 나 있는 오솔길로 가지 않고, 잡초가 우거진 거친 골짜기로 들어섰다. 호위병들이 말렸지만 그는 고집을 피우며 가시덤불을 헤치고 깊이 들어가고 있었다. 다른 길로 가야 한다는 호위병들에게 모택동이 말했다.

"길이란 사람들이 다녀서 생기는 것이오. 나라는 사람은 종래로 걸어온 길을 되걸으려 하지 않소."

가시덤불 속으로 스스로 걸어가던 이 시기가 조금은 미묘하다면 미묘하다. 1959년 4월에 유소기에게 국가주석 자리를 넘겨주고, 모택동은 6월 25일, 32년 만에 고향 소산韶山을 찾는다. 만 67세의 나이에 부모 산소 앞에서 절을 올린다. 대약진 운동의 실

대약진 운동은 1950년대 말 모택동이 고도 경제 성장을 위해 일으킨 전국적인 대중운동을 말한다. 그러나 무리하게 정책을 추진하여 오히려 많은 인민들이 굶어죽는 사태가 발생하였다. 위는 대약진 운동으로 마을에 생긴 강철 공장의 모습.

패가 드러나면서 그는 비판의 대상이 되었고, 소련의 스탈린 격하 운동으로 공산권이 술렁이는 분위기 속에서, 후계자로 부상하던 고향 후배인 유소기에게 국가 주석 자리마저 내주어야 하는 상황에 이르렀던 것이다.

고향을 방문하고 나서 그는 〈소산에 이르러到韶山〉라는 칠언율시를 썼다. 그리고 현지시찰을 계속했는데, 앞의 가시덤불 이야기는 바로 그 여행 때에 일어났던 에피소드이다.

이별의 꿈 희미하고 지난 세월 한스럽다	別夢依稀呪逝川,
서른두 해 전의 고향 마을이여	故園三十二年前.
붉은 기는 농노의 창 들어올리고	紅旗卷起農奴戟,
검은 손은 몹쓸 패자들의 채찍 높이 들었네	黑手高懸霸主鞭.
희생된 선열들의 장한 뜻 고마워	爲有犧牲多壯志,
일월을 휘어잡아 새 천지 일구었네	敢敎日月換新天.
물결치는 벼이삭 즐겁게 보나니	喜看稻菽千重浪,
전선의 영웅들 돌아오네 저녁 연기 속	遍地英雄下夕煙.

이렇게 고집을 좀처럼 꺾지 않고, 이미 나있는 길을 가지 않으며, 자기 길을 개척해 나가는 것을 모택동 성격의 하나로 들 수 있는데, 한편으로는 대단한 유연성과 이중성도 그는 가지고 있었다. 모택동을 오랫동안 호위했던 이은교는 "모택동 동지는, 당내의 동지들에게는 예의범절을 지키지 않았지만, 민주인사들에게

는 매우 친절하고도 예의 바르게 대했다”고 회고하였다. 그런데 그의 말 가운데 ‘민주인사’라는 말이 재미있다. 한국에서 ‘민주인사’는 굳이 좌우左右로 구분한다면 왼편에 속한다. 그런데 당시 중국에선 비 공산 계열의 우파 지도자들을 ‘민주인사’로 불렀다.

정부 수립을 앞두고 모택동은 주은래와 함께 부지런히 시내나들이를 하면서 이들 민주인사를 만났으며, 숙소에서 모실 때에는 미리 마당에 나가 기다렸고, 차에서 내리는 나이 많은 민주인사들을 부축하며 계단을 오르내렸다고 한다. 그러나 이은교의 증언대로, 평소 가까운 동지들에게는 예의를 지키지 않았다. 권위와 카리스마 그리고 권력을 앞세운 계산된 처신일 수 있다. 모택동에 대한 솔즈베리의 이 말이 이런 대목을 잘 설명해준다.

“그는 목표에 대해서는 고집불통이었으나, 목표를 성취시키는 방법에 있어서는 융통성을 발휘했다. 그는 사람을 활용하는 데 천재였으며, 자신의 적과 동지를 유익한 협조자로 만드는 데에도 천재였다.”

통일전선이라는 것도 결국은 사람의 마음을 휘어잡는 일이다. 장개석이 ‘마술’이라고 한탄하고, 국민당이 공산주의 특유의 ‘기만전술’이라고 비난했지만, 대지주와 민족자산계급마저도 품속에 넣을 수 있었던 중공당의 통일전선 전략이야말로, 오늘의 중국을 탄생시킨 ‘비방秘方’이자 ‘근거’였다. 냉전시대에 통일전선 전략은 공산권의 트레이드 마크였고, 자유진영의 경계대상 1호였다. 베트남의 통일이 그 좋은 본보기일 수 있다.

1964년 기차를 타고 악양루 근처를 지나던 모택동은 수행원더러 붓과 벼루를 가져오라 했다. 그는 일필휘지로 두보의 〈악양루에 올라登岳陽樓〉란 시를 써내려갔다. 나중에 이 글씨는 현판으로 새겨져 누각 3층에 걸리게 된다.

일찍부터 들어온 동정호 소문	昔聞洞庭水,
이제야 악양루에 오르나니.	今上岳陽樓.
오나라 초나라 동남으로 갈렸고	吳楚東南坼,
하늘과 땅이 밤낮으로 떠있네.	乾坤日夜浮.
친구 친척 소식조차 끊기고	親朋無一字,
늙고 병든 몸 외론 배에 의지하네.	老病有孤舟.
관산 북녘은 아직도 전쟁이라	戎馬關山北
난간에 기대니 눈물이 하염없네.	憑軒涕泗流

　1958년 사천성 성도에 갔을 때, 그는 대나무 숲이 장관을 이루고 있는 유서 깊은 두보초당杜甫草堂을 찾았다. 여러 판본의 두보시집 12부 108책을 빌려다가 서너 번 이상씩 읽어보았다고 한다. 나도 두보초당을 가보았는데 훌륭한 관광명소가 되어 있었다. 특히 우거진 대나무 숲이 장관이었다. 중국의 내외 귀빈이 다 다녀가는 곳이다. 모택동을 필두로 북한의 김일성도 등소평의 안내로 두보초당을 찾았었다. 모택동이나 김일성 등의 방문을 기념하는 대형사진들이 전시실에 걸려 있었다.

　김일성이 두보초당을 찾은 것은 1982년 9월이었다. 당시의 실력자 등소평과 나란히 걷고 있는 사진을 보았다. 그런데 그 사진에서 지금도 기억나는 것이 하나 있다. 두 사람 다 넥타이를 매지 않고 양복의 맨 위 단추를 잠그는 이른바 '인민복' 차림이었는데, 겉모양이 서로 달랐다. 등소평의 윗옷은 단추가 다섯 개, 위아래로 네 개의 주머니가 있고, 주머니마다 단추가 또 달려 있었다. 그런데 김일성의 옷은 단추 다섯 개 말고는 주머니가 하나도 없었다. 같은 공산국 지도자의 복장에도 그렇게 서로 다른 점이 있다면, 그것은 단순한 디자인의 차이인지, 아니면 무슨 이념상의 차별성에서 오는 것인지 조금은 궁금했다.

　1980년대 초, 중국은 등소평이 개혁·개방을 앞장서서 독려하고 있었고, 북한은 세습과 관련하여 김일성 유일체제를 공고히 하고 있었다. 같은 인민복인데 하나는 네 개의 주머니가 있고, 하나는 전혀 없는 것. 그것의 의미마저도 정치적인 상징 안에서 찾아야 하는 것일까. 대비되는 두 체제의 상이성이 무의식의 심층에 깔린 채, 인민복의 디자인에서도 차별화되어 나온 것이 아닌가 싶기도 하다.

　그날로부터 30년 가까운 시간이 흘렀다. 세계가 중국의 패권주의를 걱정할 정도로 급성장해버린 중국의 경제와, 아직도 '쌀밥에 고깃국을 먹지 못하는' 북한을 보는 우리의 눈길이 착잡할 수밖에 없다.

하늘이 무너지려는데
그 사이를 버티고 섰네

　모택동은 이백의 〈촉도난蜀道難〉이란 시를 특히 좋아했다. 중국 서남의 오지인 촉으로 가는 길의 높고 험함을 노래한 이 시에서 이백은 "촉으로 가는 길, 참으로 험난하구나. 하늘 오르기보다 더 힘드네蜀道之難難于上靑天"라는 구절을 세 번이나 썼다. 모택동의 험난한 인생도 이 시 속에 녹아있다고나 할까. 지금의 사천성과 중경시 등이 옛날의 촉나라 땅이며《삼국지》에서 유비劉備가 천하를 삼분하며 나라를 일으켜 세운 곳이다.

　촉에서 태어나 25~26세까지 살았던 이백은 촉도의 험난함을 누구보다도 잘 안다. 〈촉으로 가는 친구를 보내며送友人入蜀〉란 시는 장안에서 험한 촉나라 땅으로 친구를 보내며, '인생 만사 다 그렇고 그런 것이 아닌가. 자연에 맡겨 마음 편하게 살자'며 위로하는 애틋한 우정의 시이다. 시에 나오는 '군평君平'은 당시 성도에 살던 한나라의 이름 있는 선비로, 학문뿐만 아니라 운세와 점도 잘 보았다는 엄준嚴遵이란 사람의 자이다.

잠총이 열었다는 촉나라 길은　　　　　見說蠶叢路

험하기도 하여라 어이 가시리　　　　崎嶇不易行

얼굴 앞에 갑자기 산이 치솟고　　　　山從人面起

말머리에서 돌연 구름이 이네　　　　雲傍馬頭生

기나긴 잔도엔 꽃나무 우거지고　　　芳樹籠秦棧

봄 강물은 촉성을 싸고 흐르네　　　　春流遶蜀城

사람의 운명이란 정해 있나니　　　　升沈應已定

굳이 군평에게 물어 무엇 하리　　　　不必聞君平

이쯤에서 우리는 모택동의 시 한편을 음미할 때가 된 것 같다. 험하고 웅장한 산에 대해서 모택동 스스로 읊은 시가 있다. 1934년에서 1935년 사이, 홍군은 2만 5천 리에 걸치는 대장정의 험한 길을 가고 있었다. 이는 총체적인 패퇴이며, 어느 곳에서 활로를 찾아야 할지 한치 앞도 안 보이는 그야말로 험난한 행군이었다.

이 기간에 그가 쓴, 〈십륙자령 삼수 산十六字令 三首 山〉이란 시가 있다.

닫는 말에 채찍질하며 그냥 안장 위에　　快馬加鞭未下鞍.

놀랍구나 뒤돌아보니　　　　　　　　　驚回首,

하늘과의 사이 겨우 석 자 세 치뿐　　　離天三尺三.

강과 바다 뒤집혀 세찬 파도 출렁이네   倒海翻江卷巨瀾.

산세는 급하게 내달리며   奔騰急,

만 마가 싸움에 한창이네   萬馬戰猶酣.

푸른 하늘 지르고도 서슬이 시퍼렇다   刺破靑天鍔未殘.

하늘이 무너지려 하는데   天欲墮,

그 사이를 버티고 섰네   賴以拄其間

　언뜻 보기에 모택동의 시는 한낱 정치시나 선동시煽動詩 같기만
하고, 표현도 거칠고 세련되지 못하게 느껴질 때가 있다. 현대시

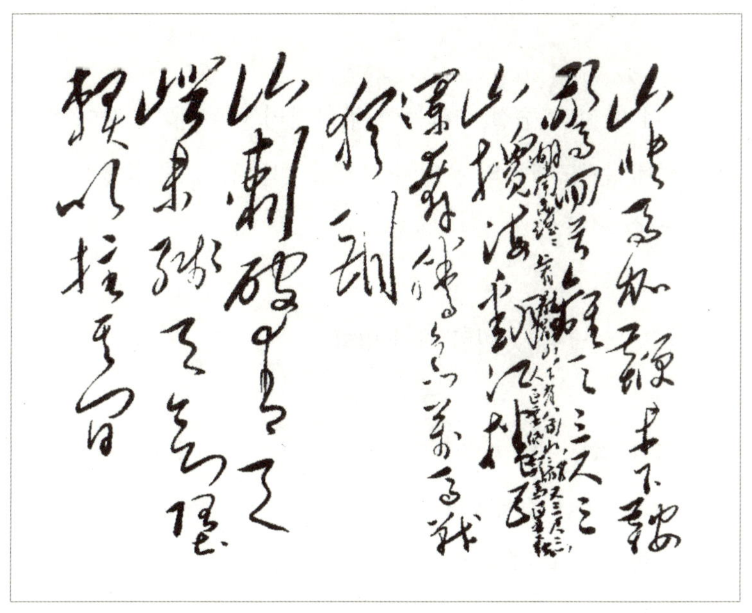

모택동이 쓴 〈십륙자령 삼수 산 十六字令 三首 山〉

에 맞을 들인 우리 눈에는 특히 그러하다. 하지만 그의 시는 중국의 고전과 옛날 민요 같은 데에 뿌리를 두고 있어, 주해註解를 봐야 제대로 읽히는 경우가 많다. 작자는 이 시의 몇 군데에 원주原註를 달고 있는데, "하늘과의 사이, 겨우 석 자 세 치뿐"이라는 첫 구절도 다음과 같은 민요에서 따온 것임을 밝히고 있다.

위로는 고루산이요,   上有骷髏山,
아래는 팔보산,   下有八寶山,
하늘과는 석 자 세 치 사이로다.   離天三尺三.
사람이 넘으려면 머리 숙여야 하고   人過要低頭,
말이 넘으려면 안장을 내려야 하네   馬過要下鞍.

더욱이 마지막 구절, "하늘이 무너지려 하는데 그 사이를 버티고 섰네"는 모택동의 운명과 운세를 비장감 있게 표출한 절창이 아닐 수 없다.

그리고 〈설날元旦〉이란 시가 있다.

영화, 청류, 귀화 땅을 지나가노라   寧化, 淸流, 歸化,
길은 오솔길, 숲은 우거지고,   路隘林深苔滑.
이끼는 왜 그리도 미끄러운가   今日向何方,
오늘은 어디로 가야만 하나   直指武夷山下.

무이산 아래로 곧장 가야지　　　　　　　山下山下,

굽이굽이 짙푸른 산 아래 아래로　　　　風展紅旗如畵.

바람에 나부끼는 붉은 깃발 그림 같구나

1930년 1월 30일 음력 설날, 말을 타고 산골짜기를 누비면서 쓴 시라고 한다. 정강산에서 내려와 복건성, 강서성 일대 산악지대를 헤매며 해방구를 마련하려고 안간힘을 쓰던 무렵 같다. 영화, 청류, 귀환 등 세 곳은 당시 복건성에 속한 험한 오지였다. 그는 주덕의 부대와 만나기 위해 서쪽으로 험한 산길을 가면서 설을 맞이하게 되었다. 이 시는 단순하고 명료하여, 별도의 해설이 필요하다면 중국 혁명과 관련된 당시의 정황과 전황을 이야기해야 할 것이다.

그러나 우리는 이 시에서 굳이 당시 홍군의 사정을 떠올릴 필요는 없다. 산길은 비좁기만 하고, 숲은 우거지고 바위와 풀은 미끄럽기만 할 것이다. 인생이란 원래 이런 것이 아니던가. 오늘은 어디로 가야만 하나. 날마다 이 명제는 우리 모두에게 주어질 것이다. 모택동에겐 눈앞의 무이산이요, 우리에게도 각자 제 갈 길이 바로 눈앞의 무이산처럼 보이기도 하고 또 안 보이기도 할 것이다.

2005년 연말과 2006년 첫날을 나는 백두산 자락에서 보냈다. 2천 미터가 넘는 눈보라 휘날리는 백두산 자락에서 한해를 보내고 새해를 맞이하고 싶었다. 백두산이지만 물론 안타깝게도 중

국 땅이다. 멀리 얼음 덩어리가 된 장백폭포를 보면서 희한하게
도 이 '설날'이란 시를 떠올렸다. 내게 '무이산'이란 어디쯤일
까를 생각했다. 오로지 눈에 덮인 천하 풍경 앞에서 잠시, 오늘
의 거대 중국과 맞물린 한반도의 '오늘은 어디로 가야만 하나今
日向何方'를 간절하게 생각해보았다.

모택동은 산, 주은래는 물, 등소평은 길

《모택동과 중국을 이야기하다》란 책에서 나는 "모택동이 산이라면, 주은래는 물이고, 등소평은 길이다. 산은 넘고 물을 건너 길을 만든 것이 오늘의 중국이다"고 적었다. 앞에서 잠깐, 오늘의 중국 드라마를 이야기하면서 그 주인공을 꼽으라면 단연코 모택동, 주은래, 등소평 세 사람을 들지 않을 수 없다고 말한 바 있지만, 이 세 사람의 얽히고 얽힌 관계는 언제나 흥미롭기 짝이 없다.

모택동은 높은 산으로 둘러싸인 호남성 소산韶山 출신이고, 주은래는 강소성에서 물의 도시로 알려진 회안淮安에서 태어났다. 인간적인 성격이나 정치적 행동 양식에서도 두 사람은 산과 물로 하나의 대칭을 이루고 있다. 그러면서도 두 사람은 묘하게 보완과 융합, 서로가 서로를 필요로 하는 관계를 이루고 있었다.

평생 동안 주은래는 모택동으로부터 때로는 심한 견제와 질시를 받으면서도 '높은 산'을 극진하게 모셨다. 1949년 북경으로 가기 전에 모택동은 서백파에서 새 정부의 골격을 다듬고 있었다. 모든 인사안人事案이 미정이었지만 오직 하나, 주은래의 구실만은 정해졌다고 밝혔다. 정부를 이끄는 총리 자리를 주은래는 1949년부터 1996년 죽을 때까지 지켰다. 두 사람은 그런 관계였다.

반면에 등소평의 경우는 조금 특이하다. 그는 바로 사천성의 광안廣安 출신이다. 사방이 산으로 둘러싸여 있는 땅이다. 북경이나 상해 등 바깥 세계로 나가려면 중경을 거쳐서 뱃길로 움직이거나, 아니면 험준한 잔도를 따라가야만 중원에 이를 수 있다. 그는 스스로 자신이 살 길을 찾아야 했고, 막힌 길을 뚫어야 했다. 아울러 중국이 살 길도 열어야 했다.

한국의 노무현 전 대통령이, 중국 방문 길에 대학생들 앞에서 존경하는 인물로 모택동의 이름을 댔다고 해서 한때 국내에서 시비가 일어났었다. 모택동은 한국전쟁에 참전하여 수많은 인명

왼쪽부터 주은래, 모택동, 등소평. 오늘의 중국을 만든 사람은 이 셋이라 할 수 있다.

피해를 주었고, 눈앞에 둔 통일을 결정적인 순간에 물거품으로 만든 우리의 공적公敵인데, 어떻게 그를 존경할 수 있는가 하는 것이 시비의 초점이었다.

당시 그런 뉴스를 보고 얼른 생각나는 것이 있었다. 이왕이면 모택동을 존경한다, 그러나 같은 시대에 살면서 오늘의 중국을 일으켜 세운 주은래, 등소평의 역사적 공적도 높이 평가한다는 말도 덧붙였더라면 좋았을 텐데 하는 아쉬움이었다. 나중에 알고 보니, 모택동과 함께 등소평도 존경한다는 말을 했었다고 한다. 모택동만을 존경한다고 하면 모택동 개인에 대한 인물평가가 되지만, 주은래와 등소평을 한데 묶으면 역사에 대한 평가 속에서 모택동의 의미가 그만큼 가벼워질 수도 있다.

모택동은 지난 세기 확실하게 우뚝 솟은 존재임에는 틀림없지만, 주은래를 징검다리로 삼아 등소평 시대로 이어지는 역사의 흐름이 따르지 않았더라면 그에 대한 평가는 어쩌면 전혀 다른 방향으로 갔을지도 모르겠다는 생각을 이따금씩 해본다.

한 시대를 누볐던 위대한 반란자나 폭군쯤으로 폄훼되기 십상이었을 것이다. 혁명을 위한 혁명, 파괴를 위한 파괴로 일관했던 모택동 자신의 정치적 성격과 함께, 전쟁과 투쟁으로 일관했던 그의 시대조차도 몽땅 부정될 수도 있는 문제이기 때문이다. 모택동과 그 시대에 대한 부정은 중국공산당에겐 치명적인 비극이다. "모택동이 산이라면 주은래는 물이고, 등소평은 길이다. 산을 넘고 물을 건너 길을 만든 것이 오늘의 중국이다"라는 나의 말은 그 세 사람을 한데 묶어야 오늘의 중국이 바로 보인다는 것을 뜻한다.

북경의 홍기출판사가 펴낸 《모택동을 따라서 리더십을 배운다跟毛澤東學領導》란 책이 있다. 유봉劉峰, 류펑과 노걸路杰, 루지에 두 사람이 함께 쓴 책이다. 두 사람 다 중국에서는 알아주는 리더십 연구가들이며 국가행정학원의 영도領導학과 교수로 있는 박사 학위 소지자들이다. 중국에서는 리더십 연구가 학문의 한 갈래로 정착되고 있는 것 같다. 이들 두 사람의 저서도 만만치 않은데, 《영도이론과 영도방법》, 《영도과학 신론》, 《결책학決策學》은 유봉의 것이고, 노걸는 《21세기 영도의 새 추세》, 《등소평 영도이론 학습요강》을 썼다.

일본인 다케우치 미노루竹內實가 모택동에 대해서 쓴 글도 앞의 책에 많이 인용되어 있다. 일본어 원문을 구할 수 없는 것이 유감이긴 하나 몇 대목을 간추려본다.

다케우치는 중국 역사상 가장 위대한 '4대 인물'로 진시황과 공자, 모택동과 등소평을 꼽았다. 명군明君과 현자賢者, 수많은 영웅 호걸이 중국 역사 속에서 명멸했지만, 중국 역사의 발전 방향과 개혁에 가장 이바지한 사람을 찾는다면 단연 위의 네 사람이라는 것이 다케우치의 주장이다.

중국 역사상 처음으로 통일천하를 이룩한 권력 정치의 제1인자가 진시황이라면, 공자는 중국 문화와 정신세계를 개척한 또 다른 제1인자라는 것이다. 진시황과 공자는 중국의 역사에서 권력 정치와 정신세계를 절묘하게 배합시켰고, 양자 사이에 균형을 이루었다는 점에서 아주 높이 평가한다는 것이다.

중국 역사를 훑어보면 하나의 특징적 줄거리를 발견할 수 있다. 한족과 이민족과의 끊임없는 갈등과 참담한 전쟁이다. 중국이 자랑하는 만리장성도 알고 보면 줄기차게 이어진 비극적인 전쟁의 산물일 뿐이다. 공자라는 위대한 스승이 나타나지 않았더라면, 중화민족은 하나의 문화적 유기체로 응집될 수 없었음은 물론, 중국이란 땅덩어리는 여러 종족이 서로 죽고 죽이는 한낱 싸움터에 지나지 않았을 것이라는 것이 다케우치의 주장이다.

중국 역사에서 원나라와 청나라는 몽골족과 만주족이 세운 나라이다. 한족漢族들은 자기 자신을 세계의 중심, 곧 중화中華라고 스스로 높이면서 그들을 둘러싼 동서남북 여러 민족을 모두 오랑캐로 치부했다. 남만南蠻, 북적北狄, 동이東夷, 서융西戎이라 일컬으며 사방의 다른 민족을 야만시하였다. 따지고 보면 중국의 역사란, 이러한 변방세력과 한족의 물고 물리는 처절한 침략과 정복의 역사라 할 수 있다.

중국은 원나라, 청나라마저 자기네 왕조사王朝史 속에 녹여버렸지만, 몽골족 시각에서 보면 원나라 역사는 어디까지나 중국 대륙에 대한 몽골족 통치의 역사일 뿐이다. 원나라가 망하고 나서도 몽골족은 명나라, 청나라를 가리지 않고 계속 변방을 괴롭혔다. 한족의 처지에서는 괴로운 외침外侵이지만 몽골로서는 자

기네 조상이 통치했던 광대한 땅을 되찾는 고토회복故土回復의
의로운 전쟁이었다.

오늘의 몽골은 몽골공화국(외몽골)과 중국 몽고족자치구(내몽
골)로 쪼개져 옛날의 영광을 잃어버렸다. 어디까지나 힘에 밀렸
기 때문이다. 대원大元제국이 멸망하면서 명나라와 청나라는 계
속해서 몽골족을 압박했다. 청의 강희제康熙帝는 몽골족의 숨통
을 끊어버리다시피 했다. 중국의 역사 드라마를 보면, 중원을 회
복하겠다는 몽골인들의 의지가 아주 강하게 나타나 있는데, 그
들은 명·청 시대에 기회만 있으면 대륙 땅을 노렸다. 원한이 사
무쳐 있다고나 할까.

중국인의 손에 들어왔던 드넓은 몽골 땅도 1920년대에 소련
의 간섭으로 말미암아 둘로 쪼개졌다. 중국인으로서는 굴욕이었
고, 몽골족의 처지로서는 완전하지는 않으나 그런대로 오랜 중
국의 지배로부터 독립을 성취한 셈이 되었다. 스탈린의 협박에
장개석이 너무 쉽게 손을 들었다고 비난하는 시각이 중국 안에
있음을 본다. 이렇게 해서 몽골공화국은 세계에서 두 번째 공산
주의 나라가 되었다.

오늘의 몽골공화국은 공산주의 사회를 거쳐서 민주화 사회로
진입했다고 스스로 평가하고 있다. 소련연방이 무너지면서 몽골
도 자유선거 제도를 채택할 수 있었다. 따라서 징기스칸이 비로소
복원되었다. 중국의 압제와 소련의 굴레에서 징기스칸이라는 역
사 속의 위대한 인물은 오랫동안 땅속 깊이 묻혀있어야만 했다.

중국 정부는 몽골인들에게 입국 비자 없이 중국을 마음대로 오갈 수 있도록 하고 있으나, 몽골 정부는 중국인들에게 꼬박꼬박 입국 비자를 발급하며 중국에 대한 경계심을 늦추지 않고 있다. 현실적으로 중국의 경제협력이 필요하면서도, 중국의 경제 진출이 가져올 역기능에 대해 걱정을 하고 있는 것이다. 몽골은 러시아와 중국에 둘러싸여 있는 만큼 두 나라의 영향력이 크게 작용할 수밖에 없다.

중국의 TV 드라마를 보면 청나라 개국공신들이, "우리 만주족은 왜 중원을 다스릴 수 없는가. 다스리면 안 되는가? 한족만이 중원을 다스려야 할 이유가 어디 있는가?" 하고 끊임없이 외치고 있었다. 청나라가 북경의 자금성을 쉽게 손에 넣을 수 있었던 것도, 알고 보면 명 왕조 말기의 부패와 환관정치 등으로 말미암은 자살골의 측면이 강하지만, 만주족의 원대한 비전과 꿈, 그에 따른 힘의 비축과 중원 통치를 위한 충분한 준비가 있었기 때문에 가능했던 것이다.

명나라가 청나라로 바뀌는 것은 천하의 대세일 수밖에 없었던 것이다. 백성들 편에서 생각한다면, 한족이 천하를 다스리느냐 만주족이 중원을 평정하느냐가 중요한 것이 아니라, 어떤 정권이 더 백성을 위하느냐가 평가의 기준이 될 수밖에 없다는 것이다. 한편, 청나라 지배계층이었던 만주족은 청 왕조의 멸망과 더불어 급진적으로 한족에 흡수되었다. 현재 13억 중국 인구 가운데 만주족은 2백만이나, 그 미만이라는 통계가 나올 정도로 미미한 존재가 되어버렸다. 청 왕조 280여 년의 역사에서 만주족과 한족은 권력과 문화를 서로 주고받으며 동화되었다. 만주족 지배계층은 꾸준히 한족 문화에 길들여지면서 한족을 효율적으로 다스릴 수 있었다.

강희제康熙帝, 옹정제擁正帝, 건륭제乾隆帝 시대가 그 대표적인 경우이다. 한족들은 그들의 우수한 문화를 만주족에게 옮겨 심으면서 자존심을 살릴 수 있었고, 권력에 대한 접근도 가능했다. 특히 만주족과 한족의 결혼을 허용한 '만한滿漢 통혼 정책'이 정착되지 않았더라면, 청나라의 정치적 운명과 중국대륙 내의 종족 분포는 오늘날 어떤 모습이었을지 쉽게 짐작이 가지 않는 부분이다.

이러한 중화문화권의 중심에 공자가 존재한다는 것이 다케우치의 지론이다. 진시황은 제왕이고, 공자는 성현이다. 제왕은 다스리는 일을 하는 사람이고, 성현은 주의와 사상을 만들고 이를 가르치는 구실을 한다. 그러면 다케우치가 보는 모택동은 어떤 존재일까. 이 두 가지 구실을 다 해낸 사람이라고 본다. 다시 말해 모택동은, '권력을 장악하는 것과 동시에, 자기 자신을 하나의 사상을 가진 인물로 만들었다'는 것이다. 지나친 칭찬이거나 비약이라는 역겨운 느낌이 들지도 모르지만, 설명을 더 들어보자.

모택동에게 있어서 제왕은 '일하는 사람辦事之人'이며, 성현은 '가르치는 사람傳教之人'이다. 제왕에게는 공업功業은 있지만 자신의 노선과 이데올로기(주의)가 없다. 성현은 생각과 지혜를 개발하고 가르치긴 하지만 업과 공이 없다. 일만 하고 가르치지 않으면 그 일은 오래 갈 수 없고, 가르치기만 하고 일을 하지 않는다면 가르침이 널리 퍼질 수 없다. 모택동 스스로가 지향한 인간형은 일하면서 가르치는 존재, 곧 '제왕과 스승을 겸비君師合一하고, 덕과 업을 한데 구현德業俱全하는' 제3형의 인간형이라는 것이 다케우치의 주장이었다.

모택동은 마르크스주의를 받아들이기 전, 청소년 시절부터 양계초梁啓超 등의 개량주의 사상에 심취하여 한때 교사를 지망했고, 실제로 장사에 있는 호남 제1사범학교를 졸업한 뒤, 그 학교의 부속 소학교 교장도 잠시 지냈었다.

모택동은 공산혁명에 나서면서 소년 시절의 꿈이었던 스승의 길을 접고 권력정치의 최고봉에 오르려고 필사의 노력을 쏟아부었다. 그러면서도 그는 평생 독서광으로 독자적인 사상의 영역을 넓혀나갔다. 다케우치가 주목한 것도 바로 이런 점이 아니었나 싶다.

15년 걸린 모택동 리더십 3단계 정립 과정

  절대 권력에 가까웠던 모택동의 권세도 하루아침에 하늘에서 떨어진 것은 아니었다. 누가 그에게 거저 준 것도 아니고, 오로지 스스로 일구고 달구어서 만들어낸 작품이었다. 모택동을 호되게 비판한 책들을 보면 그의 비정함과 이중성, 때로는 비열하고 비겁하기까지 한 모습들을 적나라하게 들춰내고 있다.

  정상頂上의 권력에도 높고 낮음이 있을 것이다. 모택동 권력의 꼭대기는 아주 높은 것이었다. 그만큼 다가가기 힘든 것이었고, 한번 올라가면 내려오기가 쉽지 않은 자리였다. 권력자의 영광과 비극은 바로 이 오르내림에 있다. 모택동 리더십의 정립 과정을 3단계로 보는 시각이 있다. 등소평의 이야기로부터 실타래를 풀어가 보자.

  "장정長征이 끝날 때까지도 모택동 동지는 당의 총서기가 아니었지만 준의遵義회의 이후엔 우리 당의 핵심 영도로 자리 잡았다. 1945년 우리 당은 제7차 전국대표대회를 소집해서야 최후의

모택동은 준의회의에서 핵심 영도로 자리잡게 된다. 위는 준의회의가 열렸던 장소.

결론을 내렸고, 또 조직상 모택동 동지를 중앙위원회 주석으로 선출하였다.”

여기서 주목할 대목은 ‘준의회의’라는 사건과 ‘핵심 영도’라는 표현이다. 핵심 영도란, 공산당의 영도 그룹, 곧 최고위 영도 집단 체제의 핵심적 존재를 의미한다. 이것은 등소평 특유의 표현이자, 중국의 지도체제를 논할 때 반드시 거론되는, 하나의 정설이다. 등소평의 논리에 따른다면, 제1대 영도체제의 핵심은 모택동, 제2대 핵심은 등소평, 제3대 핵심은 강택민, 제4대가 오늘의 호금도이다.

이런 논리는 언뜻 보아 모택동의 ‘절대권력’에는 적용할 수 없는 표현 같다. 그러나 등소평은 굳이 그런 표현을 씀으로써 모택동의 지도적 위치를 규정하려 했고, 앞으로 중국공산당 지도체제에도 적용하려 했다. 또한 자기 스스로 실천을 통해 구현하려고 애썼다.

'영도 집단'과 '핵심지도자'라는 개념은 등소평이 모진 고난과 풍파를 겪은 끝에 완성시킨 정치적 자산이다. 말 그대로 무소불위나 다름없던 모택동의 권력마저도 등소평은 당시 '제1대 영도 집단의 핵심'이라는 말로 자리매김했다. '모택동 사상'이란 것도 단초는 모택동으로부터 시작된 것이지만, 기본은 당시 영도들(공산혁명 지도자들)이 함께 개발하고 공유한 사상이라는 것이 등소평의 주장이다. 등소평의 말을 들어보자.

"우리 당은 연안延安 시기에 여러 면에서 그의 사상을 '모택동 사상'으로 개괄하여 우리 당의 지도사상으로 삼았다.……물론 모택동 사상은 모택동 동지 개인의 창조물은 아니다. 1세대 노 혁명가들 모두가 모택동 사상을 만들고 발전시키는 일에 참여했다."

등소평은 지도자의 신격화神格化를 용납하지 않았다. 그래서 그는 자신의 정치적 명줄을 쥐고 있는 모택동으로부터 두 번이나 내침을 당해야 했다. 일종의 집단지도체제 같은 것을 그는 추구했던 것 같다. 그러면서도 그러한 집단적 성격의 정치체제에는 핵심 지도자가 있어서 책임지고 컨트롤하고 지도력을 발휘해야 한다고 그는 믿었다. 제2대 영도 핵심으로서 그는 자기 위치를 굳게 지켰고, 성공한 리더십을 보여주었다.

강택민, 호금도 시대를 관통하여 중국의 권력정치를 제대로 읽으려면 한국적 대권大權 중심의 시각에서 벗어나야만 할 것이다. 영도체제니, 핵심이니 하는 개념은 우리에게 낯설기만 하다. 오늘의 중국 정치와 통치는 중국공산당 정치국 상무위원회가 중심이 되어있다. 호금도 주석도 9인의 상무위원 가운데 하나이다. 상무위원회라는 최고 영도집단의 핵심 위치에 있는 호금도이지만 투표에 있어서는 한 표일 뿐이다. 이와 같은 중국식 민주정치의 단면을 이해하지 않고서는 중국정부의 의사결정 과정이나 그 배경 같은 것을 제대로 파악할 수가 없다.

등소평이 모택동의 위치를 영도체제의 핵심으로 규정하든 말든 연안 시기 이후 모택동의 권력 집중은 더 심해지고 있었다. 1935년의 장정 도중에 열렸던 준의회의 결과가 모택동이 권력을 장악하는 첫 번째 전환점이었다면, 그 두 번째 전환점은 1938년의 본격적인 항일抗日 민족통일전선의 형성이라 할 것이다. 극도로 열세였던 중국공산당이 장개석의 국민당 군과 손잡고 항일 연합전선을 펴는 한편, 노동자와 농민계급뿐만 아니라 소자산 계급, 민족자산 계급에게까지 손을 뻗쳐서 통일전선을 형성하기에 이르자, 모택동의 당내 위치는 확고해지지 않을 수 없었다. 전당적 지지를 확보하면서 모택동은 소련으로부터도 중국공산당의 명실상부한 지도자로 인정받게 되었다.

세 번째 전환점은 '모택동 사상'을 정립하는 시기에 해당된다. 등소평의 말대로 '모택동 사상'은 당시 혁명 1세대들이 공유해야 할 공동자산이기는 하지만, 나라 안팎으로 모택동의 성가聲價를 한껏 올려주었다. 앞에서 "모택동이야말로 군주로서의 공업功業을 세우면서 한편으로 사상가로서의 자기 이념을 창출할 수 있는 특유한 능력의 소유자"라고 다케우치가 평가하였던 것도 바로 이 '모택동 사상'에 근거한 것이 아닌가 싶다.

모택동 사상은 당시의 중국공산당을 단합하고 이념적으로 무장하는 데 결정적인 구실을 하였다. 동서고금을 통해 영웅호걸도 많았고 뛰어난 정치 지도자도 많았다. 그러나 자기 이름을 걸고 어떤 사상이나 주의·주장을 편 사람은 흔하지 않다. 초기의 중국공산당 안에는 아주 용맹한 군사지도자와 뛰어난 이론가들이 있었지만, 모택동은 이들의 전략과 이론을 아울러서 자기의 '사상'

1949년 10월 1일 천안문 광장에서 모택동은 중화인민공화국이 세워졌음을 선포하고 첫 오성홍기를 올렸다.

을 정립하는 능력을 보였다.

1934년 서금瑞金에서 출발한 대장정에 모택동은 애초부터 소외되어 있었다. 명목상으론 당시 강서江西 소비에트 임시정부의 주석이었지만, 소련을 등에 업은 코민테른 지도부와의 알력 때문에 권력실세로부터 멀리 쫓겨나서 외롭고 병든 몸으로 있었다. 장정 참가도, 주은래가 귀띔해주고 도와주어서 가까스로 따라 나설 수 있었다.

장정에 나선 부대의 거듭된 패퇴와 진퇴유곡進退維谷의 극점에서 이루어진 것이 준의회의였다. 모택동의 대반전이 여기서 시작되었고, 마침내 성공했다. 그는 1949년 10월 중화인민공화국 건국 선포의 주인공이 되었고, 1976년 9월 9일 죽음의 순간까지 그는 권력의 정상에서 내려오지 않았다. 이러한 긴 과정을 거쳐서 확립된 모택동의 권력기반이었지만 그것을 무너뜨리는 것도 그 자신의 몫이었다.

죽음을 두려워하지 않았던,
모택동의 동지들

'국공합작'이 이루어져서 모두 중국국민당이라는 한 울타리 안에 있었지만, 장개석 교장과 주은래 정치부 주임의 지향은 서로 달랐다. 한때 장개석은 고액의 현상금을 내걸어 주은래 체포령을 내리기도 했지만, 가장 탐냈던 인물도 주은래였다. 닉슨은 《지도자들》에서 이런 이야기도 하고 있다.

"대만으로 도망한 국민당의 한 고위관리는 '그 당시 주은래가 우리 측에 있었다면 지금쯤 모택동이 여기 와 있을 것이고, 우리가 북경에 있을 것입니다'라고까지 말하였다."

이런 이야기는 닉슨이 어지간히 주은래에게 인간적으로 기울어져 있지 않으면 나올 수 없는 말이다. 닉슨과 키신저 전 미국 국무장관은 주은래를 아주 높이 평가했다. 1971년 키신저는 파키스탄을 거치는 비밀 루트를 만들어 북경을 방문하고 돌아온 뒤, "주은래는 적어도 드골에 필적하는, 내가 만난 외국의 정치인 가운데 '가장 인상적인' 정치인"이라고 닉슨에게 보고했다.

닉슨도 다음과 같이 주은래에 대한 인상기를 남겼다.

"그의 기억력은 정말 대단했다. 회의는 한번 시작하면 끝도 없이 계속되었다. 양측의 웬만한 젊은 사람들도 통역들의 지루한 말을 들으면서 꾸벅꾸벅 졸기까지 했다. 그러나 오직 한 사람, 73세의 주은래만은 시종 생생하였고, 꼿꼿하게 잠시도 주의를 게을리 하지 않았다. 논의 중인 화제를 피해가는 법도, 장황한 연설로 회의를 망치는 법도, 그렇다고 휴식을 요구하는 법도 없었다. 예컨대 오후 회의에서 공동성명에 들어갈 자구字句의 의견일치를 보지 못하면, 주은래는 문제를 아랫사람에게 맡기지 않고 스스로 키신저를 만나 밤늦게라도 끝장을 내고 마는 것이었다. 그리고 다음날 아침에는 주말에 시골 별장에라도 다녀온 듯, 원기 왕성한 모습을 보이곤 했다."

1972년은 모택동과 주은래, 두 사람이 세상을 뜨기 겨우 4년 전이다. 두 사람은 같은 해(1976)에 죽었다. 올해로 32년이 된다. 그 무렵 모택동은 중병에 시달렸고, 주은래도 건강이 썩 좋지 않았다. 그런데도 주은래는 '원기 왕성'한 모습으로 중·미 회담의 고삐를 틀어쥐며 죽기 살기로 버틴 흔적을 보인다.

닉슨이 특별히 감명을 받았던 주은래의 네 가지 장점이 있다. 비상한 기억력, 용의주도함, 뛰어난 외교술, 어떤 압력에도 흔들리지 않는 냉정함 등이다. 아마도 주은래는 이 네 가지 자신의 장점을 최대한으로 쏟아 부으며 회담을 주도해 나갔던 것 같다.

1949년 10월 1일에 시작된 주은래의 총리직은 1976년 1월 8일, 그의 죽음과 함께 끝난다. 그런 장기 집권자를 왜 중국인들은 지금도 흠모하고 사랑하는 것일까. 중국에는 우리가 헤아리기 힘든 수수께끼가 너무 많다. 하지만 주은래가 보여준 멸사봉공滅私奉公의 일생은 중국인만이 아닌, 세계 어느 나라 사람에게도 통하는 감동 그것이 아닌가 싶다.

중국인들이 보인 감동과 애도의 표현은 유별났다. 주 총리를 마지막으로 보내는 1월 8일의 으스름 저녁 무렵에, 100만이 넘는 북경 시민들이 10리가 넘는 긴 줄을 만들며 주 총리를 애도했

수백만 군중들이 인민영웅 기념비 앞에 화환을 놓으며 주은래를 추모하였다.

다. 이어서 4월 4일 청명
절清明節이 되자, 전국 각
지에서 모여든 시민들이
천안문 광장을 꽉 메웠다.

갖가지 조화와 조문을
걸어 놓고, 10년에 걸친
문화혁명과 4인방에게 시
달렸던 격한 감정들을 쏟
아 냈다. 그러나 강청江青
등 '4인방'은 당시 이러
한 시민들의 자발적인 추

추도회에서 대표로 추도문을 읽는 등소평.

모 모임의 배후에 등소평이 있다고 덮어씌우며 기념탑 앞의 조화
와 조문들을 강제로 철거했고, 이튿날 분노한 시민들과 경찰이
크게 충돌했다. 제1차 천안문 사태가 일어난 것이다.

주은래 총리의 아침 식사 메뉴는 평생을 두고 거의 일정했다
고 한다. 달걀을 풀어 넣은 콩국, 압맥 빵에 잼과 버터, 그것이
전부였다. 노년의 영양부실을 걱정한 담당 의사가 주은래에게
아침 식단을 바꿀 것을 건의하자, 그는 "이런 음식이 얼마나 좋
소? 맛도 있고 영양도 풍부하고. 나는 이미 습관이 되어 이대로
가 좋소"라고 대답했다. 그리고 그 내력을 설명해주는 것이었
다. "황포군관학교에 있을 때, 매일 장개석 교장과 아침 식사를
함께 했는데, 그때 먹은 음식이 바로 달걀을 풀어 넣은 콩국과

주은래는 소탈하고 인간적은 모습으로 인민들로부터 신뢰와 사랑을 받았다.

압맥 빵이었소."

　지향과 목표가 다른 두 사람이 매일 아침 식사를 함께 했다. 메뉴도 똑같았다. 그 메뉴가 평생의 식단이 된 것이다. 그들은 매일 아침, 당면한 황포군교 관련 사업 외에 또 무슨 말을 나누었을까. 당시의 장개석은 손문의 가장 믿음직한 동지였고 장래가 촉망되는 군사 지도자였다. 주은래는 프랑스 파리 시절부터 중국 청년공산당을 주도하다가 돌아온, 중국공산당의 떠오르는 별이었다.

　몇 해 전, 중국의 현직 총리인 온가보가 산동성 현지 시찰에 나서며 입은 점퍼가 10년 전 시찰 때도 입었던 바로 그 점퍼였다는 사실이 밝혀져 중국 사람들을 크게 감동시켰다. 중국 언론들

은 대뜸 주은래를 떠올리며 환호했다. 주은래가 사는 중남해中南
海의 서래청西來廳이 너무 낡아서 주은래의 반대를 무릅쓰고 그
가 지방 출장을 간 사이 직원들이 일부를 손질했다가 야단을 맞
았다. 나 자신부터 모범을 보여야 한다는 것이 주은래의 고집이
었다.

　손문은 볼셰비키 혁명에 성공한 레닌을 신뢰했다. 제국주의
침략에 반대한다는 레닌 정부의 외교정책에 기대를 걸고 있었
다. 그때 공산주의자로서 제1차로 국민당에 입당한 사람이 이대
교였다. 이어 많은 공산주의자들이 국민당에 합류했다. 이때 발
표했던 이대교의 성명서를 읽어보면 당시의 국민당과 공산당의
관계에 대해 적지 않은 시사示唆를 받게 된다.

　　우리는 중국이 국민혁명을 완성하려면 통일된 보편적인 국민 혁명
　　당이 있어야 한다고 믿는다. 우리나라에서 역사와 주의와 지도력을
　　가진 정당은 오직 국민당뿐이며, 따라서 우리는 과감하게 국민당에
　　입당했다. 우리의 입당은 사리사욕을 위해서나, 국민당의 명의를
　　빌어 공산주의 운동을 하려는 것이 아니다. 우리는 개별적으로 입
　　당했을 뿐, 단체로 입당하지 않았다. 그러므로 두 당의 당직을 겸한
　　다 하더라도 당내에 당이 있어서는 안 된다.

　모택동과 주은래도 두 개의 당직을 함께 가지고 있었다. 모택

동은 1924년에 중국공산당 중앙 조직부장이면서 이듬해 국민당 선전부의 대리 부장을 맡았다. 1926년 7월에는 국민당 농민운동 강습소의 소장을 맡으면서 11월에는 중국공산당 중앙농민운동 위원회 서기로 선출된다. 주은래도 황포군교 정치부 주임으로 있으면서 중국공산당 광동성 당 위원장을 겸했다. 이처럼 '국민혁명'이란 대의명분을 위해 한 배를 타기는 했지만, 끝내 공산당에 대한 강한 불신감을 버릴 수 없었던 국민당 지도자가 있었으니 바로 장개석이었다.

1923년 8월, 장개석은 손문의 지시에 따라 소련을 다녀왔다. 8월 17일 상해를 출발하여 9월 2일 모스크바 도착, 11월 29일 귀국 길에 오른 일행이 상해에 다시 돌아온 것이 12월 5일이었다. 요즘이면 당일로 비행기 왕복이 가능한 거리를 오고 가는 데만 3주가 걸렸다. 사절단의 이름은 '손일선 박사 대표단孫逸仙博士代表團'이었다. '일선逸仙'은 손문의 자字이다. 상해에는 '일선 고가도로'가 있다. 중국 도처에는 손문의 자 일선逸仙이나, 호 중산中山을 딴 지명과 도로들이 많다.

손문은 장개석을 광동정부 대본영의 참모장으로 임명하고, 시찰단의 단장으로 보내면서 특별히 소련의 군사제도를 살펴보도록 했다. 장개석은 10월 10일에는 모스크바에 와있는 중국 유학생들을 모아놓고 '중국 혁명당의 역사'라는 제목으로 강연도 했다. 소련 육·해군의 현대적인 훈련기관도 물론 시찰했다. 공산혁명에 갓 성공한 새로운 소련을 비교적 자세하게 시찰하고 돌아온 그가 내린 결론은 소련과 중국이 손잡을 수 없다는 것이었다.

그러나 손문은 장개석의 이러한 확신과 견해를 받아들이지 않았다. 1956년 장개석은 대만에서 《중국 속의 소련蘇俄在中國》이란 책을 펴냈다. 그 당시 나이 70세의 장개석은 이 책에서 적지 않은 회한을 담아내고 있는데, 위의 이야기도 그 가운데 하나이다.

등소평의 말을 통하여 모택동의 과오와 말기적 징후에 대해 잠시 알아보자.

"그런데 승리를 거둔 뒤에 그는 신중하지 못하였고, 만년에 일부 좌左적인 사상이 대두하기 시작하였다. 만년에 그는 원래의 사상, 원래의 아주 훌륭하고도 정확했던 주장과 사업 작풍들을 포기했다. 이때 그는 실제와 접촉하는 일이 아주 드물었다.

생전에 그는 이전의 양호한 작풍, 이를테면 민주집중제民主集中制나 군중노선을 제대로 관철하지 못했고, 양호한 제도를 제정하지도 못했다. 이것은 모택동 동지 개인의 결점일 뿐만 아니라 나를 포함한 1세대 노 혁명가들도 책임을 져야 한다."

중국공산당의 혼란은 등소평의 지적대로 "일부 좌左적인 사상"에서 비롯된다. 인민공사, 반反우파 투쟁, 문화대혁명 등등, 그 가운데서도 가장 대표적으로 국가에 치명적인 손상을 입혔던 것이, 1966년에서 시작되어 1976년 모택동의 죽음과 함께 막을 내린 문화대혁명이었다.

등소평은 "이때 그는 실제와 접촉하는 일이 아주 드물었다"고 모택동의 태도에 대해 말하고 있다. 그리고 "나라나 당의 정치상황이 비정상이었고, 가부장적 작풍이 번져나가고 개인을 노래하는 일이 많아지는 등" 심상치 않은 말기 현상이 일어났다고 당시의 정황을 말해주고 있다. 그러나 이러한 징후는 오래 전부터 있어왔다.

여산회의 이후 팽덕회彭德懷는 끝없는 나락으로 빠져들었고, 이것은 한 개인의 불운에 국한되는 문제가 아니라 이후 중국의 방향을 바꾸어 놓는 중요한 고비가 되었다. 1956년의 백화제방百花齊放, 백가쟁명百家爭鳴 이후엔 지식인과 일반 인민들이 침묵하기 시작했고,

여산회의가 열린 여산인민극원.

1959년 여산회의 이후엔 공산당원들마저 침묵하게 되었다고 말할
정도로 당시의 중국은 경색되어 갔다. 사회 전반의 침묵이란 결코
예사로운 징조는 아니다. 중국의 경우, 10년 동안의 대 동란이라
할 문화대혁명이 그 무거운 침묵 속에서 서서히 싹트고 있었던 것
이다.

《모택동과 중국을 이야기하다》란 책에서 나는 이 정도로 축약
해서 팽덕회 숙청이 가지는 의미를 설명한 적이 있다. 그러나 나
는 이 대목에서 모택동이 팽덕회를 숙청한 사건을 단순한 혁명
동지 한 사람을 권력의 핵심에서 솎아낸 사건으로 보지 않았다.
이 사건 이후 모택동의 권력집중이 더 강화되었고, 유소기·주은
래·등소평 등의 이른바 '현대화 노선'도 거의 침묵을 강요당하
는 지경에 이르렀던 것이다.

팽덕회는 한국전쟁에 참전한 중국인민지원군의 총사령관이었
다. 그는 1898년 생으로 유소기·주은래와 동갑이며, 고향은 모
택동과 같은 호남성이다. 모택동과 팽덕회, 두 사람은 정강산 이
래 늘 함께한 동지였다. 정강산 혁명열사기념당을 찾으면, 그 첫
방에 네 사람의 대형 사진이 걸려 있다. 모택동, 주덕, 진의와 팽
덕회가 그들이다. 모택동은 넥타이를 매지 않은 중산복(인민복)
차림이고 세 사람은 군복을 입고 있다.
특히 기념당에는 네 사람의 영도 외에도 정강산에서 희생된

수많은 병사들의 사진이 전시되고 있다. 눈에 뜨이는 몇몇을 수첩에 적다가 나중에 확인해 보니 주덕의 첫 번째 부인도 있었다. 오약란吳若蘭이라고 했다. 기념당을 나오면 바로 곁에 조소원彫塑園과 비림碑林, 능원陵園이 있는데 모두 짙은 안개 속에 묻혀 있었다. 그만큼 정강산은 험산이고 기후가 좋지 않은 오지의 산이었다.

모택동은 9월 추수기의秋收起義에 실패하고 남은 부대를 이끌고 정강산으로 숨어들었다. 이어 주덕 부대가 합류했다. 이 두 사람의 극적인 만남을 기념하는 다리가 정강산 현지에 있는 '회사교會師橋'라는 다리이다. 팽덕회와 진의도 정강산을 찾았다. 이렇게 네 사람의 중국공산당 초기 영도들이 정강산에서 운명을 같이하기로 했지만, 1949년 10월 1일 중화인민공화국 발족과 더불어 그들의 운명은 조금씩 서로 빗나가기 시작했다.

첫 조짐이자 가장 큰 울림을 준 것이 1959년 여산회의 직후 팽덕회의 숙청이었다. 대약진 운동에 대해 직언을 서슴지 않았던 그의 편지가 화를 불렀다. 그러나 그것은 표면상의 이유였을 뿐이다. 당시 중국은 흐루시초프의 등장과 함께 소련의 이른바 수정주의와 투쟁하면서 세계로부터 포위되고 있었다. 모택동의 지도력이 크게 시험대에 올라있는 민감하고 미묘한 시절이었다. 직선적인 성격의 팽덕회가 대약진 운동의 실패 사례를 들고 나왔고, 동조하는 사람들이 나타나기 시작했다.

모택동이 팽덕회에게 준 시가 있다.

높은 산, 머나먼 길, 깊은 골짜기　　　　　　山高路遠坑深,

대군은 종횡무진으로 내달리는구나　　　　　大軍縱橫馳奔.

그 누가 말 타고 칼 비껴들었는가?　　　　　誰敢橫刀立馬?

오로지 우리의 팽덕회 장군이어라!　　　　　唯我彭大將軍!

1935년 육반산六盤山 전투에서 어려운 싸움을 이겨낸 팽덕회에게 모택동은 감격의 시를 써주었다. 이 시를 받아든 팽덕회는 시의 마지막 구절을 "우리의 영용한 홍군뿐이어라!"로 고쳤다고 한다. 그러나 모택동은 팽덕회 숙청 이후에도 그냥 그의 시집에 이 시를 싣도록 했다.

숙청된 팽덕회는 북경대학과 가까운 오가화원吳家花園이란 곳으로 유배되었다가 1965년 9월, 등소평의 고향인 사천성四川省으로 가게 된다. 서남국西南局 제3선위원회의 제3부 주임이라는 하위직으로 떠나기에 앞서 모택동은 팽덕회를 불러 위로하고 뒤늦은 화해를 하지만, 그 이후로 그들은 다시 만나지 못한다.

1964년 8월에 들어 중국공산당은 제국주의 국가들이 일으킬 침략전쟁에 대비한다는 명목으로 내륙지방의 건설을 서두르기 시작했다. 공장 시설들이 대도시와 연안 지역에 집중되어 있어서 반 이상을 옮겨야 한다는 것이었다. 그것은 미국의 통킹 만 Gulf of Tonking 공격으로 말미암은 충격 때문이라 할 수 있다. 미

팽덕회(왼쪽에서 두 번째) 는 대약진 운동에 대해 직언하여 여산회의 후 숙청되고 만다. 맨 오른쪽은 흐루시초프이다.

국은 북베트남의 통킹 만을 기습 공격함으로써 베트남전에 본격적으로 개입할 신호를 보냈던 것이다. 통킹 만 공격이 바로 1964년 8월이었고, 1965년 7월엔 존슨 미국 대통령이 베트남에 대한 대규모 파병을 선언하기에 이른다.

그러한 급박한 정세 속에서 모택동은 내륙지방 건설을 서두르기 시작했고, 여기에 비록 보잘 것 없는 하위직이기는 하지만 왕년의 국방장관에게 보직을 주어 재기를 도모하도록 했다. 그러나 1966년 우려하였던 상황, 곧 문화대혁명이 일어나 그 폭발적인 위력 앞에 팽덕회의 재기는 무산되고 만다. 오히려 그는 갖은 핍박 끝에 목숨을 잃게 된다.

팽덕회는 오늘의 중국에서 가장 존경받는 지도자의 한 사람으로 추앙되고 있다. 가장 좌적인 오류, 대약진 운동에 대해 그 누구도 감히 직언할 수 없었던 상황에서 그는 충직함과 충성 때문에 혼자 엄청난 희생을 감수했던 것이다. 1959년 숙청될 때, 팽덕회는 국무원 부총리 겸 국방부장과 공산당 국방위원회 부주석 자리에 있었다. 그러한 그가 목숨을 걸고 대약진 운동의 폐해와 문제점을 직접 거론했던 사실을 중국 인민들은 잊지 않고 기억하고 있다.

죽음에 맞서 직언한
평생 전우의 비참한 말로

1936년 12월 12일, 직할부대장인 장학량과 양호성 장군이 장개석 총통을 연금하였다. 세계를 깜짝 놀라게 한, 이른바 '서안사변'이다. 당시 중국공산당에서 발행하는 《신화일보》는 이 사태를 두고 '병간兵諫'이라는 표현을 썼다. 상사의 의지를 꺾고 자기의 뜻을 관철하기 위하여 병력을 동원한 사실을 '병간'이라고 했던 것이다.

연안으로 가는 통로인 서안에 나타난 장개석은 요지부동이었다. 최후의 일격으로 중국공산당의 연안 정부를 소탕하라는 엄명을 내렸다. 입을 맞추어 중공군 소탕을 만류하던 두 장군은 마침내 병력을 동원하여 장개석 사령관을 구금하기에 이른다.

그러나 국방장관 팽덕회는 1959년 '병간'이 아닌, 완곡한 서한을 통하여 대약진 운동의 문제점을 지적하고 시정을 간언諫言했다. 직접 만나서 이야기할 기회를 갖고자 했으나, 여의치 않자 그는 편지를 보내 모택동의 마음을 움직이려고 했다. 그러나 모택동은 팽덕회가 보낸 편지를 공산당 수뇌부가 모이는 여산회의에서 공개해 버렸다. 모택동이 공개적으로 팽덕회를 비난하는 가운데 팽덕회를 편드는 사람들도 나타났다.

팽덕회의 측근인 총참모장 황극성黃克誠, 호남성 당 위원회 제1서기 주소주周小舟, 외교부 부부장 장문천張聞天, 그리고 얼마 전까지 모택동의 정치비서로 있다가 수리전력부 부부장으로 자리를 옮긴 이예李銳마저 팽덕회의 주장에 편들고 나섰다. 팽덕회의 편지 내용에는 일부 거친 표현이 있기는 하지만 그 의도는 지지할 수 있다고 말하는 것이었다.

해리슨 솔즈베리 기자가 쓴 《대장정大長征》이란 책이 있다. 문화대혁명 때 숙청당한 모택동 측근의 한 사람으로 '낙보洛甫'라

팽덕회를 축출하던 회의 당시의 모습.

는 이름이 그 책에 나온다. 외교부 부부장 장문천의 또 다른 이름이다. 그는 일본과 미국 유학을 다녀온 외교통으로 외국인에겐 '낙보'란 이름으로 더 많이 알려져 있는데 자칫 헷갈리기가 쉽다. 어떤 서방인의 저술엔 장문천과 낙보가 각기 다른 사람으로 소개되어 있기도 하다. 중국공산당 간부들 이름엔 본명과 변성명 등이 섞여 있어서 분간하기 힘들 때가 많다.

모택동도 한때 '이득승李得勝'이란 변성명을 썼었다. 제2차 세계대전이 끝나고 국공내전, 이른바 해방전쟁이 한창일 때, 중공당의 기지인 연안이 잠시 국민당군의 호종남胡宗南 부대에 점령당한 적이 있었다. 그러나 모택동은 함부로 섬북지방을 떠날 수가 없었다. 호종남 부대의 후미를 괴롭히며 게릴라전을 펴고 있었지만 전세가 녹록치 않았다. 황하를 건너서 안전지대로 가느냐, 계속 버티느냐 하는 어려운 국면에서 모택동은 '이득승'이란 이름을 썼던 것이다.

낙보는 연안 시절 중공당 중앙선전부장을 지냈고, 1951년부터 주 소련 중국대사, 1954년부터는 외교부 제1부부장을 맡고 있었다. 그러나 그는 1959년 팽덕회를 지지한 일로 숙청을 당해서 한때 공장으로 보내졌다가 1960년부터 중국과학원 경제연구소의 특약연구원으로 있었다. 하지만 문화혁명이 일어나자 바로 투쟁의 대상이 되어버렸다. 소련의 스파이로 몰렸고, 임표林彪의 명령에 따라 멀리 남쪽의 광동으로 유배되었다. 고혈압과 심장병으로 고생하다가 1967년 7월 고향 상해가 아닌 무석에서 병사했다.

사천성 오지에서 국방 관계기관의 하위직에 있던 팽덕회도 문화혁명이 일어나자 곧바로 홍위병에게 끌려 나가서 모진 고문을 받게 된다. 1959년 숙청 당시 반혁명분자로 몰렸지만, 끝까지 반혁명의 누명을 거부하고 자살도 거부하며 완강하게 버텨, 죽을 때까지 130번의 심문을 받았고 허파에 구멍이 뚫리고 갈비뼈가 부러진 상태로 거리로 끌려 다녀야 했다.

1967년 설날, 그는 평생의 혁명동지이자 그를 비참하게 내친 비정의 동향 지도자 모택동에게 편지 한 통을 보낸다. 한자로 110자에 지나지 않는 짤막한 편지이다.

주석님. 당신의 명을 받고 제3선위원회에 갔었습니다. 제3부 주임직을 수행하는 것 말고는 달리 하는 일이 없어서 당신의 기대에 미

문화대혁명 시기 홍위병에게 끌려가고 있는 팽덕회

치지 못했습니다. 12월 22일 저녁에 성도에 있는 북경항공학원 홍위병들에 의해 성도분교로 끌려갔으며, 23일 북경지질학원 홍위병에 넘겨졌다가 27일 북경으로 압송되었습니다. 현재는 중앙경위부대와 홍위병들의 감시 아래 있습니다. 당신께 경례를 올립니다! 만수무강을 빕니다! 向爾一次敬禮! 祝爾萬壽無疆! 1967년 1월 1일 팽덕회.

군인답다고 할까, 충신의 표본이라 할까. 평생을 전쟁의 최일선에서 혁혁한 공로를 세웠던 팽덕회이다. 그는 삼국지에 나오는 '장비張飛'에 비유될 정도로 직선적이며 우직하고 용맹스러웠다. 그가 소련의 사절로 중국을 찾아온 미코얀을 만나서 나눈 이야기는 그의 성격과 성품을 잘 대변해주는 유명한 에피소드이다.

1956년 9월, 중국공산당 제8차 전국대표대회가 열렸다. 전 세계의 공산당, 노동당이 축하사절을 보냈다. 소련 대표로는 미코얀이 왔다. 미코얀 앞에 불쑥 나타난 팽덕회가 힐난조로 질문을 해댔다.

"미코얀 동지! 당신들은 왜 스탈린 동지가 살아있을 때에는 천재니 영명한 지도자니 만세를 부르며 추켜세우다가, 죽고 나니 잘한 일이라곤 하나도 없다는 식으로 욕을 하는 것이요?"

"그때엔 누구도 대놓고 뭐라고 말할 처지가 못 되었지요."

"그래, 그것이 당과 인민, 그리고 인민의 수령에게 책임지는 태도라고 생각하오?"

"그때는 그런 의견만 내놓으면 재깍 제 모가지부터 날아갈 판이었지요."

팽덕회가 오른 손을 휘저으며 내뱉듯이 미코얀을 공격했다.

"죽는 게 두려워서야 그게 무슨 공산당원이요?"

그로부터 3년 뒤, 팽덕회는 스스로 말한 '공산당원' 답게 모택동에게 직언을 하다가 수렁에 빠지게 된다.

1974년 11월 29일, 팽덕회는 북경에서 죽었다. 2년만 더 살았더라면 문화대혁명의 마지막을 보고 모택동의 죽음마저도 보았을 터인데, 중국공산당 혁명 1세대 가운데서는 가장 비참하게 삶을 마감한 셈이다. 물론 국가주석 유소기의 최후도 팽덕회 못지않게 비극적이기는 하지만, 팽덕회는 군인이었다. 서열도 '홍군의 아버지'로 불렸던 주덕 다음이었고, 정강산 이래 전선을 함께 누비며 모택동과 사선을 같이 넘기도 한 사이였다.

지난 2006년 9월 9일은 모택동이 세상을 뜬 지 30주기가 되는 날이다. 비교적 조용하게 모택동 30주기를 보낸 모양이었다. 그의 고향과 몇 군데 지방에선 그를 추모하며 생전의 뜻을 받들어 실험적인 고장을 가꾸는 곳도 있다는 뉴스가 있었지만, 되새겨보면 권력과 영광, 그 뒤안길의 쓸쓸한 이야기들이다.

시인이며 전우였던 모택동과 진의

　　팽덕회와 함께 정강산 혁명열사기념당에 대형 사진이 걸려 있는 네 사람 가운데에는 진의가 있다. 1949년 5월 27일, 중공군의 제3야전군이 상해를 '해방' 시키자 진의가 초대 상해시장으로 임명되었다. 그때 등소평은 7월 상순까지 상해에 남아서 중국공산당 화동국華東局을 책임졌다. 진의는 사천성 출신으로 등소평의 고향 선배이다. 두 사람은 프랑스에서 고학을 같이 했고, 문화대혁명 때에는 다 같이 고초를 겪었다. 북경에서는 이웃에 살며 가족끼리도 아주 친하게 지내는 사이였다.

　1972년 1월 6일 진의가 강청 등 4인방과 힘겨운 싸움을 벌이다 끝내 결장암에 걸려 억울하게 죽어갈 때, 등소평은 강서성江西省에 유배된 몸이었다. 1970년에 들어 문혁文革을 이끌던 임표는 "가강전분加强戰奮 소산인구疏散人口"라는 터무니없는 명분을 내세워, '홍군의 아버지' 로 추앙받던 주덕마저 멀리 광동으로 '하방下放' 시키고, 등소평 등 당대의 혁명 1세대인 노 간부들을 지방으로 내쫓았다. 혁명원로들을 모조리 시골로 귀양살이 시키면서 임표는 '전력강화'와 '인구분산'을 내세웠던 것이다.

　중국 사람들과 문혁 당시의 이야기를 하다가, 주덕이 '하방'을 당한 적이 있느냐고 물으면 대개의 경우 고개를 갸우뚱 한다. 아무리 지독한 임표라 하더라도 설마 하니 주덕을 지방으로 내쫓기야 했겠느냐 하는 표정이다. 하지만 북경 홍기출판사에서 발간한 《등소평대사전鄧小平大辭典》의 부록 〈등소평 생평기사生平紀事〉에는 주덕의 광동 '하방' 사실이 기록되어 있다.

　주덕도 정강산 혁명열사기념당에 모택동, 팽덕회, 진의와 함께 정강산의 4인 최고지도자로 사진이 걸려 있다. 결국 문화대혁명 동안에 모택동 자신을 제외한 세 사람의 정강산 혁명동지

홍군의 아버지로 추앙받던 주덕. 개국 대전에서 전군 지휘관과 전투원에게 국민당 군대의 잔당을 몰아내고 국토를 해방할 것을 호소하고 있다.

가 모택동에게 고초를 당하거나 희생된 셈이다.

전쟁 기간에는 말할 것도 없고 모택동은 건국 이후 권력을 독점하기 전까지만 해도 주덕을 깍듯이 예우했다.

이백의 시에 〈왕륜에게 드림贈汪倫〉이란 시가 있다.

이백이 배를 타고 길 떠나려는데	李白乘舟將欲行
강 위에서 별안간 노랫소리 들리네	忽聞江上踏歌聲
도화담 물 깊이가 천 자나 된다지만	桃花潭水深千尺
왕륜이 날 보내는 마음엔 못 미치리	不及汪倫我送情

1935년 1월 하순, 역사적인 준의회의가 있은 얼마 뒤, 홍군은 여전히 국민당군에 쫓기는 신세였다. 귀주의 토성에서 격전을 벌여야 하는 판인데, 홍군의 형세가 불리했다. 주덕이 스스로 전투 지휘를 자청하고 나섰고, 모택동이 떠나는 주덕 부대를 대대적으로 환송해 주었다. 주덕이 지극한 환송에 감사 인사를 하자 모택동은 위의 시를 인용하여 "도화담 물이 천 자 길이만큼이나 깊다고 하지만, 우리 두 사람의 형제의 정에는 감히 미치지 못할 것입니다"라고 답사를 했다.

도화담은 안휘성 귀지의 경현이란 곳에 있는 이름난 연못이다. 이백이 이 명소를 찾은 적이 있었는데, 그곳 부호인 왕륜이 술벗이 되며 이백을 환대했다. 떠날 때에도 강기슭에서 노래와 춤으로 전송해주었다. 이백은 왕륜의 우정에 감격해서 이 시를 썼고, 먼 뒷날 모택동은 이 구절을 인용하여 주덕에 대한 형제애를 과시했지만, 문혁을 시작으로 그들 사이는 금이 가기 시작했다. 그러나 묘하게도 둘은 같은 해에 세상을 떴다.

　모택동처럼 진의도 시를 썼다. 시를 써서 모택동에게 보이며 첨삭을 부탁하기까지 했다. 한때 그들 사이도 주덕 못지않게 가까운 사이였다. 1977년 인민문학출판사에서 펴낸 《진의시사선집陳毅詩詞選集》에는 모두 150여 편의 시가 실려 있다. 그중 〈육국지행六國之行〉이란 긴 시의 서두는 이렇게 시작하고 있다.

서녘으로 만 리 길 급히 가면서	萬里西行急,
바람 타고 태공을 주름잡노라	乘風御太空.
대붕이 날개 펴지 않으면	不因鵬翼展,
새들이 어찌 하늘을 날 수 있으리	哪得鳥途通?
천 개의 술잔 채울듯 파도 거세고	海釀千鍾酒,
산에는 푸른 나무숲이 우거져 있네	山栽萬仞葱.
대지에 폭풍우 휘몰아치니	風雷驅大地,
그곳에 우리네 벗들이 있다네	是處有親朋.

　부총리 겸 외교부장이던 진의는 1964년 9월부터 11월에 걸쳐 정부 대표단을 이끌고 알제리, 캄보디아, 인도네시아, 파키스탄, 아랍연합, 미얀마 등 6개국을 순방하고 돌아온다. 진의는 시

〈육국지행〉을 모택동에게 먼저 보였다. 1967년 7월 21일 모택동은 진의의 시를 읽은 뒤 회신을 보냈는데, 그것은 모택동의 일종의 시론詩論이라 할 수 있다.

편지에서 모택동은 다음과 같이 말하고 있다.

나는 간혹 칠언율시七言律詩를 몇 수 써보았으나 만족스러운 것은 한 수도 없습니다. 당신이 현대시를 쓸 줄 알듯이 나는 장단구長短句의 사학詞學을 조금 알고 있습니다. 엽검영은 칠언율시를 지을 줄 알고, 동필무 옹은 오언율시五言律詩를 지을 줄 아니, 율시를 배우려거든 그들의 가르침을 받을 수 있을 것입니다

그리고는 진의의 시 구절을 인용하여 "겨우 한 수에 손을 대보았으나, 이 또한 만족스럽지는 않습니다. 나머지는 손질을 할 수가 없습니다"라고 말한 것을 보면 진의의 시에 대해 성의껏 첨삭을 한 것 같다.

임표의 추락, 37년 만에 복권되나?

2007년은 중국인들에게 여러모로 의미 있는 해이다. 가장 눈에 뜨이는 것은 단연 홍콩의 중국 반환이 10주년을 맞이한 것이다. 지난 7월 1일 호금도 중국 국가주석이 홍콩에 나타났다. 영국의 대처 수상과 더불어 역사적인 홍콩의 중국 반환을 매듭지었던 등소평은 꿈에 그리던 홍콩 반환을 보지 못하고, 다섯 달 앞둔 1997년 2월 19일, 93세로 세상을 떠났다.

사람의 목숨이란 정말 마음대로 되는 것이 아닌 모양이다. '한 나라 두 체제一國兩制'라는 새 틀을 만들어서 홍콩 반환이라는 중국 역사에 길이 빛날 위업을 이룩해냈던 등소평은 정작 그날의 기쁨을 누리지 못했다. 대신 그가 일찌감치 중국의 최고 지도자로 점찍었던 호금도가 국가주석과 중국공산당 총서기의 자격으로 홍콩 반환 10주년을 맞이하여 홍콩을 찾았다.

그는 홍콩에 주재하는 중국 인민해방군의 사열을 받았다. 현지인 홍콩에 주둔하는 중국 군대는 홍콩 시민들이 걱정하는 만큼 위협적이지는 않다고 알려져 있다. 그러나 중국 공산혁명의 정신을 잇고 있다는, 이른바 ‘붉은 군대’가 자본주의와 시장경제를 상징하는 홍콩에 현실적으로 존재한다는 자체가 중국의 위력을 과시하는 사건임에 틀림없다.

이 인민해방군이 올해 2007년에 창립 80주년을 맞이하게 되었다. 중국은 1927년 8월 1일에 일어난 남창기의를 기념하여 8월 1일을 중국 홍군의 창건일로 잡았다. 그때까지는 국민혁명군 속에 공산주의 이념을 가진 군사 지도자들이 뒤섞여 있었다. 남창기의를 기회로 공산혁명군의 결집이 비로소 이루어질 수 있었고, 또한 남창기의의 실패를 통해 독자적인 ‘홍군紅軍’의 필요성을 절감하게 되었다. 중국 군대의 휘장에는 ‘8·1’이라는 표지가 빠지지 않는다.

나는 연안혁명기념관에서 중요한 문서 하나를 눈여겨 본 적이 있다. 1933년 6월 30일, 중공당 중앙군사위원회가 ‘8·1 건군절’을 결정하고, 이를 중화소비에트 임시중앙정부가 비준한 문서의 원본이었다. 그때 주석은 물론 모택동이었다. 중국 군대의 모든 표지에는 반드시 ‘8·1’이 들어가야 하는데, 이 또한 1949년 건국 후에 모택동이 지시한 사항이었다. 그런데 이 8월 1일 건군절이 문화대혁명 기간에 어처구니없는 이유로 9월 9일로 바뀔 뻔 했다. 임표林彪가 주동이 되어 추진한 일이었다.

당시 임표는 모택동의 천재성을 외치며 전군과 인민들에게

《모택동 어록》을 읽도록 강요하며 모택동 신격화에 열을 올리고 있었다. 모택동의 후계를 노리며 헌법 속에 자신의 승계를 못 박을 정도로 위세가 대단했다. 남창기의는 모택동이 아니라 주은래, 주덕 등이 주동했기 때문에 홍군의 시발점이 될 수 없다는 것이 임표의 주장이었다.

그 대신 모택동이 주동하고 같은 해 9월에 있었던 추수기의가 참다운 홍군 건군의 단초가 되어야 한다고 우겨댔다. 8·1 남창기의가 실패한 뒤인 9월 9일에 모택동도 호남성 장사에서 추수기의를 일으켰으나 또한 실패하고 말았다. 주은래 총리가 이끌었던 '8·1'을, 가장 신성한 모택동 주석이 영도했던 '9·9'로 바꿔야 한다는 것이었다.

그러나 이러한 주장과 건의를 뿌리친 사람은 모택동이었다. 당

모택동의 어록을 들고 있는 임표.

시 중국의 천하는 오로지 모택동의 것이었다. 이러한 주장에 대하여 모택동이 못 들은 척 눈만 감아도 오케이 사인으로 받아들여졌던 때였는데도 모택동은 임표 등 '반란파' 들의 주장을 물리쳤다. 그가 내세운 이유는, 남창기의가 전국적인 것인 데 비추어 추수기의는 지역적인 성격이며, 추수기의보다 남창기의가 먼저일 뿐더러 둘 다 당의 결정에 따라 행한 일이라는 것이었다.

우여곡절 끝에 살아난 8월 1일 중국인민해방군 건군절이 어느덧 80년이 된 것이다. 2007년의 건군절에 특이한 일이 하나 눈에 띄었다. 그것은 임표의 복권이었다. 당의 정식 결정은 아직 안 내렸지만, 그에 대한 실사구시적인 재평가와 재조명이 이루어지고 있는 현실을 반영한 몇 가지 조치들이 사람들의 시선을 끌었다.

중국의 10대 원수 가운데 유일하게 임표의 사진만이 그동안 공식적으로 전시되지 못했다. 사진만이 아니고 임표 자체가 '반당 분자' 로 낙인찍혀 사라져버린 인물이나 다름없었다. 그동안 임표에 관련된 여러 종류의 책이나 잡지 속의 기사들은 시중에 많이 나돌아 다녔지만, 정치적으로나 법적으로 그는 죽은 존재였다.

앞에서 말했듯이 정강산 혁명기념관에 들어서면 첫 방에 모택동, 주덕, 팽덕회, 진의, 네 사람의 사진이 걸려 있다. '정강산 투쟁' 의 네 지도자들이다. 군의 서열이나 공로로 보면, 당시 정강산에서 공을 세웠던 임표의 사진도 함께 걸려 있음직 한데 보이지 않았다. 그의 이름과 얼굴은 말끔히 지워져 있었다.

기념관 전시실을 둘러보면 앞의 네 사람 지도자 외에, 정강산에서 희생된 수많은 병사들의 사진과 간단한 소개가 몇 개의 전시실을 가득 메우고 있었다. 거기에도 물론 임표는 없었다. 기념관 전시실뿐만 아니라 정강산 여기저기 혁명유적지를 돌아보아도 임표라는 이름은 보이지 않았다. 생각보다 임표에 대한 거부감이 크다는 느낌과, 당분간 임표의 복권은 어렵겠다는 생각을 했었다.

1971년 9월 13일 쿠데타 음모가 들통 나자 임표는 아내와 함께 소련으로 도망가고자 서둘러 군용기에 올라탔다. 그것이 그의

임표는 쿠데타를 일으키려다가 뜻을 이루지 못하고 부인과 함께 해외로 도망치려다 비행기 추락사고로 죽고 말았다.

마지막이었다. 몽골 상공에서 엔진 고장으로 비행기는 추락하고 그 이후 임표라는 존재는 중국 역사에서 사라지고 말았다. 중국에서는 임표의 탈출 사망 사건을 '9·13사건'으로 부른다.

그런 '반당 분자'가 재평가되고 있다. 《신화통신》은 '임표가 제2차 세계대전 당시 항일투쟁과 해방전쟁 과정에서 큰 공을 세웠다'고 그를 재평가하는 글을 실었다. "우리는 역사를 있는 그대로 보여줄 의무가 있다. 객관적인 시각에서 그의 초상화를 다른 9명의 원수와 함께 전시하기로 결정했다"는, 인민해방군 관계자의 말을 신화통신은 인용하고 있었다.

임표는 여러모로 특이한 장군이며 '유일'한 것이 많은 정치가였다. 1955년, 모택동은 중국 건국에 공이 많은 장군들을 '10대 원수'로 임명했다. 주덕, 팽덕회, 임표, 유백승, 하룡, 진의, 나영환, 서향전, 섭영진, 엽검영 등이다. 그런데 앞에서도 잠깐 말했다시피 등소평은 아홉 명의 원수들과 친교를 맺었지만 '유일'하게 임표와는 교류가 거의 없었다. 문화대혁명 때는 '유일'하게 모택동을 받들어 초기 문화대혁명을 주도했고, 나머지 9명의 원수들을 핍박했다.

'9·13'사건 이후로는 그의 얼굴과 이름만이 '유일'하게 10대 원수에서 빠져버린 채 오늘에 이르렀다. 그런 임표에 대한 재평가는 최근 중국의 역사문제에 대한 변화와 맞물려 있다. 요즘 중국의 역사 드라마나 새로 나오는 저술들을 보더라도 그런 추세가 확연하게 드러난다.

　항일전쟁 시기의 국민당이나 장개석의 역할과 위상에 대한 평가는 그동안 말이 아니었다. 역사의 주인공은 어디까지나 중국공산당과 홍군이었다. 그러나 실지로 중국이라는 넓은 지역에서 일본군과 총체적으로 맞섰던 것은 국민당의 군대였다. 중국공산당의 홍군은 '팔로군'이라는 이름으로, 형식적이기는 하나 국민당 군대에 편입되어 있었다. 실사구시實事求是 정신에 입각해서 인정할 것은 인정하고 바로잡을 것은 바로 잡자는 흐름이 요즘에 와서 많이 보인다.

　중국공산당의 역사를 바라보는 시각에도 유연성이 눈에 띄는 것 같다. 한때 코민테른의 중국 대표로, 모택동 노선과 사사건건 맞섰던 왕명王明의 〈중공 50년〉이란 문건은 모택동에 대한 비방과 반론으로 말미암아 그동안 철저하게 '금서'로 다루어지고 있었다. 확인할 길은 없지만 그 금서가 '내부 자료'란 명목으로 적지 않은 사람들에게 은밀히 읽히고 있다는 얘기가 있다. 아무래도 중국은 물밑으로 조용하게 변하고 있는 것 같다.

손자병법, 인해전술, 지구전과 유격전

중국에서 제작한 기록영화 〈압록강의 기억〉은 중공군 참전 당시의 국경 도시 단동 시민들의 회상을 도입부에 많이 넣고 있었다. 어떤 시민은, 하늘을 나는 미군 비행기를 '까마귀 떼'로 불렀다고 증언하고 있었디. 아마도 압록강 다리를 공습할 때의 광경을 말하는 것 같다. 1주일 동안 100여 대의 전투기가 다리를 집중 폭격했으니 하늘이 새까맣게 보였을 것이다.

당시 중공군은 실제로는 밤에만 진격했는데, 어찌해서 낮에 진군하는 모습의 사진을 찍을 수 있었느냐고 진행자가 물었다. 쉬사오빙이라는 당시의 사진사가 대답했다. 역사적인 참전의 기록사진을 남기기 위해서 일부 부대에 부탁해서 낮에 진군하는 사진을 찍었다고 당시를 회상했다. 요즘 말로는 실제 현장사진이 아니고, 상황을 만들어서 기획촬영을 했다는 애기가 된다.

사진에는 시민들의 열렬한 환송 장면이 계속 나오고 있었는데, 참전 초기에는 〈지원군 군가〉가 미처 나오기 전이어서 주로

<해방군 행진곡>이나 외국의 기병대 행진곡과 소련 군악을 연주했다는 이야기도 나온다. 중공군의 진격이 낮이 아니고 주로 밤을 이용했다는 것은 정설이다. 낮에는 제공권을 쥔 미군기의 폭격을 감당할 수 없었기 때문이었다. 밤에만, 또한 세계 전사 어디에도 없었던 인해전술로, 2차 세계대전 이후 가장 강했던 미국 군대와 중공군이 맞섰다.

유엔군의 공습과 포위에 정면으로 대결하기에는 중공군의 화력이 턱없이 약했다. 중국인민지원군의 부사령관 겸 후방근무사령관이었던 홍학지洪學智가 쓴 《항미원조전쟁을 회억回憶하며》라는 책을 보면, 그 당시 중국 군대는 미국군의 정황에 대해 아는 바가 거의 없었다고 한다. 제2차 세계대전 때의 노르망디 상륙작전에 대해서만 조금 알고 있었을 뿐이라고 홍학지는 말하고 있다.

국공내전을 어렵사리 치르고 갓 건국한 자기들과 견줘 볼 때, 미국 군대는 현대화된 장비를 갖추고 있을 뿐 아니라, 기본적으로 기동력이 강하고, 육군의 지상 화력과 해·공군력도 절대적으로 우세하다는 판단을 하고 있었던 것 같다.

홍학지의 글을 잠깐 인용해 본다.

이런 분석에 근거하여 우리는 작전 원칙을 다음과 같이 확정했다.
전략상으로는 지구전持久戰의 사상을 수립하고, 전술상으로는 우세한 병력을 집중적으로 뚫고 들어가기, 우회·분할·포위·근거리

전투·야간 전투·속결전 등 전통 작전 방법으로 적들의 장점을 피한다.……적들이 우리의 철길과 주요 이동로를 봉쇄하고 파괴하면 우리는 철길과 주요 이동로를 피해서 행군한다. 우리 보병의 도보 행군은 적들의 기계화 행군에 견줄 수 없으나 반면에 단점이 장점으로 변한다. 우리는 또 대담한 우회공격으로 적의 후방을 뚫고 들어가서 우리의 강점을 충분히 발휘하며 수류탄의 위력을 발휘한다.

여기서 주목할 대목은 전략으로 선택한 지구전과, 전술로 선택한 전통적 작전 방법이다. 모택동의 〈지구전론持久戰論〉은 유명하다. 항일전쟁 시기 그는 이 지구전론으로 중공군을 채찍질했다. 몇 구절을 소개한다.

망국론자亡國論子들은 적을 귀신처럼 여기고 자기 자신을 초개와 같이 여기며, 속승론자速勝論子들은 적을 초개처럼 여기고 자기를 귀신처럼 여긴다. 모두 그릇된 것이다. 우리 견해는 이와 반대다. 즉 항일전쟁은 지구전이며 마지막 승리는 중국의 것이다.

중일전쟁이 지구전이고 또 마지막 승리가 중국의 것이라고 한다면 이런 지구전이 세 단계에 걸쳐 구체적으로 표현되리라는 것을 합리적으로 예상할 수 있을 것이다. 제1단계는 적의 전략적 공격, 우리의 전략적 방어의 시기이며, 제2단계는 적의 전략적 수비, 우리의 반대공격 준비의 시기이며, 제3단계는 우리의 전략적 반대공격, 적의 전략적 퇴각의 시기이다.

　인해전술과 지구전으로 막강 미국 군대와 맞섰던 중공군. 그들의 전술 개념은 중국 국민당군과 맞서서 싸웠을 때의, 마지막으로 그들이 승리했던 그 전통적 작전 방법에 의존할 수밖에 없었다. 손자병법孫子兵法의 골간을 살펴보자.

　모든 전쟁은 기만에 근거한다. 따라서 공격할 수 있을 때 공격할 수 없는 것처럼 보여야 하고, 군사를 움직일 때 활동하지 않는 것처럼 보여야 하며, 적과 근접했을 때에는 멀리 있는 것처럼, 멀리 있을 때에는 가까이 있는 것처럼 믿게 해야 한다. 적을 유인하는 미끼를 내놓아라. 혼란을 가장하고서 적을 공격하라.

한국전쟁에서도 중공군은 지구전과 인해전술로 미군에 맞섰다.

베일 알렉산더 같은 사람도 "역사상 가장 위대한 장군들을 통해 배우는 놀랄 만한 사실 가운데 하나는, 압도적인 힘을 보유하고 있는 경우를 제외하면 그들의 성공적인 작전 전부가 실제적으로나 심리적으로나 적의 측면과 후방에서 이루어졌다는 사실"이라고 말한다. 맥아더 장군의 인천상륙작전도 적의 의표를 찌른, 후방 공격의 대표적 성공 사례라 할 것이다.

힘이 약한 중공군이 할 수 있는 작전이란, 주로 야음을 타서 움직이고, 유엔군의 퇴로와 보급로를 차단하기 위하여 유엔군 진지 후방으로 부대를 이동시키는, 진지전陣地戰이 아닌 유격전遊擊戰의 성격을 띨 수밖에 없었다.

이 전쟁에서 모택동의 장남 모안영이 죽었다. 그의 무덤도 다른 장병들과 함께 현재 북한 땅에 있다. 모안영은 사령관 팽덕회의 소련어 통역으로 근무하고 있었다.

생사의 갈림길은 누구도 알 수가 없다. 팽덕회는 고집을 피우며 안 가겠다는, 새로 지은 방공 굴로 억지로 소개를 감으로써 극적으로 폭격을 면하였으나, 멀쩡하게 소개를 같이 갔다가 무슨 일이 있어서인지 잠깐 옛 사무실로 볼일 보러 갔던 모안영은 순간적으로 폭격을 맞고 목숨을 잃었다.

　　　　　　　　　　　　　　　―이중, 《모택동과 중국을 이야기하다》

그 때의 정황을 앞의 홍학지는 다음과 같이 전하고 있다.

적의 비행기가 부단히 떠도는 것을 보고 나는 의심이 들었다. 적기가 자주 오다보니 경험이 생기게 되었던 것이다. 무릇 적기가 첫날에 어느 곳의 상공을 떠돌면 이튿날 꼭 그곳을 폭격하곤 했다. 당시 우리가 입수한 정보에 의하면 미군은 줄곧 지원군 사령부의 지휘관을 찾고 있었던 것이다.

유엔군에도 당시 벤플리트 8군 사령관의 아들이 공군 조종사로 출격했다가 산화했다. 1950년에 시작되어 1953년 휴전한 반도의 전쟁은 이렇게 적군 장수의 아들들을 희생시키면서까지 상대방을 공격해야 했던 '무한전쟁'이었다. 그러나 그 '무한전쟁'은 어느 한 편이 이기는 쪽으로 가닥을 잡지 못하고 종결되고 말았다.

모택동과 장남 모안영.

  클라우제비츠의《전쟁론》은 전쟁의 규모와 목적, 정치 목적
에 따라 유한전쟁과 무한전쟁으로 구별된다고 했다. 커다란 정
치목적을 가진 전쟁, 적의 영토를 점령하거나 무조건 항복을 받
아야 하는 성격의 전쟁은 무한전쟁일 수밖에 없다. 제2차 세계
대전이 그랬었다.

  북한의 처지로 볼 때, 그들은 남한 영토의 점령이라는 정치적
목적 때문에 무한전쟁을 시작했다. 방어에만 급급하던 유엔군이
인천상륙작전으로 북한 진공에 본격적으로 나서게 만든 맥아더
사령관의 전략 또한, 공산군의 완전 섬멸을 목적으로 했다고 볼
때, 그것도 무한전쟁의 범주에 들어갈 수 있다고 하겠다.

4

중국과 대만의 60년 별거, 운명의 종착점은?

큰 대륙과 작은 섬, 결국 '우리는 하나'

중국 민족출판사가 펴낸 《중국 역사에 영향을 미친 100인影響中國歷史100名人》이란 책이 있다. 이 책을 보면 모택동은 황제黃帝, 공자, 등소평과 함께 제1편에 실려 있다. 제2편에 유방劉邦과 이세민李世民, 여황제 무측천武則天, 주원장朱元章, 그리고 손문과 장개석이 있는 것을 보면 편집자의 의도와 역사관 또는 중국 당국의 의표 같은 것도 엿보이는 것 같아 흥미롭다.

특히 '장개석 편'의 글 제목이 〈통일민국統一民國을 건립한 장개석〉으로 되어있어 눈길을 끈다. 대체로 장개석과 중국국민당이 중국공산당에 매우 엄격하고 신랄한 태도를 보인 것과는 달리, 장개석을 대하는 중국공산당의 자세는 조금은 여유와 융통성을 보이는 경우가 많다. 승자의 너그러움 같기도 하고, 역사를 해석하는 시각의 차이인 것 같기도 한데, 아마 둘 다인 경우일 수도 있을 것이다.

국민당 정부의 수도였던 남경南京에 가면 장개석의 부인 송미령宋美齡의 이름을 딴 '미령궁'이란 건물이 있다. 공산당이 지배하는 땅에서 장개석의 부인 송미령의 이름을 따서 건물 이름을 '미령궁'으로 하다니, 조금은 의아하고 착잡한 기분을 느끼며 궁을 돌아보았다.

1972년 모택동과 닉슨이 처음 만났을 때, 모택동은 불쑥 장개석 이야기부터 꺼냈다. "오늘 이 회담을 우리들의 오랜 친구인 장 위원장(장개석)은 좋아하지 않을 것입니다. 그들은 우리를 '공비共匪'라 부르지요"라며 모택동이 입을 열자 닉슨이 물었다.

"그럼 모 주석은 그들을 어떻게 부릅니까?"

모택동이 웃으며 통역의 말을 기다리는 사이에 주은래가 대답했다.

"우리는 그들을 '장비蔣匪'라 부르지요. 신문을 보면, 우리도 저들을 '비'라고 부르고, 저들도 우리를 '비'라고 부르면서 그동안 서로를 매도해온 셈이지요."

그러자 모택동이 말을 이어받았다.

"사실 우리가 장 위원장과 사귀어온 것이 대통령께서 그와 사귄 것보다 훨씬 오래

장개석·송미령 부부, 오른쪽은 닉슨 대통령.

되었지요.”

이 말 속에는 많은 의미가 함축되어 있다. 당시만 해도 자유진영의 반공전선에서 닉슨과 장개석은 둘도 없는 동지였고 맹우였다. 그런 두 사람 사이를 잘 알면서도 모택동은, 세상에 불구대천의 원수로 알려진 장개석을 자신의 ‘오랜 친구’ 라고 불렀다. 이 말은 먼저 장개석이 지배하는 대만과 중국공산당의 대륙은 ‘하나의 중국’ 이라는 인식을 드러내고 있다. 대만 문제는 어디까지나 중국 안의 문제라는 것이다. 또 실제로 모택동과 장개석은 1920년대, 손문이 이끄는 중국국민당에서 잠시나마 한솥밥을 먹기도 했다.

1936년 12월 12일 새벽에 ‘서안사변西安事變’ 이 일어났다. 주은래가 앞장서서 장개석을 풀어주도록 했는데, 이는 장개석이 예뻐서가 아니었다. 당시의 중국은 장개석이 대표했고, 항일전쟁을 지휘할 수 있는 힘을 가지고 있었다. 장개석을 살리는 것이 중국을 살리는 길이었고, 공산당 자신을 살리는 길이었다. 나라가 망하면 공산당은 누구와 싸울 것인가. 곧바로 일본군을 상대로 훨씬 힘든 독립전쟁을 새로 시작해야 하는 것이다.

장개석의 연금 사실이 알려지자 남경에서 송미령이 날아와 주은래와 담판을 벌였다. 이 담판을 통해서 중국공산당은 오매불망 기다리던 ‘제2차 국공합작’ 을 일구어낼 수 있었다. 서안사변은 중국 국민당과 공산당의 운명을 갈라놓은 분수령이다. 중국

공산당에게 서안사변은 절체절명의 기회였고, 이 기회를 살려서 그들은 비로소 기사회생할 수 있었다.

그러나 뭐니뭐니 해도 항일전쟁 승리의 주역은 장개석이었다. 1949년 대만으로 쫓겨 갈 때까지만 해도 중국의 대표선수는 장개석이었다. 미국, 영국, 소련, 중국 네 나라 국가원수가 전후처리 문제를 협의할 때도 중국을 대표한 이는 당연히 장개석이었다. 이러한 장개석의 위치와 비중에 대해 오늘의 중국이 유연한 태도를 보이고 있는 것이다.

대만문제로 심하게 골치를 앓으면서도 상대방 우두머리의 부인이 아끼던 별장에 부인의 이름을 붙여서 그대로 보존하고, 관광명소로 활용하는 것이 오늘의 중국이다.

손문의 묘가 있는 중산中山 능원을 찾았다가 가까이에 있는 미령궁에 들렀다. 때마침 송미령의 일생을 담은 사진전시회가 열리고 있는 것이 아닌가. 사진들은 시대별로 구분되어 있었다. '송씨宋氏 가족', '장송蔣宋 연혼', '서안사변', '항전抗戰 부인', '항전 승리', '미령 회화美齡繪畫', '대만 생활' 그리고 '근일近日 미령' 순으로 보기 좋게 정리되어 있었다. 장개석과 송미령을 실질적인 항일전쟁의 주역으로 평가하고, 특히 송미령의 근황까지도 자상하게 소개해주는 이런 성격의 사진 전시회가 한국이나 북한에서는 가능할까? 우리의 남북관계로는 상상도 할 수 없는 일이다.

1939년 건립 당시의 건물 이름은 '주석主席 관저'였다. 송미령이 어느 날 이 지역의 빼어난 경관에 반해서 별관 하나를 지었으면 해서 세운 것인데, 사람들은 지역 이름을 따서 '소홍산小紅山 주석 관저'로 부르기도 했다. 중국 정부는 이 별장을 관광용으로 개발하면서 1991년엔 '우수 근대 건축물'로 지정하기도 했다.

내부로 들어서면, 장개석 총통의 집무실과 회의실, 식당, 침실, 욕실 등을 볼 수 있다. 그리고 '개가당凱歌堂'이란 이름의 응접실이 있는데, 응접실에는 벽 높이 받침대가 보이고, 받침대 위에는 성경책이 놓여 있었다. 옛날 그대로의 모습을 살리고 있는 것 같았다. 마치 그림 같던 장 총통의 사진도 걸려 있었는데, 아마 이 방에서 부부가 함께 기도를 했던 것 같다.

재미있는 것은 관광객들이 실내에서 셔터를 누르면 한 번 누를 때마다 1원씩을 징수하는 것이었다. 사진 한장 한장을 찍을 때마다 용하게 알고 와서는 손을 내밀었다. 중국의 막대한 관광

미령궁 개가당의 모습.

수입 속에는 이런 알뜰하고 짭짤한 부분도 있다는 것이 재미있
었다.

　청나라 타도와 열강 세력에 대한 저항과 극복, 이것이 중국의
근현대 혁명사이다. 오늘의 중국 역사는 승리자의 수도인 북경
에서 씌어지고 있지만, 그 반대편에는 남경의 시각도 엄연히 존
재한다. 대만으로 쫓겨 간 중국국민당은 이제는 대만에서조차
야당의 신세가 되었지만, 한때는 중국의 역사를 지배했었다는
프라이드를 갖고 있다. 한족漢族 주류의 입장에서, '중국은 하
나'라는 확고한 믿음과 주장을 펴는 사람이 적지 않다. 그 대표
적인 사람이 대만 입법위원인 이오李敖, 리아오이다. 그는 스스로
를 '국보'이며 '사상가'로 일컫는다. 입담이 세고 문필이 뛰어
난 그는, '반反대만독립과 친親대륙'을 외치는 반反정부 투사 가
운데서도 열혈 투사이다. 감옥살이도 했고, 작년엔가 50년 만
에 처음으로 북경과 고향을 방문하여 대대적인 환영을 받았다.
〈'臺獨'只是一介夢〉, 곧 '대만독립'은 한낱 꿈일 따름이라는
그가 쓴 이 글은 제목부터가 그의 주장을 잘 보여준다.
　역사란, 보는 시각에 따라 여러 해석이 가능하겠지만, 막강한
군사력을 자랑하던 장개석의 국민당이 항일전쟁과 국공내전을
치르면서 스스로 무너져버린 사실도 하나의 어이없는 역사적 사
건이라 할 수 있다. 중국대륙에서 일어났던 권력 변동을 국민당
과 공산당 사이의 선수 교체로 볼 수도 있고, 정반합正反合의 필

대만의 정치인 이오는 일국양제로 대만이 통일하기를 주장하고 있다.

연으로 규정지을 수도 있을 것이다.

대만독립에 이의를 제기하는 대만 사람들은 대만이 역사적으로 대륙에 귀속한다는 인식을 뿌리 깊게 갖고 있다. 그들은 역사의 단절을 거부하고, 대만 안에서 '하나의 중국' 이라는 공감대를 이루기 위해 여러모로 애쓰고 있다. 대륙과 대만은 이러한 하나의 뿌리 깊은 공감대를 바탕으로 통일정책을 물 밑에서 진행하고 있다.

대만 경제의 대대적인 중국 진출은 정치 통일에 앞서 경제 통일의 가능성을 쉽게 예상케 한다. 중국은 될 수 있는 대로 많은 혜택을 주어서 대만 경제의 대륙 진출을 돕고 있다. 돕는다기보다는, 실제로 막강한 대만 자본이 필요해서 유치에 총력을 기울인다고 하는 것이 더 정확한 표현일 것이다.

그 결과로 대륙에 대한 대만 경제의 의존도가 오히려 높아지고 있다. 사람들의 왕래도 날로 늘어나고 있다. 정치 지도자 사이에는 '대만 독립'을 외치거나, 그것은 '절대 불가'라고 으름장을 놓기도 하지만, 양안兩岸의 인적·물적 교류의 장벽은 무너진 지 이미 오래이다. 대만 야당의 당수들이 대륙을 방문해서 대대적인 환영을 받고 있다. 그런데 대만의 정권이 오랜만에 교체되었다. 마영구馬英九의 국민당이 진수편陳水扁, 천수이볜의 민진당을 선거에서 눌렀다. 7월 들어서 전세기 대신에 직항 정기노선이 개설되어 대륙의 관광단 수백 명이 대만을 다녀왔다. 성급하게 제3의 국공합작 이야기가 나올 법도 하다.

'동일민국의 긴설자'라는 장개석에 대한 표현도 이런 맥락에서 보면 그리 어렵지 않게 이해될 수 있는 부분이다. 중국 어디에서도 '우리의 소원은 통일'이란 노래는 들을 수 없다. 그들에겐 '이산가족 상봉' 같은 요란한 이벤트도 없다. 금강산 관광이니 개성공단이니 하는 극히 제한된, 전시성 교류 같은 것도 물론 없다. 이미 극복한 지 오래이다. 그들의 '통일'은 어느 날 갑자기, 우리보다 훨씬 빠르게 성취될 수도 있다.

'일국양제' 외치는
대만의 외로운 전사 이오

제2차 세계대전을 승리로 이끌 때만 하여도 중국을 대표했던 사람은 장개석이었다. 하지만 장개석 총통의 국민당 정부가 대만으로 피난을 가고부터, 모든 중국 역사는 모택동을 중심으로 씌어지고 있다. 국민당 남경 정부의 시각이나 해석은 역사의 뒤안길로 사라지고 없다.

대만에는 아직도 국민당이 남아 있어서 이념과 전통의 맥을 이어 오고 있다고는 하지만, 대만에서조차 야당의 자리로 밀려난 지 오래다. 올해 들어 국민당의 와신상담臥薪嘗膽이 성공해서 마침내 집권당 자리를 되찾았지만, 그동안 갖은 수모를 다 당했다. '대만 독립'을 외치는 진수편의 민진당은 대만에서 장개석의 흔적마저 지우려고 했다.

나에게는 미국 뉴욕에 사는 친구가 있는데, 그의 부인은 중국인이다. 대만 유학 시절에 맺은 인연으로 이 둘은 결혼하였다. 부인의 친정이 있는 고향은 물론 대륙이다. 중국과 미국이 국교

대만으로 떠나기 위해 비행기에 오르는 장개석.

를 수립한 뒤부터 그들 부부는 대만과 중국 대륙을 시간 나는 대로 자유롭게 오가고 있다. 그 친구에게 나의 책 《모택동과 중국을 이야기하다》를 주었더니, 독후감을 보내왔다.

"거, 재미있게 읽었어. 다음엔 대만 자료를 갖고 한번 써보면 어때……?"

미국 시민인 그는 지금은 성공한 사업가지만 국립대만대학에서 역사학을 전공한 역사학도이다. 그의 처가妻家는 옛 국민당의 간부 집안으로 알려져 있는데, 그러한 처가의 내력과는 상관없이 공산 중국의 변화와 발전을 보는 그의 시각과 이해는 진지하고 너그럽다. "대만 자료를 갖고 한번 써보라"는 그 친구의 말 속에는, 대만의 국민당도 미처 하지 못한 말들이 가슴 가득히 쌓여 있을 것이라는 뜻이 담겨 있었다.

"거, 대만은 어찌 되는 거야……?"

한번은 그에게 이렇게 물은 적이 있었다. 그의 대답이 걸작이었다.

"늙은이는 고향 생각하고, 젊은이는 처가 생각하고……."

우문현답愚問賢答이었다. 늙은이의 고향은 대체로 대륙이다. 젊은이의 처가는 대만이 대부분이다. 대륙에서 섬으로 옮겨 온 지 벌써 60년이 다 되었다. 아버지나 할아버지를 따라서 고향을 등지고 섬으로 온 갓 스무 살의 청년이 이젠 팔십을 바라보는 노인이 되었다.

현 상황에서 대만의 진로는 네 가지 길밖에 없다. 대만의 독립과 대륙으로의 흡수통합, 그 사이에 일국양제一國兩制와 현 상태 유지라는 불통부독不統不獨이 있다. 최악의 상황은 대만독립과 흡수통합이 바로 부딪치는 무력충돌이다. 그것을 피하다 보면 일국양제와 현상유지만이 가능한 길이 된다. '불통부독' 은 통합도 독립도 아닌 채로 일정 기간 현재의 상황을 서로의 약속에 따라 유지해 나가는 것을 말한다. '잠정적인 약속' 으로 우선 분쟁부터 잠재우고 보자는 주장이다. '일국양제' 란, 감성적으로 본다면 고향과의 관계 복원이고, 현실적으로는 하나의 중국을 인정하는 것이 된다. 대만의 무소속 입법위원 이오의 일관된 주장이 일국양제이다. 1935년 하얼빈에서 태어난 그도 어느새 70을 넘은 노인이 되었다.

국민당의 간판으로 총통이 되어 대만 독립노선을 추구했던 리
덩후이李燈輝는 '면통암독面統暗獨'이라는 비난을 받고 있다. 겉
으로는 통일을 외치면서 속으로는 대만 독립을 추진했다는 것이
다. 이와 달리 민진당民進黨의 진수편은 내놓고 대만 독립을 주
장해왔다.

이러한 대만 독립에 완강하게 저항하는 대표적 인물이 바로
앞에서 말한 이오李敖이다. 그는 "열사烈士로 죽기보다는 전사戰
士로 살아남아서 계속 싸우는 사람이 되겠다"고 말하는 특이한
'사상가'이다. 2006년 4월, 그가 입법위원이 되고나서 한 중국
주간신문 기자와 나눈 대화가 있다.

"실제로 입법원에 들어가서 당신이 할 수 있는 일이 무엇이겠느
냐"고 기자가 묻자, "대만의 공개된 장소에서, 나 혼자만이라도
확실하게, 용감하게, 정치적으로 능란한 말솜씨로 '일국양제'를
외칠 수 있게 된 것이 입법위원으로 당선된 의미"라고 대답했다.

이어서 그는 입법위에 들어가서 정부를 향해서 "이게 무슨 정
부냐. 기어이 13억 인구와 맞서 싸우자는 말이냐. 싸울 줄만 알
지 백성들을 위해 좋은 일을 하지 않으면 어쩌겠다는 것이냐. 1
천 5백억 인민폐를 들여서 그렇게 많은 무기를 사려는 것은 무슨
뜻인가?" 하고 대들었다고 말했다.

열사와 전사에 대한 구별도 재미있다. 그는 《북경법원사北京法
源寺》라는 책에서 두 종류의 인물에 대해서 썼다고 했다. 담사동
潭嗣同과 양계초梁啓超. 담사동은 열사가 되어 죽음을 택했고, 양

계초는 일본으로 도망을 갔지만 전사가 되어 일본에서 신문을 펴내며 적과 싸웠다고 말한다.

"열사가 되는 것은 별거 아니다. 전사가 되는 것이 총명한 것이다." 그는 스스로 '사상가'이며 '국보'라고 말하면서 '전사'의 길을 걷고 있다고 말한다. 기자가 "입법원에서는 늘 사람을 공격하는 일들이 많다고 하는데, 당신이 조금 걱정된다"고 말하자, 그는 "아 그건 걱정 마시요. 공격을 해도 사람을 봐서 하는 것이요. 나는 국보요. 나를 때린다면 바로 예술품을 파괴하는 것이요"라고 익살을 부린다.

그러나 그는 '하나의 중국'이라는 대명제 앞에서는 늘 단호하다. '일국양제'에 대해서도 낙관적이다. 대만의 경제인들을 예로 든다. "그들은 정치인에 견주어 훨씬 총명하다. 그들은 대륙에서 크게 돈을 벌었다. 대만에서 돈을 벌려는 사람들은 대륙이 아니면 돈을 벌 수 없다. 그래서 나는 아주 낙관적이다"라고 말한다.

또 "대만만 보아서는 낙관적이 아닐 수도 있다. 그러나 전체 국면을 보면 아주 낙관적이다. 당신은 젊다. 우리 같은 70세 가까운 사람들의 마음을 모른다. 우리는 중국이 다른 나라 사람들로부터 업신여김을 받았던, 그런 시대를 살아온 사람들이다. 지금 우리가 서로 싸우지 않는다면 중국은 얼마든지 번영할 것이다. 이것은 우리에게 가장 만족스럽고 중요한 일이다"라고 말을 이었다.

그는 외로운 전사인 셈이다. 그와 동년배인 사람들도 자기 자신의 고향이며 조상의 고향이기도 한 중국대륙에 대한 향수와 귀속감을 쉽게 저버리지 못할 것이다. 다만 각자의 정치적 처지 때문에 중국공산당과 쉽게 손을 잡지 못할 뿐이다.

이와는 달리 젊은 층들은 대륙의 의미로부터 자유롭다. 대륙에 뿌리를 둔 중국인들의 3·4세가 되는 그들에게는 사회주의 체제인 중국 대륙에 매력을 느낄 수 없는 것이 오히려 자연스러운 일일 것이다. 국민당과 함께 대만에 왔던 사람들의 후손들도 이미 많은 수가, 국민당이 대만에 오기 이전부터 살아왔던, 이른바 '본성인'의 후손들과 짝을 지었다. 그들의 처가는 대만일 뿐이다.

대만의 인구 구성은 조금 복잡하다. 1948년 장개석이 국민당 지도부를 이끌고 대만에 왔을 때, 이미 많은 중국 사람들이 대만에 원주민 형식으로 삶의 터전을 닦고 있었다. 그들 조상의 근거지는 물론 중국 대륙이고, 대부분이 대만과 가까운 복건성 사람들이었다. 이른바 대만 원주민인 그들은 제2차 세계대전이 끝날 때까지 중국 대륙의 국민당 정부와는 상관없이 일본의 식민지 통치 아래 일본 국적으로 살아야 했던 사람들이다.

일본이 패망하여 이제 중국인으로 되돌아가는가 했는데, 갑자기 장개석이 군대를 끌고 와 대만을 지배하게 되었다. 대만 원주민들은 일본 사람들의 통치를 받다가 하루아침에 국민당 망명정부의 지배 아래로 들어가고 말았다. 원주민처럼 대만에 붙박이

로 살아 온 사람들을 '본성인'이라 하고, 국민당과 함께 새롭게
대만에 이주해 온 사람들을 '외성인'이라 한다. 본성인들은 아
직도 장개석의 국민당과 외성인들이 이주 초기에 자신들에게 저
질렀던 극심한 탄압을 잊지 못한다.

젊은이들은 같은 중국 사람이기는 하지만 대만에 오래 뿌리를
박고 살았던 원주민의 후손들과 결혼도 했다. 그들은 공산 대륙
의 이질적인 체제에 대해서는 자연스럽게 두려움과 경계심을 가
질 만한 세대들이다. 그러한 분위기를 타고 진수편이 집권에 성
공했던 것이다. 세계 질서는 전후 냉전구조가 해체된 지 오래지
만, 대만과 중국 복건성 사이에 있는 대만해협에는 아직도 냉전
의 파고波高가 높다. 그 높은 파도를 타고 넘어서 대만의 경제가
속속 대륙으로 이동하고 있는 것도 재미있는 현상이다. 국민당
의 재집권으로 대륙과 섬 사이에 벌써 직항 정기노선이 이뤄졌
다. 전세기로만 뜨던 비행기가 직항 정기노선으로 바뀌면서 대
만해협의 높은 파도가 어느 정도로 가라앉을지 주목된다.

서안사변의 숨은 주인공,
'모략대사'들

2007년 정월 초하루에 예정되어 있던 백두산 행은 포기하고 말았다. 2006년 1월 1일은 새해 첫날이면서 마침 첫 일요일이었다. 백두산 장백폭포 아래에 있는 천상호텔에서 온천욕도 하고, 개신교·천주교 형제들과 어울려서 조촐하게 산상예배도 보았다. 물론 여관방 안에서 가지는 기도 모임이었지만, 천지사방이 눈으로 뒤덮인 2천 미터 고지여서 장소가 주는 의미도 컸다. 내친 김에 내년 첫날도 백두산에서 보낼 작정을 했었다. 그러나 지난 11월 백두산을 다녀와서 그 계획을 접고 말았다.

한국인이 운영하는 대우호텔과 천상호텔, 일본 조총련계에서 운영하는 국제관광호텔이 중국 정부로부터 철거 명령을 받고 있었다. 철거 시한이 12월 말이었다. 강력하게 항의를 하고 있어서 실제로 철거가 이루어질지는 미지수지만, 어쩐지 그런 어정쩡하고 찜찜한 상황의 백두산에서 숙박한다는 게 내키지 않아서였다.

백두산에 가는 대신, 1936년 12월 12일에 있었던 세기적인 사건, '서안西安사변'을 한 번 더 짚어보기로 했다. 앞에서 몇 번 이야기한 바 있지만, 이 사건의 주된 의미는 중국공산당의 '기사회생起死回生'과 역사의 '반전反轉'에 있다.

당시 중국공산당이 즐겨 사용했던 말이 "중국인은 중국인을 치지 않는다中國人不打中國人"라는 것이었다. 그리고 국민당을 향해서는 "중국인이 중국인을 치면서 일본인을 치지 않는다中國人打中國人不打日本人"고 공격했다. 중국인이 중국인을 치고 일본인을 치지 않는 것은 반역이요, 매국노의 짓일 수밖에 없다. 국민당을 향한 공산당의 이러한 여론몰이가 점차 성공하고 있었다.

미국의 닉슨 전 대통령은 희한하게도 장개석과 모택동을 다 만났던, 드문 세계적 정치가다. 가파른 전후 냉전과 열전의 고비에서 닉슨은 세계 반공진영의 기수였고, 장개석의 둘도 없는 동지요 맹우였다. 그런 그가 모택동마저 만났던 것이다. 그는 두 사람을 다 만나고 나서 공통점을 발견했다. 두 사람 다 이야기할 때, 전 중국을 포괄하고 모든 것을 제압할 듯이 강하게 손놀림을 한다는 사실이었다. 개성과 권력욕이 강하고, 만인 위에 서기를 즐기는 사람들의 특징이라 할 것이다.

이런 두 사람이 같은 시대, 같은 무대에서 격돌했으니 쉽게 타협하거나 양보할 리가 없다. 장개석은 막강한 군사력을 배경으로 공산당의 완전소탕을 눈앞에 두었다고 믿고 있었다. 그래서 직접 서안으로 날아가서 장학량을 설득하고 닦달하면서 그 어떤 간언諫言에도 끄떡 않고 '공산당 소탕'을 밀어붙였다.

그러나 실제 상황은 군사력에서는 장개석이 막강하게 우세를 보였으나 정치 정세를 주도하는 면에서는 모택동에게 밀리고 있었다. 일본의 대륙침략이 장개석의 뒷덜미를 꽉 붙잡고 있었던 것이다. 10년 넘게 국민당과 공산당이 싸우는 소용돌이 속에 일본군이 침략군으로 만주를 삼키고 대륙을 넘보기 시작했다.

일본 제국주의의 중국 본토 침략은 중국의 정치 국면을 국민당과 공산당 양자대립 체제에서 일본이 가세하는 삼각관계로 바꾸어버렸다. 모택동은 이러한 새로운 상황에서, 중국의 정치정세와 국민의 정서가 어떻게 변화하는가를 날카롭게 살펴보았다. 그는 중국인의 민족주의 정서가 당시의 모든 가치에 우선하며 모든 것을 압도한다는 사실을 알아챘다. 그는 재빨리 "계급투쟁을 민족투쟁에 복속시킨다"고 선언하고 나섰다. 그의 이론에 따르면, 민족 모순이 주요 모순이 되고, 계급 모순은 그 다음으로 주요한[次要] 모순이 된다는 것이었다. 계급투쟁보다 민족투쟁을 앞세우는 논리였다.

당시의 정황으로는 자연히 어느 편이 '항일구국抗日救國'의 깃발을 높이 드느냐가 핵심 고리가 될 수밖에 없었다. 장개석인들 그런 이치를 모를 리 없었겠지만 사정과 처지가 달랐다. 일본 침략군과 전면전을 벌이게 되면, 지난 10년의 공산당 소탕 노력이 바로 5미터 앞에서 물거품이 되는 것과 마찬가지가 되어버린다.

다 잡은 호랑이를 한 순간에 놓친다면 장래의 우환을 더 깊게 할 뿐이었다.

그렇다고 공산당 소탕만을 계속한다면 "중국인이 중국인을 치고 일본인을 치지 않는다"는 혐의에서 벗어날 수 없었다. 이러한 진퇴양난에서 그가 내세울 수 있었던 것은 "바깥의 적을 물리치기 위해서는 반드시 나라 안을 안정시켜야 한다攘外必先安內"는 논리였다. 그러나 공산당은 한 술 더 떠서 "내전을 정지하고 공동으로 일본과 싸워야 한다停止內戰 共同抗日"는 더 큰 명제를 내걸고 국민당과 장개석을 압박했다.

일본군의 열차 폭파로 폭사한 만주 군벌 장작림張作霖의 아들이 바로 장학량이다. 그는 서안에 사령부를 둔 '공산당 소탕사령부'의 부사령관 겸 대리 사령관으로서 사령관인 장개석으로부터 절대적인 신임을 받고 있었다. 그러나 그는 "中國人不打中國人"이라는 절체절명의 민족적 명분과 "停止內戰 共同抗日"이라는 현실적 과제 앞에서, 평생에 한 번 얻기 힘든 막강한 자리를 걸고 모험을 감행하고 만다. 자신의 직속 상관이자 중국의 최고책임자인 장개석 총통을 병력을 동원하여 연금하고 만 것이다.

그러나 세상의 이치란, 겉과 안이 따로 있기 마련이다. 겉으로의 흐름이 아무리 유리하고 호의적으로 흐르고 있다 하더라도, 안에서의 숨은 공작과 노력이 겹치지 않고서는 진전이나 성과가 보장되지 않는 법이다.

요즘도 모택동에 관한 책이 중국에선 계속 쏟아져 나오고 있다. 홍기紅旗출판사가 펴낸 《모택동모략毛澤東謀略》이라는 책도 그 가운데 하나이다. 중국에서 '모략'이란 말은 책략, 지략, 전략, 계책과 경륜 등의 의미로 쓰인다. 우리 한국에선 음모나 음흉한 술책 같은 것으로 이해하고 있는 것과는 달리 중국에서는 긍정적인 용어이다.

그런데 그 책에 이런 글이 당당하게 들어있다.

> 오늘의 사람들은 장학량이 '서안사변'의 공신이라는 것을 알고 있을 뿐, 장학량의 뒤에 작은 인물 고원복高源福이 있다는 것을 모르고 있으며, 7의 뒤에는 모략의 큰 스승謀略大師 모택동이 있다는 것을 모르고 있다.

《알려지지 않은 이야기들 마오》라는 책은 오늘의 중국에서 통용되는 모택동 정설과는 정면으로 배치되는 이야기들로 가득 차 있다. 거의 대부분이 오늘의 중국에서 꺼릴 만한 내용들이다.

그 책 속에 장개석이 가장 신임한 장군으로만 알려졌던 호종남胡宗南에 대한 새로운 사실이 적혀 있어 독자들을 놀라게 한다. 좀 길지만 이해를 돕고자 인용해본다. 1947년 3월, 한때 장개석의 국민당 군대가 중국공산당의 근거지인 연안을 점령했던 때의 이야기다.

장개석은 무조건 신뢰하는 한 인물에게 이 중요한 임무를 부여했다.……조사 결과 우리는 호종남 장군이 공산당의 '잠복 간첩' 임을 확신하게 되었다.……황포군관학교에서 호종남은 1924년 군인 생활을 시작했다. 당시 장개석은 교장이었고 주은래는 핵심 요직인 정치부 부장이었다. 신분을 숨긴 다수의 공산당 간첩들이 이 군관학교에 침투했고, 그들은 국민당 군대의 장교가 되었다. 황포군관학교에서 호종남은 신분을 숨긴 공산주의자라는 의심을 받았으나 그의 신원을 보증해온 친구들이 요직에 있었다. 그는 나중에 정보 책임자인 대립戴笠과 절친한 친구가 되었고 대립은 그의 중매를 섰다.……

1947년에 장개석은 호종남에게 연안 정벌작전 임무를 맡겼다. 그가 명령을 받은 날 그 사실을 적은 보고서가 모택동의 책상 위에 나타났다. 모택동은 연안에서 소개할 것을 명령했다.……3월 18일부터 19일 사이에 호종남은 연안을 점령했다. 국민당은 연안 점령을 대대적인 승리로 선전했다. 그러나 국민당 군이 얻은 것은 유령의 도시였다.

황포군관학교 출신으로 중공군의 군 지도자가 된 사람은 많다. 대표적 인물이 임표와 서향전徐向前이다. 임표, 서향전과 더불어 중국 10대 원수인 엽검영도 군관학교 초기에 교관으로 있었다. 그러나 호종남마저 중공당의 '잠복 간첩' 이었다는 폭로는 매우 충격적이다. 여러 이유를 들어 중국은 이러한 사실을 인정하지 않는다.

그러나 장학량의 뒤에 고원복이 있었고, 그 뒤에 '모략대사' 모택동이 있었다는 사실에 미루어보면, 장개석의 둘도 없는 심복으로만 알려졌던 호종남이 알고 보니 공산당 간첩이었다는, 《알려지지 않은 이야기들 마오》 저자들의 증언에도 그럴 만한 가능성이나 개연성이 있다고 볼 수도 있을 것이다.

항일 전쟁이냐? 공산당 소탕이냐?

서안사변의 주역 장학량의 뒤에 있었다는 고원복이라는 사람은 누구일까. 그는 한때 중국공산군의 포로였다. 그 이전에는 장학량의 호위대장이며 심복이었다. 그런 그가 적군의 포로가 되었으니 낙담과 비관이 이만저만이 아니었을 것이다. 그러한 고원복에게 새로운 세계가 다가왔다. 모택동의 통일전선 공작이 그에게 손을 내민 것이다.

그는 홍군이 자기와 같은 포로들을 특별히 우대하는 것을 보고 감동을 받았다. '내전을 멈추고 단결하여 공동으로 일본과 싸우자'는 구호도 가슴에 와 닿았다. 한편으로 '바깥의 적을 물리치기 위해서는 반드시 나라 안을 안정시켜야 한다'는 장개석의 주장이, 당면한 민족의 생사존망生死存亡을 돌보지 않는, 이기적이며 반역적인 구호로 들리기 시작했다.

게다가 홍군은 동북군 포로들의 향수를 자극하고 있었다. 고향을 떠나 멀고 먼 이곳 섬서지방까지 와서 같은 중국 사람끼리 싸우다가 포로가 된 이들에게, 홍군과 동북군이 연합하여 공동의 적인 일본을 물리치고 하루 빨리 동북의 고향으로 돌아가자는 호소는 쉽게 먹혀들 수밖에 없었다.

동북군 진영으로 돌아온 그는 장학량에게 매달렸다. 홍군으로부터 들은 '민족의 대의'를 내세워 장학량을 설복하기 시작했다. 장학량은 또 누구인가. 바로 만주의 실질적 지배자였던 장작림의 아들이다. 장작림은 모택동의 마르크스주의 스승마저 학살한 군벌이지만, 프랑스와 영국을 합친 것보다 더 넓은 만주 땅의 지배권을 쉽게 일본에게 내줄 수 없었다. 일본 군부는 그가 타고 있는 열차를 폭파시켜 버렸다. 그러므로 일본은 장학량 개인에게도 철천지원수였다. 따라서 일본에 대항하는 것은 민족의 대의이자 부친의 원혼을 달래는 길이기도 했다.

그러나 그에게도 깊은 고민이 있었다. 바로 장개석과 맺은 '형제의 결의'였다. 장개석과 장학량은 열세 살 차이였지만, 장학량은 늘 장개석에 대해 "나에게는 아버지와 같았다"고 말하곤 했다. 1928년 6월, 만주 군벌인 그의 아버지가 암살되자 장개석은 그에게 만주를 떠맡겼다. 그는 하루아침에 중국 동북 3성의 상속자가 되어버렸다.

1931년 일본군이 만주를 침공하기 전까지, 그는 아버지처럼 지방의 통치자로 군림할 수 있었다. 그에게도 야심이 있었고, 한때는 소련과 협상하며 중국 지배를 위한 독자의 길을 모색하기도 했지만, 결국 장개석과 타협하여 장개석의 중국 지배를 현실

적으로 받아들였다. 아버지는 막강한 만주 군벌로 장개석의 북
벌北伐 대상이 되었지만, 아들은 다른 길을 택했다. 그는 장개석
과 '형제의 의'를 맺었다.

1935년 10월, 중국공산당은 대장정을 끝내고 북서지방에 둥
지를 틀었다. 장개석은 모택동과 홍군을 변방인 섬서성 골짜기
에 가두어 두려고 했다. 그리고 공산당 소탕 계획을 세워 '소공
사령부'를 만들고 자신이 사령관이 되는 한편, 장학량을 부사령
관 겸 사령관 대행으로 임명했다. 연안에서 300킬로미터 떨어진
서안에 사령본부를 두었다.

섬서지방은 장개석 군대에 완전 포위되고 있었다. 모택동은
필사적으로 소련과 연결되는 활로를 찾아야 했다. 살아남기 위
해 방어선을 쳤지만, 막강한 화력과 병력을 가진 장개석의 군대
에 언제 점령당할지 모르는, 치명적인 위험을 안고 있었다.

섬서성에서 소련 관할의 영토까지 가장 가까운 곳은 신강과
외몽골이었다. 신강은 1천 킬로미터 이상 떨어져 있었고, 외몽
골과의 거리는 5백 킬로미터였다. 장학량의 동북군은 바로 이
두 지역으로 통하는 요충지에 약 30만 명의 대병력을 주둔시키
고 있었다.

장정이 끝난 1935년에서 1936년으로 해가 넘어가면서, 장개석
과 모택동의 처지는 '먹느냐', '먹히느냐'의 막다른 벼랑에서 맞
서고 있었다. 장개석은 중국공산당 소탕을 바로 눈앞에 두고 있

었고, 모택동은 절체절명의 위기에서 필사의 항전을 해야만 했다. 이 사이에서 장학량의 고민이 시작되었다. 그는 장개석과 맺은 형제의 의리도 지켜야 했고, 공산당과도 손을 잡아 눈앞의 일본군을 물리쳐야만 했다. 절박한 상황이었다. 그의 시대적 고민은 날로 커질 수밖에 없었다.

그가 모시는 장개석에게는 중국의 통일이라는 명분과 대의가 있었다. 장학량 자신의 정치적 성향은 애초부터 공산주의와는 거리가 멀었다. 그러나 눈앞에 전개되는 현실은 쉽게 장개석의 명분만을 따를 수 없게 했다. 일본은 만주 전역을 삼키고는 대륙을 넘보고 있지 않은가. 장개석의 '공산당 소탕'과 '통일 대업'은 중국이 당면한 '항일전선'과 '민족단합'이라는 대의에 밀릴 수밖에 없었다.

장학량은 새로운 대의에 따르기로 결심하고 곧바로 고원복을 홍군 주둔지로 보냈다. 홍군과 동북군이 힘을 모아 항일전선을 구축할 것을 의논하자고 했다. 이 '포로 특사'를 모택동이 직접 만났을지도 모른다. "장학량의 뒤에 고원복, 고원복의 뒤에 '모략대사' 모택동이 있었다"는 대목은 이래서 나온 것이다.

그 뒤 장학량은 직접 주은래를 찾아간다. 당시의 이러한 비밀스런 만남들은 오늘에 와서는 모두 공개적인 회담으로 기록되어 있다. 등소평의 딸 등용鄧榕이 쓴 《나의 아버지 등소평》을 보면 이런 대목이 나온다.

섬북에 주둔한 중국공산당과 홍군은 통일전선을 이룩할 목적으로 섬서에 있는 동북군에 대한 공작을 강화했으며, 모택동과 주은래는 장학량에 대한 공작을 강화했다. 1936년 2월, 홍군과 동북군은 상호불침相互不侵의 구두협정을 맺었다. 그 뒤 주은래와 장학량은 비밀회담을 갖고 서로 침범하지 않으며 서로 대표를 파견할 것을 의논했으며, 장학량은 또 장개석을 항일에 끌어들이겠다고 약속했다

이처럼 서안사변은, 장개석 휘하의 장학량·양호성 두 장군들이 '민족대의'에 동조해 일으킨 우발적인 사건으로 보기에는, 너무나 복잡하고 미묘한 움직임들이 사건의 뒤안길에 깔려 있다. 그러나 장개석을 연금한 그날 하루의 사건만 떼놓고 볼 때, 공산당이 직접 사주하거나 조종한 사건으로 보기는 어려울 것 같다. 오히려 장학량이 서툴러서 일을 너무 성급하게 저질러버렸다고 주은래가 아쉬워했다는 기록이 있다.

그러나 결과적으로 볼 때, 이 세기적인 사건은 '민족'과 '항일'이라는 대의명분을 거머쥔 공산당이 고원복·장학량을 뒤에서 움직여, '공산당 소탕'과 '통일'을 주장한 국민당을 '힘'(강제 연금)으로 눌러버린 사건으로 해석해야 할 것 같다. 일본군의 대륙 침공에 맞서기 위해서는 어떤 형태로든 정국의 변환이 필요했다. 이 대변환을 주도하는 살바싸움에서 모택동이 선수를 쳤고, 그 노림수가 통했다는 것이 더 정확한 표현일 것이다.

공산군의 완전 섬멸을 눈앞에 두고 장개석은 눈물을 흘려야

했다. 서북 오지에 갇혀 있다시피 한 중국공산당이 아니던가. 장개석의 원한은 깊고 깊었다. 항명한 죄 값을 치르겠다고 스스로 남경으로 따라나선 장학량이었지만, 장개석은 그의 목숨만은 살려두고 평생 자기 곁에서 떠나지 못하게 했다. 남경에서 중경으로, 다시 대만으로 끌

서안사변의 주인공인 장학량(우)과 양호성(좌).

려 다니면서 장학량은 일생을 감옥 아닌 감옥에 갇혀 지냈다. 양호성은 앞에서 말한 것처럼, 국민당의 패전 직전에 중경의 한 감옥에 끌려가 비밀리에 죽임을 당했다. 서안사변 두 주역의 운명은 기구하고 험난했지만, 중국공산당이 천하를 잡는 데 소중한 초석이 되었다.

서안사변이 일어나자 세계의 이목은 중국공산당으로 쏠릴 수밖에 없었다. 장개석의 목숨도 이제 끝이라고 보는 사람들이 많았다. 남경에서 급히 서안으로 날아온 장개석의 부인 송미령도 그렇게 생각했다. 낌새도 심상치 않았다. 동북군의 일부 젊은 군인들은 장개석의 감금을 '혁명'이요 '항일의 첫 걸음'이라고 환호하며 장개석의 처단을 주장하고 있었다.

소식을 들은 많은 공산당원들도 처음엔 장개석을 죽여야 한다고 목소리를 높였다. 앞에 나온 《알려지지 않은 이야기들 마오》의 저자들도 사건 당초에는 모택동도 장개석을 버리고 새로운 패권을 모색했었던 것으로 적고 있지만, 결국 장개석은 살아서 남경으로 돌아갔다. 그 뒤 장개석의 생사를 두고 중국 안팎에서 많은 논란과 논쟁이 있었다. 그러한 논쟁의 뿌리에는 아주 깊은 사연이 있었다. 중국의 진로와 항일전선을 구축하는 일에서 모든 초점은 언제나 장개석이라는 중국의 최대 지도자에게 쏠리고 있었다. 장개석이라는 존재를 떠나서 중국의 문제는 누구도, 어떻게도 논의할 수 없었다.

사건 전 해인 1935년 늦여름부터 주은래와 장학량이 만나서 숙의를 거듭했다는 것은 이미 세상에 널리 알려진 사실이다. 이

서안사변이 해결되고 주은래(가운데)가 연안으로 돌아온 모습.

회담에서 가장 핵심이 되는 쟁점은 '장개석을 어떻게 처리 또는 처우할 것인가'였다. 그러나 회담이 진행되면서 공산당 안에 미묘한 변화의 조짐이 나타나기 시작했다.

애초에 공산당이 구상하는 '항일'은 '장개석을 배제한 항일'이었다. 장개석의 통치를 인정하는 항일은 공산당에겐 애초부터 존재할 수 없었다. 그러나 생각이 조금씩 변하기 시작했고 그 변화의 중심에 주은래가 있었다. 뒷날 장학량이 "장개석을 살린 것은 주은래였다"고 말했듯이, 당시 동북군의 살벌한 분위기에서 장개석이 목숨을 부지할 수 있었던 것은, 주은래의 설득으로 중국공산당이 '장개석을 내세우는 항일'로 그 노선을 과감하게 바꾸었기 때문이었다.

공산당과 주은래가 장개석을 살렸다?

2007년 새해 들어 대만은 장개석의 흔적을 지우는 일에 열을 올리고 있었다. 장개석이 오늘의 대만을 일으켜 세운 지도자가 아니라 대만의 침략자라는 것이다. 진수편이 이끄는, 당시 대만 집권당의 '역사 새로 쓰기' 바람은 날로 거세졌다. 진수편은 대만의 역사적 독립성을 강조하면서 대륙과의 단절을 본격적으로 추진하면서, 중국 현대사의 한 축을 이루었던 장개석의 존재 자체를 대만의 역사에서 지워없애려고 한 것이다.

대륙에서는 항일전쟁 시기의 장개석의 공헌을 재평가하고 있는 것과 달리, 오히려 대만이 그들의 역사에서 장개석의 흔적을 지우려 하고 있다. 한 시대의 걸출한 영웅이었던 장개석이, 그가 발전을 위해 심혈을 다 쏟아 바쳤던 대만의 정치판 한 가운데서 때 아닌 곤욕과 수모를 겪고 있는 것이다.

1936년 12월 12일 서안사변이 일어났을 때 장개석은 이미 죽은 몸이었다. 그리고 1949년 대만으로 철수할 때만 해도 그의 운명은 이제 끝장이라는 시각들이 많았다. 대륙의 역사에서 패배자로, 역사의 지류支流로 전락해버린 그가 그때로부터 반세기가 지난 시점에, 이제는 대만에서조차 불명예로 기록될 위기에 봉착하게 되었다.

서안사변이 일어나자 많은 중국공산당원들은 장개석이란 존재를 없앨 천재일우의 기회가 왔다고 환호했었다. 앞에서 말했듯이 주은래가 이들을 달래고 설득해서 장개석을 남경으로 돌려보냈다. 그동안 주은래와 장학량이 비밀리에 만나서 논의한 주된 내용은 항일전쟁과 장개석을 어떻게 엮고 묶느냐 하는 것이었다.

장학량은 주은래와 협상하면서 장개석을 배제하고 항일전선을 구축한다는 것은 실제로는 매우 어렵다는 사실을 점차 깨닫게 되었다. 주은래 또한 장개석을 끌어안아야만 항일전쟁이 가능하다는 것을 확신하게 되었다. 장개석의 막강한 정규군을 배제하고 섬북지방에 갇혀 있던 소수 홍군의 게릴라 병력만으로, 중국 전 지역에서 일본과 전쟁을 벌인다는 것은 현실적으로 무모하고 불가능한 일이었다.

장개석을 포용한다는 것은 공산당에겐 엄청난 정치노선의 변화가 아닐 수 없었다. 더 나아가면 무모한 모험일 수도 있었다. 섬북지방의 마지막 남은 보루마저 단칼에 없애려드는 장개석을 살려두고, 그와 협상해서 통일된 민족전선을 이룬다는 것은 당시의 중국공산당에게는 투항이나 다름없었고, 투항까지는 아니라 할지라도 중국공산당의 정체성을 버리는 것과 마찬가지의 고통이었다.

그러나 냉철하게 현실을 직시해 볼 때, 국민당과의 정치적·군사적 대결을 멈추고 서로 협력해서 일본군과 싸우는 길만이 공산당이 사는 길이었다. 공산당은 장학량을 지렛대로 삼아 장개석과 협상을 시도했다. 서안사변이 마무리된 뒤에 나온 모택동의 다음과 같은 발언은 주은래의 꾸준한 설득의 결과일 수도 있을 것이다. 장학량은 장개석이 무사히 남경으로 돌아갈 수 있었던 공을 전적으로 주은래에게 돌렸기 때문이다.

"우리 조국이 적에게 유린당한다면 우리는 모든 것을 잃고 만다. 국가적 자유를 박탈당한 민족에게 주어지는 혁명적 임무란 조속한 사회주의의 실현이 아니라 독립을 위한 투쟁이다. 우리가 공산주의를 실현할 나라 그 자체를 잃는다면 아예 공산주의를 논의할 수조차 없게 되는 것이다.……

공산당이 서안사변에서 평화적 해결을 주장하고 또 그것을 위하여 갖은 노력을 다 한 것은 전적으로 민족생존의 견지로부터 출발한 것이다. 만일 내전이 확대되고 장학량·양호성이 장개석씨를 장기간 구금한다면, 사변의 진전은 일본제국주의와 중국토벌파에게만 유리하게 될 것이었다."

현실 적응에서 모택동의 탁월한 변화능력이 돋보이는 대목이다. '공산주의를 실현할 나라 그 자체를 잃는다면 아예 공산주의를 논의할 수조차 없게 된다' 는 모택동의 말은, 한국의 지도자들에게 꼭 들려주고 싶은 말이다. 이념과 주의·주장을 강하게 펴며 나라의 존립조차 위태롭게 하는 갖가지 행동을 예사롭게 하거나 방관 내지 동조하는 사람들을 보면, 그렇게 해서 나라가 망가지고 나면 그 다음에 어떻게 하겠다는 것인지 묻고 싶다.

서안사변을 계기로 모택동의 통일전선 전략은 점차 탄력을 받기 시작했고 그의 리더십도 본 궤도에 오르게 된다. 그 뒤 중국 공산당의 통일전선 전략은 월맹越盟 등 많은 공산주의 나라들로 수출되어 재미를 보았다. 북한의 대남전략도 기본적으로는 통일전선 전략의 큰 테두리 안에서 진행되고 있다고 보는 시각이 많다.

중국 상해의 복단復旦대학 출판사에서 펴낸 《격동의 100년 중국百年激蕩. 100年的圖文經典》의 한국어 번역판(일빛 발행)을 보면, 당시 저명한 기자였던 범장강范長江의 서안사변 취재기사도 실려 있다. 먼저 주은래를 만난 장면부터 옮겨 보자.

4일 오후, 친구의 소개로 양호성의 공관에서 주은래 선생을 만났다. 그는 또렷하면서도 소박한 눈을 가진 사람이었다. 검고 거친 턱수염은 깨끗하게 밀어버린 상태였으나 피부 밑의 모근은 선명하게 드러나 있었다. 잿빛 솜옷에 사병들이 쓰는 요대를 차고 있었다. 발에는 각반이 감겨 있었다.

"우리는 홍군에 속한 사람들입니다. 선생의 이름은 모두 잘 알고 있지요. 선생이 우리 당과 홍군과 아무런 관계가 없으면서도 우리의 행동에 대해 연구하고 분석한 일에 대해 놀라움을 금치 못하고 있습니다."

우리는 악수를 나누고 화기애애한 분위기에서 이야기를 나누기 시작했다.

범장강 기자는, 당시 소비에트 지구에서 중국공산당 지도자와 최초로 공개회견을 하기 위해 중국 언론이 정식으로 파견한 기자였다. 회견 장소는 항일군정대학抗日軍政大學이란 이름의 홍군대학이었다. 정문에서부터 그를 환영하는 문구들이 늘어서 있었는데, 그는 글귀 가운데 "환영합니다. 선생! 중국인은 중국인을 때리지 않습니다"라는 내용은 떨떠름했다고 적고 있다.

국민당 쪽에서 언론 활동을 하던 범 기자에게 중국공산당의 선전구호인 '中國人不打中國人'은 아무래도 듣기가 거북했을 것이다. 국민당은 일본인과 싸우지 않고 중국인만을 친다고 비방하는 것으로 들렸을 것이다. 그러면서도 그는 취재를 통해 중국공산당 지도자들에게 좋은 인상을 갖게 되었던 것 같다. 모택동에 관련된 대목만 골라보겠다.

많은 사람들은 그가 특이한 영웅이리라 상상하면서도 서생의 이미지를 갖고 있는 줄은 몰랐을 것이다. 학문이 깊고 온화하며, 걷는

모습에서도 마치 제갈량諸葛亮과 같은 산인山人의 분위기가 느껴
졌다.……

그 뒤 나는 모택동의 동굴 거처로 가서 밤새 이야기를 나누었다. 도
착해보니 벌써 밤 10시였다. 그의 동굴 안에는 침구를 제외하고 나
무 의자 하나, 책상, 등받이가 없는 나무 의자, 목탄 한 바구니가 놓
여 있었다. 나무 책상 위에는 수많은 종이들과 경제학과 철학 관련
서적들이 놓여 있었고, 촛불이 켜져 있었다.……

그는 머리를 과도하게 사용한 탓에 뇌혈관이 팽창하여 자주 흥분하
고 쉬 잠을 이루지 못해서 신경에도 안 좋은 영향을 미친다고 했다.
그는 평소에 책을 즐겨 읽는데다 여론의 추이에도 관심이 많아 나
와 이러저러한 이야기를 분명하게 나눌 수 있었다. 그는 전략에 관
한 이야기를 가장 좋아했다. 알고 보니 그는 홍군대학에서 전략에
관련된 강의를 하고 있었다. 전략에 관한 이야기가 나오니 더 활기
차 보였다.

이것이 세계의 이목을 집중시켰던 서안사변 직후, 국민당 쪽
기자의 눈에 비친 모택동의 모습이었다.

손문과 장개석,
중산과 중정의 이름 풀이

중국 총리 온가보의 일본 방문을 앞두고 기대 반 걱정 반의 기사들이 언론을 장식한 적이 있다. 그 가운데서도 한 중국인 교수가 쓴 글이 시선을 끌었다. 중국이나 일본이나 시시콜콜하게 과거에 얽매이지 말고 미래를 바라보는 큰 정치, 큰 외교를 하라는 당부였다. 신사참배가 어떻다느니, 무슨 섬이 내 거니 네 거니 다투지 말라고 충고하면서, 과연 그런 통 큰 정치가가 두 나라에 있는지 의심스럽다는 아쉬움도 나타냈다. 결국 한반도의 어깨너머로 이제 세계 경제의 2~3위를 다투는 나라끼리 잘 뭉쳐보자는 이야기였다.

일본은 몇 차례 중국을 넘본 적이 있었고, 2차 대전이 끝날 무렵에는 중국 땅을 절반 가까이나 차지하고 있었다. 두 나라 사이에 얽힌 이러한 원한과 아쉬움이 어떻게 청산될지 쉽게 내다보기는 어렵겠지만, 그들이 그리는 미래의 그림 속에 한반도의 역할이나 좌표가 어떻게 그려질 것인지 현재로는 안개 속이다. 결국은 우리가 하기 나름일 터인데, 어지러운 대선大選 정국이라 하지만 거론되는 어느 후보도 이런 절박한 문제에 진지하게 접근하는 흔적을 보이지 않는 것이 너무 답답하다.

오늘의 중국은 등소평 이후의 중국이다. 지난 2007년 3월 5일 전국인민대표대회 제10기 5차 회의에서 국무원 총리 온가보는 '정부 사업 보고'를 다음과 같이 시작했다.

"우리는 정부 사업의 기본 구상과 과업을 다음과 같이 정하였다. 곧 '등소평 이론'과 '세 가지 대표 중요사상'을 지침으로 삼고, '과학적 발전관'을 전면적으로 관철하며, 사회주의 조화 사회 구축을 다그치고, 16차 당 대회 이후의 제반 방침 정책을 참답게 관철하며……"

여기서 주목할 점은, '등소평 이론'과 '세 가지 대표론'에 앞서 애기해야 할 '마르크스주의와 모택동 사상'이란 말이 빠져 있다는 점이다. 최근 들어 중국에서는 헌법에도 명시되어 있는 '마르크스주의나 모택동 사상'을 공식 회의에서 거의 들먹이지 않는다. 그러나 모택동을 정점으로 이룩한 현대 중국의 정통성만은 요지부동이다. 등소평이 틀어쥐고 일구어낸 중국의 풍요가 넘치고 그들의 미래가 밝으면 밝을수록, 중국공산당의 존립 근거를 더 튼튼하게 다져나가는 것이 중국의 속사정이다.

중국의 거리 이름이나 지명들은 공산 중국 성립 이래 많이 변했다. 공산혁명과 관련된 이름들이 새로 태어난 것이다. 그래서 그런지 중국에 살거나 여행하는 한국 사람들 거의가 그런 지명이나 유래들에 대해 아예 알지 못하거나 그냥 무심히 넘어가는 것 같다. 외면을 하거나 관심을 가지지 않는다는 뜻이다. 굳이 남의 나라 지명의 유래마저 알아야 할 이유가 없을 것이다. 그러나 그것은 핑계일 뿐이고, 우리가 그만큼 1949년 10월 1일에 건국한 오늘의 중국에 대해 무관심하거나 굳이 알려고 애를 쓰지 않기 때문이다.

한국 사람들이 많이 살거나 관광지로 각광받는 상해만 해도 특이한 거리 이름들이 많다. 연안로延安路, 중산로中山路, 남경로南京路, 그리고 일선逸仙고가도로 등등. 관광객들뿐만 아니라 더러 유학생들까지 '연안로'란 그냥 쭉 뻗은 편안한 길을 표현한 이름, '중산로'는 동네 가운데에 산이 우뚝 솟은 지역, 그리고 '일선逸仙'이란 이름은 마음 편안한 신선쯤 지레짐작들을 하는 경우도 보았다.

'연안'은 1936년부터 13년 동안 중국공산당의 혁명 기지이자, 사실상 공산정권의 수도였던 곳이다. 최근에 호금도 중국 국가주석이 연안을 찾으면서 '연안 정신'이란 말을 했지만, 패퇴를 거듭하던 홍군이 마지막 보루로 삼아 기사회생했던, 중국공산당 역사의 가장 기념비적인 곳이 연안이다. '중산'이나 '일선'은 중국 혁명의 아버지 손문孫文 선생의 또 다른 이름이거나 아호이다.

손문은 1866년 광동성 향산현香山縣의 한 농민의 가정에서 태어났다. 그의 자는 재지載之, 아명은 제상帝象이었다. '제상'이라는 아명에도 사주와 관련된 유래가 있다. 어느 관상가가 어린 손문을 보고 장차 제왕의 운명을 타고났다고 일러주어 '제상'이 된 것이었다. '손문'이란 이름은 그가 10세 때, 사숙에서 훈장님이 새로 지어준 이름이다.

열일곱 살 때, 그는 기독교 세례를 받았다. 세례를 받으면서 '일신日新'이란 이름으로 서명을 했다. 홍콩의 발췌서옥拔萃書屋이란 데서 공부하고 있을 때인데, '日新'은 물론 《대학大學》에 나오는 '구일신 일일신 우일신苟日新, 日日新, 又日新'에서 따온 것이었다. 새롭게 예수를 맞이하면서 나날이 새로워지려는 자신의 마음 다짐을 '일신'으로 나타낸 것이 아닌가 싶다.

손문은 해외에서는 '손일선 박사'로 더 알려져 있다. '일선逸仙'은, '日新'과 발음이 비슷하여 손문 자신이 그 뒤에 바꾼 이름이다. 주로 홍콩이나 마카오를 오가면서 사용했는데, 외국인들은 손문은 몰라도 '손일선'은 알 정도로 오히려 외국에서 더 친숙한 이름이 되었다.

장개석의 호는 '중정中正'이다. '中山'과 '中正'이라. 그들이 중화민족을 대표하는 지도자들인 만큼 세상의 으뜸임을 내세워 그런 이름들을 붙인 것은 아닌가, 일종의 자기 존대의 표현쯤으로 이해할 수도 있는 이름들이다. 그러나 그 유래는 간단하지만 한편으로 복잡한 내력을 갖고 있다.

1897년 8월, 손문은 일본에 망명 중이었다. 그는 청나라의 북양함대가 일본군에 항복하고 대만을 빼앗기는 등의 굴욕적인 조약을 맺은 1895년 9월에 광주의거의 실패로 일본으로 망명했던 것이다. 그는 동경의 한 여관에 일본인 친구들과 유숙하고 있었는데, 여관의 기록에 '中山'이라고 적었다. '중산'이라면 일본식으로는 '나카야마'라는 두 글자 성姓이 된다.

그 뒤 그는 '중산' 두 글자에 '땔 나무, 나무하다, 나무하는 사람'의 뜻인 '초樵'자 하나를 보태어 '중산초中山樵'라는 이름으로 일본인 친구에게 편지를 보내기도 했다. 그는 스스로 "나는 중국의 나무꾼我是中國的山樵"이라고 밝혔다. '산초山樵'라면 산에서 나무 베는 일, 또는 그런 사람(나무꾼)을 일컫는 말일 게다. 손문은 중국이라는 오래 묵은 산에서 썩은 나무들을 베어내며 새 중국을 일구겠다는 각오로 '중산초'를 다짐했던 것 같다. '중국의 산초'가 줄어서 '중산'이 되었다. 신해혁명 뒤 그는 국내에서는 주로 '손중산', 해외에서는 '손일선'이란 이름을 많이 썼다.

나이 든 한국인들에겐 '장중정蔣中正'보다는 '장개석蔣介石'이 더 익숙하다. 아마도 일제 때, 일본인들이 장개석을 헐뜯고 욕하는 소리를 워낙 많이 들었기 때문일 것이다. 일본은 "장카이세키, 장카이세키" 하며 장개석에 대한 욕지거리를 엄청나게 퍼부어댔던 것이다. 8·15 광복과 더불어 장개석 총통은 대한민국의

중국에서 손문은 손중산으로 더욱 친숙하다.

친구가 되었고, 한국의 임시정부를 보살펴 준 은인으로 아주 친숙한 이름이 되었다.

'중정'과 '개석'은 그가 1918년 광동에서 손문에게 기용된 뒤부터 널리 알려진 이름들이다. 장개석은 명조의 대학자 왕양명王陽明을 숭배했으며, 유학사상에 심취해서 '개석'이란 이름도 《주역周易》에서 취했다. 《주역》의 뇌지상雷地豫 괘에는 "介于石 不終日 貞吉(절개가 돌과 같다. 날을 마치지 않으니 바르고 길하다)"라는 구절이 나온다. 1923년에 장개석은 〈其介如石 (그 절개가 돌과 같이 단단하다)〉라는 커다란 휘호를 쓰기도 했다.

'중정'도 《주역》에 나오는 말이다. 보기를 들면, "外柔不守柔, 外剛不守剛, 執其兩端而守中間最安全的中正之道"이란 글

에 '중정'이 나온다. 풀이하면, "겉으로 부드럽다고 반드시 부드러운 것만은 아니고, 겉으로 강하다고 해서 반드시 강한 것만은 아니지 않느냐. 부드럽고 강한 것의 한 가운데에 자리 잡고 있는 것이 가장 안전한 중정의 길"이라는 뜻이 아닐까 싶다.

　요즘에는 사정이 많이 달라졌겠지만 대만에 가면 곳곳에 '중정'이란 두 글자가 넘쳐 났었다. 그러나 '장개석 흔적 지우기'로 '중정' 두 글자가 많이 지워지지 않았을까 싶다. 대만 섬에서 대륙 광복의 꿈을 이루지 못한 채 그는 숨을 거두었다. 조그만 대만 섬에 둥지를 틀고, 그 섬을 전진기지로 하여 광활한 대륙을 수복하겠다는 그의 꿈은 언뜻 황당하고 허황되어 보인다. 그러나 400년 전인 17세기에도 그와 비슷한 역사적 사건이 대륙과 대만 해협의 파고波高를 한껏 높이고 있었다.

역사는 되풀이 되는가
― '민족 영웅' 정성공의 대만정벌

17세기 세계의 강자였던 네덜란드는 점차 세력을 동쪽으로 펼쳐 마침내는 중국 동남 연안의 대만 섬마저 집어삼키기에 이르렀나. 1624년, 안으로는 농민봉기에 시달리고, 바깥에서는 만주를 석권한 만주족(후금)이 중원을 넘보면서 명나라는 풍전등화의 위기를 맞고 있었다. 대만을 점령한 네덜란드는 원주민인 고산족高山族과, 복건성 일대에 삶의 근거지를 두고 붙박이로 대만 섬에서 살고 있던 한족漢族들을 상대로 가혹한 식민지 정책을 폈다. 주민들의 저항이 만만치 않았다는 기록이 있다.

그러나 1662년, 대만은 다시 중국인 정성공鄭成功의 손에 들어가게 된다. 청나라 순치順治 18년인 1661년 3월(음력), 그는 대만 공격에 나선 지 열 달만인 그해 12월 13일에 네덜란드 군을 섬에서 몰아낸다. 양력으로는 이듬해 2월 1일이 된다. 망해가는 명나라에 충성을 다했던 정성공은 천하통일을 노리는 청나라에 대항하여 복건성 일대에서 군대를 일으켰으나 실패하자 대륙 광복의 전초기지로 대만을 점찍는다. 정성공의 수륙군水陸軍은 결사적으로, 문자 그대로 벼랑 끝 전술로 막강 네덜란드 군의 항복을 받아내고 만다.

하지만 정성공 가문의 대만 지배도 1683년 청의 강희제康熙帝에게 무너진다. 대만을 군사기지로 삼아 대륙을 넘보던 그의 꿈은 물거품이 되었다. 정성공이 대만 정복에 나섰던 1661년에 즉위한 강희제는, 22년이 지나 마침내 대만까지 청의 영토로 확정지음으로써 대륙 지배의 대단원을 이루게 된다.

중국에서 정성공은 '민족 영웅'으로 떠받들어지고 있다. 그에게 바치는 절대의 찬사는 '대만 수복'의 위훈이다. 외적을 물리쳐 다시 중화민족으로 하여금 대만을 지배하게 한 것이 그의 공로였다. 엄격히 말해서 정성공의 대만 지배는 대륙의 눈으로 볼 때 반쪽의 성공이다. 청 강희제가 어렵게 정성공 집안의 대만 지배에 종지부를 찍음으로써, 중국인의 '대만 수복'은 완성되었다고 할 수 있다. '대만 수복'은 청나라 영토를 이어받은 오늘의 중국에게도 여전히 미해결의 숙제로 남아있다.

정성공에 관한 이 같은 사실史實이나, 〈강산풍우정江山風雨情〉, 〈대청풍운大淸風雲〉, 〈강희황제康熙皇帝〉 등 중국의 인기 드라마를 보고 있으면, 오늘의 중국인 더 정확하게는 중국이라는 나라가 중원의 왕조가 바뀌는 역사적인 변혁기를 어떻게 이해하고 해석하는지, 또 그럴 때마다 주변 국가들에 대해 어떤 태도를 취하는지가 거의 선명하게 드러난다.

왕조 교체기에 새로운 세력이 언제나 으뜸으로 염두에 두었던 것은 중원을 통일하는 일과, 주변에 대한 영향력을 확대하는 일이었다. 강희제가 대만 수복에 걸었던 의지와 명분도 아주 현실적인 것이었다. 1681년에 일어났던 '삼번의 난'을 평정하여 운남·광동·복건지방을 마지막으로 제압했지만,

정성공의 영정

대만을 손에 넣어야만 완전한 통일이 된다고 강희제는 굳게 믿고 있었다.

강희제는 '중국 땅'인 대만마저 손에 넣어야 러시아와의 국경 협정을 제대로 맺을 수 있고, 수시로 틈을 노리는 북방의 몽골 세력도 제압할 수 있다고 생각했다. 실제로 청나라는 대만 정복 6년 뒤인 1689년에 러시아와 네르친스크 조약을 맺고 두 나라의 국경을 확정짓는다.

1624년, 명나라 군사가 네덜란드 군을 한 차례 공격하지만 실패하고 만다. 정성공은 바로 그 해에 복건 총병 정지룡鄭芝龍의 아들로 태어났다. 그런데 그의 태생지는 복건이나 대륙의 다른 땅이 아니라 일본이었다. 일본 여인 다카와田川 씨와 정지룡 사이에 태어난 정성공은 다섯 살 때인 1629년에 귀국한다. 이러한

사실로 미루어 볼 때, 17세기 복건성 사람들은 여러 모로 일본과 밀접한 관계를 갖고 있었던 것 같다.

원래 정지룡은 이름난 거상巨商이었다. 일찍부터 상인으로 일본을 오가며 재산을 모았다. 그런 가운데 나가사키長崎 왕의 딸을 얻어 아내로 삼고 아들 정성공을 낳았다. 나중에 정지룡은 유격遊擊장군이 되어 해적을 물리치는 일을 맡았고, 남명南明의 홍광弘光 정권이 들어서자 도독이 되었다. 복건성의 총병 구실을 하게 되었던 것이다.

그러나 1646년 아버지 정지룡은 마침내 청에 항복하게 된다. 아들 정성공은 아버지와 다른 길을 선택한다. 망해가는 명나라 유신으로 남아, 청을 꺾고 대륙을 다시 찾겠다고 정성공은 일본에 원병을 요청해보지만 일본이 거절했다는 기록이 있다. 정성공의 원병 요청을 물리친 일본은 그로부터 249년 뒤인 1895년에 당당하게 대만을 점령하고 1945년 패전까지 반세기에 걸친 식민지 시대를 연다. 뼈아픈 수치와 굴욕의 역사이지만, 청일전쟁에서 진 중국으로서는 어쩔 수 없는 일이었다.

아마도 정성공은 조숙하고 출중했던 모양이다. 1645년, 21세에 남명南明의 융무제隆武帝로부터 임금의 성인 '주朱' 씨 성을 하사받고 어영중군도독御營中軍都督으로 임명된다. 그러나 그 이듬해에 아버지 정지룡이 청나라로 '귀순' 하는 사건이 발생한다. '귀순' 이라는 표현을 쓰기는 했지만, 실제로는 '귀순' 이냐, '투항' 이냐 하는 논쟁이 있어왔다. 명나라 처지로서는 비열한

‘투항’이고 ‘반역’이지만, 청나라로 볼 때에는 대의에 따르는 ‘귀순’이며 ‘애국’이 된다. 중국의 역사책들은, 명나라와 청나라 교체기의 마지막 순간에 청나라 편에 섬으로써 명의 멸망에 결정적 구실을 했던 오삼계吳三桂나 앞의 정지룡에 대해서도 거의 ‘투항’이라고 표현하고 있다.

하지만 한족 중심의 중국 사회에서 청나라는 아무래도 이민족인 만주족의 정권일 수밖에 없다. 청을 역대 왕조王朝에 편입은 시켰지만, 한족 정권인 명나라를 끝까지 지키려고 했던 정성공에 대한 예우 차원에서라도 청나라에 붙은 오삼계나 정성공의 아버지 정지룡에 대해 ‘투항’이라 쓰는 것은 무척 자연스러운 일일지 모른다.

〈강산풍우정〉이리는 드라마에서는 청이 오삼계에게 도움을 요청하는 간절한 편지를 보내는데, ‘투항’이라 썼다가 ‘귀순’으로 고치는 장면이 나온다. 매우 인상적이었다. 드라마에서는, 명나라 장군으로 포로가 되었다가 나중에 투항한 홍승주洪承疇가 장비庄妃에게 ‘투항’이란 표현보다는 ‘귀순’이란 말이 더 낫지 않느냐고 말하는 것으로 되어있다.

장비는 원래 몽골 태생이지만 유학과 경전에 밝고 아주 현명한 여자로 알려져 있다. 단식을 하며 끝까지 투항하지 않으려고 버티는 홍승주를 달래어 결국 투항하게 만든 일등공신도 장비였다. 장비는 청나라의 두 번째 왕인 황태극皇太極의 비였는데, 황태극이 급서하자 치열한 후계 싸움에서 그녀의 소생인, 겨우 여섯 살의 복림福臨이 후계자가 되었다. 황태극에게는 34세의 장자 숙친왕肅親王 호격豪格을 비롯하여 11명의 아들이 있었지만, 제9자인 복림이 임금이 된 것이다. 바로 그가 순치順治 황제이다.

황태극은 우리 한국인에게는 참으로 듣기 거북한 이름이다. 청나라 역사에서는 걸출한 영웅이며 청나라의 기초를 탄탄하게 세운 장본인이지만, 그는 중원을 삼키기 위해 주변 나라들에게 악몽과도 같은 모멸을 안겨주었다. 몽고의 항복을 받아내고 조선을 평정한[降蒙古 平朝鮮] 것이 그의 두드러진 업적 가운데 하나였다. 김훈의 소설 《남한산성》은 황태극에게 당한 조선왕조의 아픔과 수치를 아릿하게 담고 있지만, 거기 짧게 등장하는 황태극은 뛰어난 전략가 인상을 준다.

한국의 어떤 역사책에서, 오삼계에 대해 '역적 오삼계'라고 쓴 것을 보았다. 저자는 여러 군데서 그런 표현을 하고 있었다. 오삼계가 명나라에는 역적일 수 있지만, 오늘의 한국인에게도 '역적'이 될 수 있는 것일까. 특히 역사를 다루는 전공 서적에서 '가치'를 가르는 그런 표현이 가당한 것일까, 하고 잠시 의아해한 적이 있다.

조선조의 배청숭명排淸崇明 사상은 생각보다 뿌리가 깊었다. 연암 박지원은 이런 말도 했다. 〈도강록서渡江錄序〉에 나오는 말이다.

"강을 건너면 청나라 땅이니 숭정崇禎의 연호를 쓸 수 없고, 우리나라에서는 명이 멸망한 지 130년이 지났으나, 아직 숭정의 연호를 쓰는 명 황실이 압록강 동쪽에 존재하고 있다.”

청나라에 당한 수치와 모멸감이 쉽게 지워지지는 않고, 임진왜란 때 우리를 도와준 명나라에 대한 의리가 그리도 소중했던 것일까. 지금도 경상북도 일부 양반 고을에서는 나쁜 사람을 가리킬 때에 ‘오삼계 같은 놈’이라고 욕한다는 말을 들었다. 그러나 그것만은 아니었을 것이다. 절대로 존중되어야 할 중화문명의 뿌리는 죽은 명나라의 것이고, 청나라는 한낱 오랑캐에 지나지 않는다는 다부진 차별의식이 조선조의 황실과 지식인 사회를 지배하고 있었다.

청나라가 중국 전토를 장악한 뒤, 오삼계는 명을 다시 세운다는 명분을 내세워 반란을 일으켰다. 1662년 운남에서 버마까지 쫓겨 간 영명왕永明王마저 죽임으로써 명의 완전 멸망에 이바지했던 오삼계였다. 그런 그가 1673년 운남왕으로 있으면서 광동왕 상가희尙可喜, 복건왕 경정충耿精忠을 부추겨 ‘삼번三藩의 난’을 일으킨 것이다.

오삼계는 명나라에 대해 역적인가 충신인가. 배신에 배신을 거듭했다는 죄로 그의 사람됨을 폄훼할 수는 있겠다. ‘오삼계 같은 놈’이라는 욕설은 그런 데서 유래했을지도 모른다. 그러나 역사책에서 ‘역적 오삼계’라고 대놓고 표현하는 것은 별개의 문제가 아닐까. 달리 가치중립적인 표현을 찾을 수는 없었을까.

아버지의 길을 따르지 않은 정성공은 스스로 남명의 소토대

장군剿討大將軍이 되어, 복건의 금문과 아문을 항청抗淸 기지로 삼아 본격적인 무력 투쟁의 길로 들어선다. 수륙水陸 군대 10만과 전선戰船 290척으로 북상하여 한때는 진강鎭江을 취하고 남경南京을 포위하기까지 하지만, 결국 청나라 군대에 밀리고 만다. 1661년에 정성공이 결사적으로 '대만 수복'에 나섰던 것은 이미 밝힌 바 있지만, 기본적으로 그의 원대한 꿈은 청나라에 귀속되고 만 대륙 땅을 '광복'하는 것이었다.

그러한 정성공도 대만 수복 넉 달 뒤에 39세의 나이로 병사한다. 그의 아들 정경鄭經이 권력 다툼을 아우르고 2대 영도자가 되는데, 그는 중국을 대하는 처지와 정책을 아버지 정성공과 달리했다. 정성공이 "일찍부터 대만은 중국인이 경영하던 것으로 중국의 땅이다"라고 한 것과 달리, 정경은 "대만은 원래 해외에 있는 섬으로 중국의 판도가 아니다"라고 주장했던 것이다. 오늘의 대만에서도 자주 들리는 말이다. '중국 통일'과 '대만 독립'이 팽팽하게 맞서 있지 않은가. 정말 역사는 되풀이되는 것인가.

정성공의 '대만 수복'은 외적의 침략을 물리친 중화민족의 위대한 업적의 하나로 높이 평가되고 있다. 힘에 밀려 외국에 빌려 주는 형식으로, 실제로는 빼앗기다시피 했던 홍콩과 마카오가 중국인의 손으로 돌아온 지금 시점에서 '대만 수복'은 중국의 통일을 완성한다는 데 큰 의미가 있다. 정성공이 민족의 영웅으로 떠받들어지는 이유를 알 것 같다.

정성공이 출병했던 1661년부터 강희제가 대만을 무력으로 아우른 1683년 사이 중원의 세력 싸움은 피로 얼룩지고 있었지만, 같은 시기 한반도는 너무나 조용했다. 양반과 문신들의 국가 경영은 안일무사하고 방만했다. 1660년 서인西人과 남인南人은 예론禮論을 놓고 시비를 벌였고, 1683년에는 서인마저 남인 숙청을 둘러싸고 강경 노론老論과 온건 소론少論으로 갈라지고 있었다.

5

중국의 오늘을 연
등소평의 꿈과 소망

문화대혁명 없었으면
중국의 개혁·개방 없다

　중국이 공산당 지배체제를 지키면서도 아주 빠르게 경제성장을 이룰 수 있었던 것은 '원칙성'과 '영활성靈活性'이 강한 모택동과 등소평이라는 두 지도자가 있었기 때문이다.

　중국을 두려워하는 사람들은 하루라도 빨리 중국이 무너지기를 바란다. 옛날 소련식 국가 분열 같은 것을 기대한다. 중국을 깔보는 사람들은 아예 그런 전망을 하면서 내일의 중국을 바라본다. 중국 내 반체제 인사들의 활동과, 신강新疆이나 티베트의 독립 같은 것에 희망을 건다.

　한국의 지식인들도 중국의 해체를 염두에 두는 사람들이 의외로 많다. 중국의 언론 통제가 심하여 대륙에서 일어나는 분열적 징후들을 자세하게 알 수는 없지만, 결국에는 중국도 옛 소련과 같은 내부 분열의 길을 걷게 될 것으로 보는 것이다.

　그래도 아직 무너지지 않고 있다. 적어도 2008년 북경 올림픽까지는 견디어내지 않을까 하면서 그 이후를 기대하는 시각들도 있지만, 어찌 되었든 내란이나 분열의 특별한 징후가 현재로는 보이지 않는다. 보일 리가 없다. 왜 그런가 하고, 그 이유를 중국 전문가도 아닌 나에게 묻는 사람도 있다.

그럴 때마다 문화대혁명에 대한 등소평의 논평과 의미 부여를 상기시켜 준다. 등소평은 문화대혁명을 개혁·개방의 반면교사反面教師로 받아들이고 있다. 문화대혁명의 의미를 등소평이 긍정적으로 수용한다는 것이 아니라, 문화대혁명이라는 미증유의 대혼란이 있었기 때문에 오히려 개혁·개방이 순조롭게 진행될 수 있었다고 보는 것이다.

"현실적인 중국공산당이 독재를 하도록 보호해주고 있는 것은 무엇일까? 그것은 외국에서 과대평가하고 있는 중국의 경제적 성공이 아니다. 그것은 무엇보다도 내란에 대한 두려움이다."

이는 《중국이라는 거짓말》을 쓴 기 소르망의 말이다. 프랑스의 문명비평가인 소르망은 2005년 한 해 동안 중국 전역을 돌며, 비판을 주로 하는 중국 사람들과 만나 기탄없는 대화를 나누었다. 이 책의 〈한국어판 서문〉에서 소르망은, '내란에 대한 두려움' 이야말로 오늘의 중국의 안정을 지탱해주는 버팀목이라는 말을 하고 있다. 정치적 민주화, 빈부 격차 등 산적한 문제에도 아랑곳없이 용케 버티고 있는 중국 정치의 안정적 기반에 대하여 이 이상의 적절한 말이 따로 없다.

중국이 곧 무너지리라고 기대하는 사람들, 머잖아 옛 소련처럼 조각조각 박살이 날 것으로 전망하는 사람들에게 소르망의 말은 실망스럽기 그지없다. 소르망이 "중국의 민주주의자들, 폭정에 항거하는 이들 저항인들의 말에 나는 일 년 동안 귀를 기울였다. 이 책을 펴내는 것은 그들에 대한 최소한의 의무였다"고 스스로 말했듯이, 그가 만났던 대부분의 사람들은 중국에 대한 극심한 반대자이거나 비판자들이었다.

소르망은 중국의 경제마저 허구로 보는 사람이다. 따라서 경제성장이 중국의 권위주의 정권을 지탱시켜 주는 것이 아니라면, '중국은 왜 무너지지 않는가' 라는 의문이 절로 나올 수밖에 없다. '내란에 대한 두려움' 을 외국인들이 실감할 리가 없는 데도 소르망은 용케 꼬집어내고 있다.

중국의 근세사에서 요즘처럼 안정세를 유지하고 있는 세월도 흔하지 않다. 청나라 말기의 중국인이 당한 모욕은 이미 역사의 교훈이 되어버렸다. 그러나 엄청난 내란이었던 문화대혁명, 그 수렁의 의미를 중국인들은 아직도 생생하게 기억하고 있다. 역설적이지만, 모택동의 건국신화는 오히려 문화대혁명이라는 내란으로 말미암아 유지되는 느낌이다. 앞으로 상상 밖의 대격변이 일어나지 않는 한 신화는 쉽게 빛이 바래지 않을 것이다. 그가 저질렀던 문화대혁명의 혼란에 대한 두려움 때문에 모택동 신화와 중국공산당 체제가 안정을 유지할 수 있다는 것은 너무나 아이러니하다. 모택동은 중국인들에게 병도 주고 약도 준 특이한 존재다.

다시 한 번 모택동으로 돌아가, 그의 리더십과 그를 이은 등소평의 리더십에 대해 알아보자. 공자의 사師와 덕德, 진시황의 군君과 업業을 겸비한 제3의 인간형이라는, 앞에서 나온 다케시타의 모택동에 대한 평가는, 오늘의 시점에서 볼 때 엄청난 비약일 수 있다. 이런 논리를 100퍼센트 수긍하는 사람은 아마 극소수에 지나지 않을 것이다. 그러나 이와 비슷한 연구서들이 계속 만들어지는 시대적 배경을 중국은 가지고 있다.

모택동의 공이 10이 아닌, 7로 격하되었다고는 하지만, 그가 성공한 혁명가이며 뛰어난 이론가라는 사실을 부정하는 중국인은 거의 없다. 정서적으로 접근할 때엔 더욱 그렇다. 한족 중심의 거대한 통일국가, 강한 나라에서 잘 사는 나라로 다급하게 달려가는 공산 중국의 오늘과 미래의 중심에 모택동이라는 역사적 상징이 떡하니 버티고 서 있기 때문이다.

모택동은 '원칙성'과 '영활성'이란 말을 자주 썼다. 소련의 흐루시초프에게 등소평을 소개하면서 모택동은 다음과 같이 말한 적이 있었다.

"등소평 동지는 원칙성도 강하지만 영활성도 아주 뛰어난 지도자이다."

모택동의 주의·주장을 기본적으로 따르면서도 등소평이 지향하는 것은 모택동을 뛰어넘는 것이었다. 그래서 번번이 모택동으로부터 배척을 당했다가 다시 기용되곤 했다. 등소평을 내칠

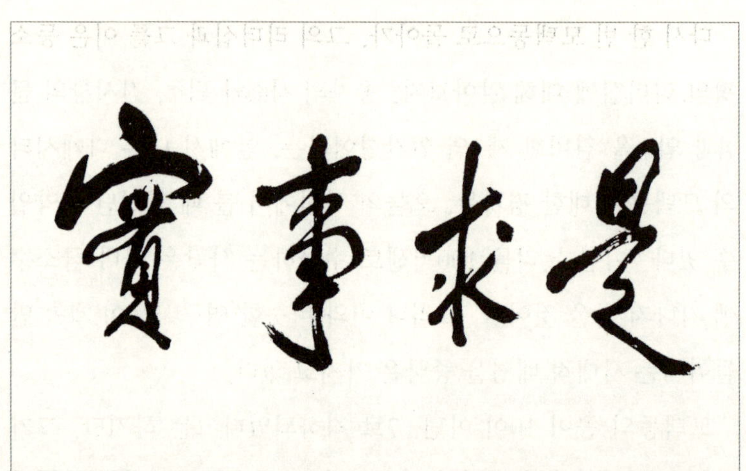

등소평은 모택동 사상을 '실사구시'로 집약하고 이를 계승하였다. 위는 등소평의 친필이다.

때마다 모택동이 한 말은 무산계급 혁명정신이 아직 덜 배었다는 것이었고, 등소평의 힘을 빌려야 할 때에는 과감하게 불러다 다시 썼다. 이러한 등소평이 보여준 영활성의 결정판이 바로 개혁·개방이다.

모택동이 죽고 난 뒤, 잠시 권력을 쥐었던 화국봉華國峰처럼 등소평이 "모택동은 다 옳았다"고 모택동을 맹신하고 맹종했더라면, 오늘의 등소평과 개혁·개방은 없었을 것이다. 등소평은 '사상의 해방'과 '실사구시'를 내세워 모택동을 승계하면서도 극복하는 용기를 보였던 것이다. 모택동은 '혁명은 굴곡'이라고 했다. 또 그는 '혁명불망타협革命不忘妥協 타협불망혁명妥協不忘革命'이란 말을 자주 썼었다. 혁명을 하되 타협을 잊지 말고, 타협을 하되 혁명을 잊어서도 안된다는 뜻이다. 협상 없는 원칙도 원칙 없는 협상도 있을 수 없다는 말과 같다. 이러한 말들을 사실상 실천에 옮겨, 엄청난 효과를 거둔 지도자가 등소평이었다.

　대체로 '혁명'이라면 '직선'이나 '급행' 같은 것을 떠올리기 쉽다. 그런데 모택동은 혁명도 세상의 모든 이치와 마찬가지로, 길을 둘러가는 '굴곡'이라고 말했다. 또 '타협 없는 혁명도 없고, 혁명 없는 타협'도 있을 수 없다고 말했다. 그러한 그도 말년에는, 등소평이 지적한 것처럼 '좌적左的 오류'에 빠져 헤어나지를 못했다. 개인숭배 분위기를 만들어 스스로 자신의 뛰어난 '영활성'을 잃어버렸다. 이와는 달리 '영활성'을 훌륭하게 살려낸 등소평은 마침내 개혁·개방을 설계하고 추진할 수 있었다.

권력보다 역사 속의 평가를 바랬던 등소평

등소평은 생전에 단 한 번도 국가의 공식적인 최고위직 자리에 있어본 적이 없는 특이한 지도자이다. 아마도 그의 가슴과 머리가 현재의 자리나 권력보다는, 역사 속의 자리매김과 평가를 더 소중하게 생각했기 때문이 아닌가 싶다. 그가 차지하고 있던 최고로 높은 자리는 당의 군사위원회 주석이었다.

"정권은 총구銃口로부터 나온다"고 했던 모택동의 말을 그대로 적용하여, 중국공산당은 군부軍部만 손안에 넣으면 권력은 만사형통이라고 생각하는 한국인들이 의외로 많다.

사실과는 많이 다른 시각이다. 어느 나라나 군부의 입김이나 발언이 어느 정도 영향력을 발휘하는 것은 사실이지만, 유독 중국 정부가 군부에 약한 것은 아니기 때문이다. 1989년 천안문 사태 때 진압을 위해 군 부대를 동원할 수 있었던 것은, 등소평이 군부를 장악하고 있어서라기보다, 당의 최고지도부에서 군을 동원해서라도 일단 사태를 가라앉혀야 한다고 가닥을 잡았기 때문이었다. 등소평의 권력은 자리에서가 아니라 그의 탁월한 리더십에 바탕을 두고 있기 때문이다.

등소평은 생전에 그의 이름 앞에 붙는 '개혁·개방의 총설계사' 라는 수식어를 좋아했던 것 같다. 그가 살아있을 때 중국 곳곳에서 '개혁·개방의 총설계사 등소평' 이란 표현을 볼 수 있었다. 권력에 관련한 그 자신의 자리매김은 '제2대 영도 집단의 핵심' 단 하나였다.

그는 중국의 권력 시스템을 1인 체제가 아니라, 일종의 영도 집단이 권력과 권한을 공유하며 공존하는 것으로 인식했고, 자기 자신을 거기에 맞추어 나갔다. 등소평을 두 번이나 권력의 자리에서 매정하게 내치기도 했던 절대 권력자 모택동에 대한 자리매김도 그는 '제1대 영도 집단의 핵심' 이라고만 규정하고, 모택동이 살아있을 때에도 그의 신격화나 1인 체제를 용납하려들지 않았다.

대충 아는 얘기들이지만, 중국공산당의 권력 시스템은 서방 세계와는 많이 다르다. 흔히들 '1당 독재' 라는 말을 쉽게 하는데, 국민에 대한 공산당 유일의 지배와 통치라는 의미로 받아들일 수 있을지는 몰라도, 전통적인 마르크스—레닌주의 이론에 입각한 공산당 독재와는 판이하게 다른 성격을 가진 것이 중국공산당이다.

요즘 들어 중국이 공자를 앞세우고 국학國學을 유난히 강조하는 것만 보아도, 중국공산당의 민족주의 성향은 오랜 내력이 있는 것이라 할 수 있다. 통일전선 전략, 정치협상회의 등 1당 체제의 충격으로부터 보호하기 위한 완충지대 같은 성격의 정치적 장치를 중국은 갖고 있다.

중국의 언론들은 흔히 '당 중앙' 이라는 표현을 쓴다. 포괄적으로는 356명으로 구성된 당 중앙위원들을 가리키는 것이지만, 실제로는 최정상 9인의 정치국 상무위원들이 바로 '당 중앙' 인 셈이다. 9인의 상무위원은 23명의 정치국원 가운데서 선발된 사람들이고, 356명의 중앙위원 가운데서 어렵사리 뽑힌 지도 인재들이 23명의 정치국원들이다. 그러나 당 중앙위원 회의는 1년에 한 차례 열릴 뿐이고, 정치국원들도 현실적으로 자주 모일 수 없기 때문에, 다음과 같이 구성된 9인의 정치국 상무위원들이 당의 최정상에서 국정과 당무를 이끌고 있다.

호금도, 오방국吳邦國, 우방궈, 온가보, 가경림賈慶林, 자칭린, 이장춘李長春, 리장춘, 습근평習近平, 시진핑, 이극강李克强, 리커창, 하국강賀國强, 하궈창, 주영강周永康, 저우용강 등이 총서기 겸 국가주석, 전국인민대표대회 상무위원장, 국무원 총리, 전국인민정치협상회의 주석, 정치국 상무위원, 국가 부주석, 수석 부총리, 중앙기율검사위원회 서기와 정법위원회 서기 직들을 맡고 있다.

영도 집단이라는 말이 갖는 의미 그대로 최고위 집단 지도체제가 중국 정치를 실제로 이끌어가고 있다. 타협과 조정만이 집단 지도를 가능케 한다. 현 체제의 핵심 영도인 호금도도 표결에 있어서는 한 표일 따름이다. 다만 핵심이고 집단체제의 제1인자이기 때문에 나름의 독특한 리더십이 요구된다.

등소평은 생전에 중앙군사위원회 주석과 정치국 상무위원으로 있으면서, 노 간부들을 설득하고 신진 개혁세력들을 어르면서 영도 집단을 효율적으로 이끌었다. 그는 핵심영도를 잘 해야 중국이 바로 선다고 했다. 등소평 자신은 스스로 운명을 극복하여 핵심으로 올라섰지만 강택민과 호금도는 등소평이 지명한 케이스이다. 강택민은 천안문 사태의 책임을 지고 조자양趙紫陽, 자오쯔양이 실각된 공백기에 갑자기 전국 단위 지도자로 급부상한 경우이고, 호금도는 티베트 당 서기 때부터 그의 지도 역량을 눈여겨 보아온 등소평이 일찌감치 점찍어 키워온 경우라고 할 수 있다.

서울대 총장을 지낸 정운찬 교수가 어느 대학 특강에서 "내가 생각하는 국가적 리더는 중국의 경제 개방을 이끈 등소평 같은 지도자"라고 말했다. 정 전 총장이 높이 평가하는 부분이, 개혁·개방이라는 전환기적 정책 발상에 대한 것인지, 강단剛斷과 친화력을 두루 활용한 등소평 특유의 정치적 성격에 대한 평가인지, 아니면 그 둘을 합친 것인지 짧은 언론 보도만으로는 분명하지 않지만, 아무튼 등소평의 리더십은 곱씹을수록 의미가 새로워지는 묘한 매력을 갖고 있다.

그는 모택동과 같은 절대 권위나 카리스마를 갖지 않았다. 가지거나 쟁취하려고도 하지 않았다. 중국 공산혁명에 절대적 의미를 갖고 있는 대장정에 대해서도 그 자신은 "그냥 따라 걸어

갔을 뿐"이라고 술회할 정도로 자신을 낮출 줄 알았다.

그가 태어나서 처음으로 북경에 가 본 것이, 1949년 10월 1일 천안문의 건국선포식에 참석했던 때다. 10대의 나이에 프랑스에서 고학하다가 소련을 거쳐서 돌아온 이래 그의 발자취는, 종군하여 넓고 넓은 중국 땅을 헤매면서 전투를 지휘하고, 정치 공작을 한 것이 전부였다. 첫 번째 아내와는 사별했고, 두 번째 아내로부터는 배신을 당했고, 가까스로 세 번째 결혼에 성공했지만 신혼부부는 결혼 며칠 뒤 곧바로 전쟁터로 가야만 했다. 북경대학 물리학과에서 공부하다가 북경이 일본군에 점령당하자 연안으로 가서 공산당원이 된 23살의 탁림과 35살의 등소평은 다른 한 쌍의 신혼부부와 함께 요즘 말로 이른바 합동결혼식을 올렸다. 등소평의 딸, 등용의 글을 인용해 본다.

1939년 9월 초, 어느 날 저녁에 연안 양가령 모택동의 토굴 앞에서 회식 모임이 있었다. 그때 연안에 있는 중앙의 고급지도자들로서 올 수 있는 사람은 다 모였다. 모택동과 그의 부인 강청, 유소기, 장문천과 그의 부인 유영, 박고博古, 이부춘李富春과 그의 부인 채창蔡暢 등 모두가 왔다. 이날 밤에 두 쌍의 신혼부부가 결혼식을 올렸다. 다른 한 쌍은 공원孔原과 허명許明이었다.

당시의 이런 생활들은 중국공산당 지도층이 공유하는 삶이었다. 등소평이라고 남보다 더 곤궁하게 지낸 것도 아니고, 등소평

연안 시절 혁명의 동지였던 아내 탁림과 등소평.

부부가 더 엄격하게 단련을 받은 것도 물론 아니었다. 이러한 공유된 삶을 통해서 당과 군, 정부 안에 그와 뜻을 같이하는 평생의 동지들이 수두룩하게 쌓였던 것이다. 그의 인생 역정에서 좋은 자산이 되었다. 그날의 결혼식도 특이했다.

연안에서 행한 이 특이한 회식 겸 결혼잔치에는 그 무슨 산해진미도 없었고, 사치스럽고 호화로운 장면도 없었다. 황토 토굴집 앞에 나무판자로 상을 만들고, 그 위에는 평소에 먹는 연안 특유의 노란 좁쌀 밥을 올려놓았다. 연회에 참가한 사람들은 연안에서 명성을 떨친 인물들이지만, 마찬가지로 다 무명으로 지은 팔로군 군복을 입고, 발에는 헝겊신을 신고 무릎을 기운 바지를 입었다.

　모택동은 좌경 모험주의와 우경 패배주의에 강한 질책을 했
다. 등소평은 계획경제와 국가 기업에 연연하는 극단의 좌파 원
로그룹과, 경제 개방에 앞서 과감하게 정치 개혁을 해야 한다고
주장하는 신진 과격 우파를 모두 어르고 달래야 했다. 호요방,
조자양의 실각은 과격 우파에 대한 채찍이면서, 계속 개혁·개방
을 추진하고자 좌파에게 던져주는 당근이 되었다.

　그가 지향하는 세계는 오로지 개혁·개방이라는, 중국을 천지
개벽처럼 완전히 뒤바꾸는 큰 그림이었다. 실천 과정의 집중과
선택에서 등소평은 자신의 오른팔과 왼팔인 호요방과 조자양을
희생해야 했다. 이들은 문화대혁명 말기에 등소평이 주은래에게
특별히 부탁해서 살려낸 심복들이었다.

　결국 등소평은 이들 두 사람을 실각시키고 많은 어려움을 겪
었다. 그는 이와 같이 강경 우파를 힘들게 밀어낸 바탕 위에서
시장경제를 우려하는 좌파 원로들을 달래며 껴안을 수 있었다.
광동지방을 순회하면서 개혁·개방을 다그쳤던, 그의 유명한
‘남순강화南巡講話’도 그러한 환경을 만들지 않고서는 쉽게 이루
어질 수 없는 일이었다.

모진 매질 견뎌내며
중원의 벌판을 홀로 서다

등소평 리더십의 숨은 매력은 무엇보다도 모택동 1인 지배시대에서 용케 살아남아서 결국 자신의 시대를, 자기 비전과 능력으로 창출해냈다는 사실에 있을 것이다. 모택동의 대약진 운동을 비판했다가 하루아침에 국방부장의 자리에서 쫓겨난 비운의 충신 팽덕회를 좋아했지만 그의 전철을 밟지 않았고, 영원한 2인자 주은래를 친형 이상으로 따랐지만 그의 명철보신明哲保身을 닮지 않고 때때로 황야에서 모택동의 모진 매질을 감당하는 험한 길을 택했다.

문화대혁명 때, 홍위병의 주된 표적은 주자파走資派로 비판 받은 유소기와 등소평이었다. 두 사람 다 모택동의 후계자로 거론되기도 했다. 유소기는 국가주석이 되어 한때는 모택동 당 총서기와 권력을 나눠 가질 만큼 위력을 발휘하기도 했었지만, 문화대혁명 초반인 1969년 11월 12일 개봉 감옥에서 한을 품고 죽었다. 명색이 국가주석인 유소기가, 광기狂氣에 절은 거칠고 철없

홍위병이 국가 주석 유소기의 부인 왕광미를 끌어내리고 있다.

는 홍위병들 앞에서 당한 수모는 극한상황의 한 전형이라 할 수 있다.

1967년 7월의 어느 무더운 날, 유소기와 아내 왕광미王光美는 홍위병들 앞에 끌려 나왔다. 유소기는 그 자리에서 두 손을 뒤로 똑바로 뻗고 허리를 굽히며 머리를 숙이는 고문을 어린 홍위병들로부터 2시간 남짓 받았다. "여러분들이 나 개인을 어떻게 대하든지 그건 중요하지 않다. 나는 중화인민공화국 주석으로서의 존엄성을 지켜야만 한다"고 절규하는 유소기를 홍위병들은 심한 구타로 대응했다.

유소기의 어린 자식들도 아버지를 비판하도록 끌려 나와 이 광경을 자기 눈으로 보아야 했다. 규탄대회가 끝나면 유소기는 다시 중남해의 집으로 보내졌다. 주변의 철저한 감시와 처절한 배격, 그리고 식은 밥과 묵은 밥만이 그의 몫이었다. 겨우 30미터 앞의 식당에 가는 데에도 50분이나 걸릴 만큼 몸이 말이 아니었는데도 누구 한 사람 거들떠보지 않았다. 문화대혁명 초기, 국가주석 유소기의 현주소였다.

모택동의 고향 소산韶山과 유소기의 고향 화명루花明樓는 38킬로미터 거리에 있다. 1999년 정월에 화명루를 찾았을 때, 유소기의 옛집[故居]와 기념관이 제대로 다듬어져 있었다. 기념관엔 유소기가 중남해에 살던 때의 침대와 가구들이 그대로 보존되어 있었고, 타고 다니던 지프차와 비 올 때 신었던 장화도 전시되어 있었다.

'화명루 유소기 기념관花明樓劉少奇紀念館'이라 쓴 현판은 등소평의 글씨이다. 기념관 앞 광장에는 유소기의 동상이 서 있었다. 1998년 11월, 탄생 100주년을 기념해서 세워진 높이 7.1미터나 되는 전신상全身像이었다. 세상의 눈에, 모택동은 가해자이고 유소기는 피해자이다. 가해자인 모택동의 고향 소산에도 모택동 기념관과 동상이 우뚝 서 있다는 것은 누구나 아는 사실이지만, 피해자인 유소기의 고향에도 버금가는 규모의 기념관, 도서관, 동상이 서 있다는 사실은 무엇을 말하는 것일까.

앞에서 말했듯이 모택동 못지않게 등소평의 영활성도 대단했다. 주은래, 유소기, 팽덕회 등 1898년생 동갑인 세 선배의 전철을 밟지 않고 마지막 승리자가 된 것은 그의 능력이자 운명이었다. 그는 스스로 만든 운명의 가장 큰 수혜자受惠者였다. 최고 권력의 자리는 결과론적으로는 운명이겠지만, 어떤 필연의 단서들이 쌓이고 쌓여서 이루어진 신산한 과정들의 결과물이다. 주자파의 두 거두 유소기와 등소평의 삶과 죽음의 갈림길도 어쩌면 모택동이 예비해 두었던 것인지도 모를 일이다.

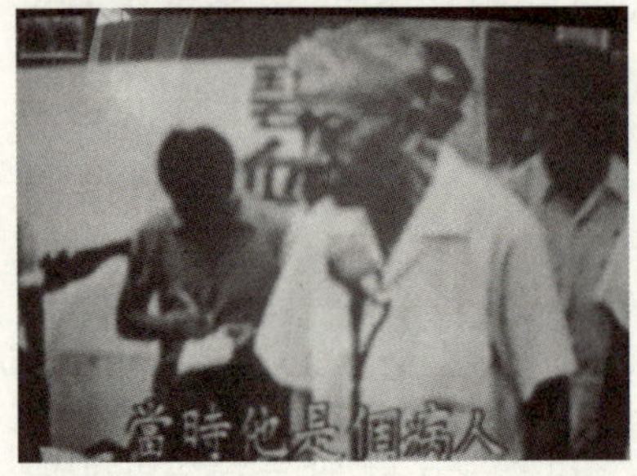

홍위병에게 끌려나온 유소기 국가 주석.

1966년 10월, 문화대혁명의 불길한 불꽃이 막 피어오르면서 유소기와 등소평은 당의 심사를 받게 되었다. 모택동은 꿀 먹은 벙어리처럼 특유의 침묵과 원모遠謀로 입을 다물고 있었고, 측근인 진백달陳伯達이 유소기와 등소평의 이름을 대며 비난에 앞장섰다. 두 사람은 당의 심사를 받기 위해 자기비판서를 제출하도록 되어 있었다. 제출된 원고를 미리 꼼꼼하게 읽은 모택동이 두 사람의 자기비판을 받아들이면서 각각 다른 지시문을 보냈다.

소평 동지. 몇 마디 말, 이를테면 '제 자신의 적극적인 노력과 동지들의 적극적인 도움으로 저는 저의 과오를 바로 잡는 것이 가능하리라 믿습니다. 시간을 주신다면 저는 능히 재기할 수 있으리라 생각합니다' 라는 말을 덧붙이면 좋겠소. 모택동 10월 22일 오전 4시.

소기 동지. 기본적으로 엄숙하게 잘 썼소. 특히 후반 부분이 더 잘되었소. 초안 형식으로 정치국, 서기처, 공작조(지도 간부), 북경 시

당위, 중앙 문혁 소조에 넘겨주어 토론을 하고, 의견을 제출한 후 수정을 거쳐 보고토록 하시오. 모택동 9월 14일.

그 뒤 두 사람의 운명을 보면 모택동의 이 편지들이 품고 있는 함의含意에 놀라지 않을 수 없다. 문맥에 숨겨져 있는 뜻을 살펴보고, 날짜와 시간들을 헤아려보면 멀리 앞을 내다보는 모택동의 의도 같은 것이 쉽게 눈에 들어온다. 문화대혁명을 시작할 때부터 모택동의 속마음에는 유소기의 제거와 등소평의 재등용이 들어있었던 것이 아닐까. 그렇지 않고서 어떻게 이런, 서로 다른 지시문을 또박또박 써 보낼 수 있었겠는가.

1969년 유소기가 감옥에서 억울하게 죽고, 4년 뒤인 1973년 3월에 등소평은 복권되어 복직을 하게 된다. 유배지인 강서성 남창에서 급히 북경으로 불려 올라와 원래의 국무원 부총리 자리를 맡는다.

모택동은, "등소평의 모순은 인민 내부의 모순"이라고 말했다. 1972년 1월, 원로 혁명가 진의의 장례식에 참석해서 모택동이 한 말이다. 모택동은 진의의 미망인에게 유소기와 등소평에 대해 언급하면서 "유소기의 모순은 적대적敵對的 모순"이라고 등소평과 유소기를 구별했다. 모택동은 유소기와 등소평을 같은 주자파로 한데 묶지 않고, 〈모순론〉에 기대어 두 사람을 갈라서 차별화하고 있음을 알게 된다.

모택동의 〈모순론〉에 따르면, 등소평의 모순은 인민 내부의 모순이기 때문에 대오에서 뒤쳐진 등소평은 재교육을 통해 재활시킬 수 있으나, 유소기는 '인민의 적'이 되기 때문에 구제할 수 없는 존재가 되어버린다. 이미 목숨까지 잃은 유소기에 대해 모택동은 이와 같은 비정한 사후 단죄론斷罪論을 내리고 있었다. 1980년이 되어서야 등소평은 유소기를 복권시킨다.

등소평은 그런 '예정' 같은 운명 속에서 재생할 수 있었지만, 모택동의 후계가 보장된 것은 물론 아니었다. 보장의 기미조차 내비치지 않는 것이 모택동, 아니 모든 최고 권력자의 속성이다. 1971년 9월 13일, 임표가 모반의 탈주 끝에 비행기 사고로 비명非命에 가자 강청 등 '4인방'은 전횡을 노골화했다.

모택동은 심하게 앓는 주은래를 대신해서 국정을 이끌어 갈 인물로 등소평을 지명하지 않을 수 없었지만, 그 후 화국봉華國峰의 기용 등에서 보이는 것처럼 '4인방'과 등소평을 함께 견제하는 인사를 했다. 주은래-등소평으로 이어지는 실용파에게 모택동 이후의 권력 승계는 점점 더 어려워지는 국면이 되어갔다.

등소평의 뛰어난 리더십의 본령은 아무래도 참된 '개혁'에 있다고 할 것이다. 이런저런 운명의 기복 속에서 정치 생명을 이어가고, 나중에 최고 권력을 갖게 되었다 해서 다 위대한 지도자는 아닐 것이다. 중국 역사의 물꼬를 새로 튼, 파천황적破天荒的인 정책 발상, 등소평 리더십의 진가는 바로 개혁·개방정책의 설계와 그 성공적인 추진에 있다고 할 것이다.

젊은 지도자에 간절한 당부
― '동아리 만들지 마라'

등소평이 강택민을 전격 발탁한 것도 강택민의 '상해 마인드', 곧 개방에 대한 신념과 업무추진 능력을 기대했기 때문일 것이다. 그러나 아무리 업무 능력이 뛰어나고 개혁·개방에 대한 의지가 강하다 하더라도 최고지도자로서의 자질과 리더십이 보장되지 않는다면, 그런 깜짝 발탁은 잘못된 인사가 되고 말았을 것이다.

1989년 5월 31일에 등소평은 두 사람의 당내 최정상급 지도자와 이야기하면서 과거와 미래의 중국의 리더십에 대해서 이야기를 한 바 있다. 이야기의 주제는 개혁과 지도집단의 관계, 지도부의 자질과 덕목들에 관한 것이었다. 그는 개혁·개방을 주도하는 지도부는 먼저 효과적으로 시범을 보여 주어야 한다고 말했다.

"이전에 나는 '홍콩을 몇 개 더 만들어야 한다'고 말했는데, 그것은 우리가 개방을 해야지 통제해서는 안 되며, 과거보다 더 개방해야 한다는 말입니다. 개방하지 않으면 발전할 수 없습니다. 홍콩이 없으면 적어도 정보에 어두워질 것입니다. 결론적으로 말해서 개혁·개방은 더 대담하게 추진해야 합니다.”

그가 인민들에게 보여주고 싶은 것은, 개혁·개방을 잘 이끌어 갈 수 있는 중앙지도부를 꾸리는 일이고, 구체적으로 실적을 올려서 민심을 얻는 일이었다. 가장 먼저 꼽은 것이 부패의 척결과, 심도 있게 개혁·개방을 추진하는 일이었다. 부패 척결 없이는 효과적으로 개혁·개방을 추진할 수가 없고, 인민의 신임도 얻을 수 없다고 힘주어 말했다.

그는 중국공산당의 역사를 회고하면서, “역사적으로 우리 당에 진정으로 성숙한 지도부를 형성했던 것은 모유주주(毛劉周朱: 모택동, 유소기, 주은래, 주덕) 세대부터였습니다. 이 세대의 전반기는 좋았습니다. 후기에 ‘문화혁명’이 일어나 큰 재앙을 가져 왔습니다. 화국봉은 한 세대라고는 할 수 없습니다”라고 말했다. 등소평은 화국봉을 과도기적 인물로 치부했고, 모택동, 유소기, 주은래, 주덕 등 당대의 영도들을 제1세대의 지도 집단으로 높이 평가했다.

그는 강택민의 발탁과 등장의 의미에 대해서도 확실하게 말하고 있다.

“두 번째 세대는 우리 2세대인데 지금 제3세대로 바꾸어야 합니다. 진정으로 새로운 제3세대의 지도를 세워야 합니다. 이 지도는 인민들의 신임을 얻어야 하고, 당내에서 신임을 얻어야 하

등소평은 모택동, 유소기, 주은래, 주덕을 제1세대 영도집단으로 높이 평가했다.
(오른쪽부터 유소기, 모택동, 주덕, 주은래)

며, 인민들이 믿어주어야 합니다. 지도부의 성원들 개개인이 아니라 이 집단을 만족스럽게 생각하도록 해야 한다는 것입니다."

집단 지도에 대한 등소평의 바램과 의미 부여가 만만치 않다는 것을 잘 대변해주는 대목이다. 지도부의 성원 개개인에 대해서는 이러쿵저러쿵 의견이 있을 수 있겠지만, 전반적으로 집단 지도부 자체에 대해 인민들이 만족감을 가질 수 있도록 지도부 성원들이 분발해야 한다고 말했다.

자신을 포함한 제2세대에 대해서도 스스로 평가를 내리고 있다. "우리 제2세대에서 나는 인솔자인 셈인데, 우리 또한 한 집단인 것입니다. 우리 집단에 대해서 기본적으로 인민들은 만족해했습니다. 주요한 원인은 우리가 개혁·개방을 하고, 네 가지 현대화 노선을 제기했으며, 진정으로 실력을 쌓았기 때문입니다”라고 말하면서 다음 제3세대에 대한 기대와 희망도 나타내고 있다.

그는 특별히 ‘개방’을 강조했었다. 제3세대가 인민들의 신임을 얻으려면 먼저 실적을 올려야 하고, 그 실적은 바로 나라의 문을 열고, 다시 폐쇄된 사회로 되돌아갈 수 없도록 하는 것이었다. 폐쇄는 재앙을 가져온다고 했다.

“예를 들면 문화대혁명인데, 그런 상태에서 경제는 발전할 수 없습니다. 인민 생활도 개선될 수 없고 국력도 증강될 수 없습니다. 지금 세계는 일사천리로 매일매일 변합니다. 특히 과학기술 면에서는 따라잡기가 힘듭니다.”

그리고 지도자가 갖춰야 할 덕목에 대해서도 차근차근 이야기를 했다.

그는 제3세대 지도부에게, 먼저 안목과 도량이 넓어야 한다고 주문했다. 그는 이 대목에서 “이것이 우리가 제3세대 지도자들에게 가장 근본적으로 요구하고 싶은 것입니다. 우리의 제1세대 지도자들은 전반기에 도량이 넓었습니다. 우리 제2세대도 기본적으로 도량이 넓었습니다. 제3세대 지도자들과 그 뒤의 지도자들에게도 모두 이런 요구를 해야 합니다”라고 강조했는데, 지도자의 도량과 안목을 특별히 내세운 점이 이채롭다. 아마도 이 도량과 안목에 대한 강조는 인사와 공적 업무처리에 대한 당부를 위한 것 같다. 개인의 감정은 뒤로 돌리고, 자기 자신에 대해 반대했던 사람도 과감하게 발탁하고 임용하라는 것이었다.

"지난 날 모 주석은 자신을 반대했던 사람도 오랫동안 임용하는 데 서슴지 않았습니다. 사람을 고려하는 각도도 더 깊이 생각해야 합니다. 이것도 개혁입니다. 사상의 개혁이고 사상의 해방입니다."

그는 이어서 사람을 선택하는 문제에서 중요한 것은 자기 기분으로 처리하지 말고 사회 공론에 주의를 돌려서, "정치가의 품위로 이 문제를 처리해야 한다"고 말했다. 등소평은 인사의 공정성을 기하고, 사적인 인연이나 좁은 안목으로 처리하지 않는 것도 '개혁'이며 '해방'이며 '품위'라고까지 역설했다. '정치가의 품위'라는 말이 마음을 끈다. '코드 인사'니 '회전문 인사'니 하며 말들이 많은 한국 정치사회에서는 '정치가의 품위'는 한낱 사치가 되어버린 지 오래이다. 인품, 품격, 품위, 이런 말들이 점차 우리 사회에서 사라지고 있다. 특히 정치권에서는 용도 폐기된 것 같아 가슴이 아프다.

다음과 같은 등소평의 충고도 재미있는 대목이 아닐 수 없다.

"중앙의 최고위층에 들어오는 성원들은 모두 지난날의 자신이 아니어야 하고, 지난날의 수준에 머물러 있어서도 안 됩니다. 책임이 달라졌기 때문입니다. 모두가 자신들의 각도에서 자신들의 작풍 등을 포함해서 변화가 있어야 하며 자각적으로 변해야 합니다."

특별히 그가 주의를 주었던 것이 파벌과 동아리 조성이었다.

그 자신 그동안 적지 않은 오류도 범했지만 여태까지 작은 동아리 하나 만들지 않았다고 강조했다. 전근할 때에도 늘 혼자 떠났고, 어느 근무원 하나 데리고 가지 않았다고 말했다. 여러 방면을 포섭하고 각 방면과 단결해서 일하는 것이 중요하다고 했다.

그는 "30년대에 강서에 있을 때 어떤 사람들은 나를 '모택동파'라고 했는데 그런 일은 없었습니다. 모택동파는 없었습니다"라며 회고하고, "작은 동아리가 사람을 해칩니다. 많은 실수가 여기서 나오며 오류도 여기서부터 범하게 됩니다"라고 경고했다.

이날 그의 말은 사실상 은퇴의 말이었다.

"새로운 지도부가 위신이 서게 되면 나는 과감하게 물러나겠습니다. 당신들의 일을 방해하지 않겠습니다. 여러분이 강택민 동지를 핵심으로 잘 단결하기 바랍니다."

여섯 달이 채 못 되어 그는 실지로 사퇴를 감행하고 만다. 1989년 11월 9일, 중국공산당 제13회 중앙위 제5차대회는 등소평의 은퇴를 비준했다. 모택동과 주은래는 현직에서 임종을 맞이했지만, 그는 죽기 전에 중국의 최고 지도자의 자리에서 스스로 물러난 최초의 지도자가 되었다.

우파 치고 좌파 달래며
개혁·개방 채찍질

　'개혁'이란 말이 나오면 중국의 '개혁·개방'부터 생각하게 된다. 허구한 날 '개혁'을 부르짖는 한국의 개혁과는 많은 거리가 있는 것이 '중국의 개혁'이다. 중국의 개혁·개방은 노선과 시향이 분명히며 실체가 확실하고, 그 열매는 한마디로 '국리민복國利民福'으로 바로 이어진다. 역풍과 시련을 이겨낸 흔적이 확연하게 드러나는 것도 중국 개혁의 역사적인 가치와 의미를 더해준다.

　좌파 원로들이 계획 경제가 무너지면 사회주의 근간이 흔들린다고 아우성 칠 때, 등소평은 "국민을 잘 먹고 잘 살게 하는 것이 사회주의"라고 설득했다. 등소평의 '개혁·개방'은 바로 앞의 지도자였던 모택동의 노선과 180도 방향이 다른 정책이다. 모택동의 인민공사, 대약진 운동, 문화대혁명 등 극좌노선이 중국을 황폐하게 했다면, 그러한 극좌노선에 따라 저질러졌던 혼란과 폐해를 반면교사로 삼아서 나온 것이 개혁·개방이다.

등소평의 개혁·개방은 모택동 시대에 주은래·유소기·등소평 등이 줄기차게 추진했던 '4대 현대화 노선'에 뿌리를 두고 있다. 혁명의 기반은 파괴이다. 그러나 혁명으로 건국을 했다고 해서 나라의 관리마저 혁명적인 방법으로 할 수는 없다. 모택동은 '대파대립大破大立'이란 말을 좋아했다. 크게 부숴야 크게 세울 수 있다는 말이다. 모택동은 공산주의라는 이념으로 중국의 밭을 모조리 갈아엎었지만, 거기에 새로운 종자와 묘목을 심어서 수확을 올리는 '대립大立'에는 한계를 드러냈다.

'대립'의 요체는 현대화 노선이며 개혁·개방 정책이다. 모택동 아래에서 '대파' 다음의 '대립'을 지향했던 주은래, 유소기, 등소평은 엄청난 고초를 겪어야 했다. 공산주의 종주국인 소련에 맞서는 공산주의 대국을 만드는 데는 성공했지만, 지구에서 인구가 가장 많은 '중국 인민'을 먹여 살리는 데 모택동은 실패했다. 모택동은 '영구혁명론'으로 '현대화 노선'을 압박했고, 문화대혁명을 일으켜 현대화 노선을 짓밟아버리기까지 했다. 모택동 시대의 중공업 우선 발전전략은 뿌리 깊은 계획경제체제와 맞물려 중국경제의 발전 동력을 약화시켰을 뿐 아니라, 현실적으로 무모한 도전이었다는 평가를 받았다.

중국의 개혁·개방은 필연적인 것이었고, 당위성과 시대정신에 맞는 개혁정책이었다. 그리고 그 뿌리가 건국 초기부터 움터 왔던 '4대 현대화 노선'이었다고는 하지만, 모택동 사후의 혼란기에 등소평 혼자서 이를 추진하기에는 너무나 많은 장애와 역풍이 기다리고 있었다.

현대화에 앞장섰던 유소기와 팽덕회는 이미 문화대혁명의 아수라장에서 목숨을 잃었다. 주은래는 심한 방광암으로 고생을 하면서도, 다음 시대를 예비하려고 온갖 안간힘을 다하고 있었지만 힘이 부쳤다. 그런 주은래마저 모택동이 죽기 8개월 전에 세상을 뜨고 말았다.

실용파와 4인방 세력의 균형과 절충을 위해 모택동이 등용했던 화국봉이 모택동이 죽고 난 뒤 임시로 정상에 오르는 모양새를 갖추었지만, 화국봉은 원천적으로 힘이 없었다. 권력의 공백기와 진공상태에서 등소평은 자연스럽게 중국의 새 지도자로 떠오를 수 있었다. 그러나 사회주의 이념을 대표하는 '계획경제'를 대신해서 '시장경제'를 새 시대의 정책으로 정립시킨다는 것은 또 하나의 혁명에 버금가는 것이었다.

등소평 스스로 개혁·개방을 '제2의 장정'이라고 말했다. '시장경제' 앞에 '사회주의식'이라는 수식어를 붙였지만 원로 좌파들의 우려는 심각했다. 원로들의 우려와 압박 못지않게 그를 괴롭히며 힘들게 하는 것이 또 있었다. 경제 개혁과 맞먹는 정치 개혁의 욕구가 새롭게 힘을 얻어가고 있었다.

경제 개혁과 동시에, 어느 면에서는 경제 개혁에 앞서서 실천해야 하는 것이 정치 개혁이라고 주장하는 세력이 차츰차츰 고개를 내밀고 있었다. 나라 안의 대표 세력은 호요방과 조자양이었고, 나라 밖에서는 소련이 정치 개혁을 외치고 있었다. 호요방과 조자양은 등소평 때문에 실각된 것으로 알려져 있다. 그들은 등소평과 어떤 관계였을까.

1973년 2월 20일, 등소평은 아내 탁림 등 가족과 함께 북경으로 돌아왔다. 1969년 10월 강서로 쫓겨 간 지 3년 3개월 만의 일이었다. 3월 10일 국무원 부총리로 복귀한 등소평은, 6월 21일 주은래의 승용차에 타고 말리공화국 대통령 환영만찬장으로 가고 있었다. 여러 회고담으로 두 사람은 동지애와 형제애를 나눌 수 있는 모처럼의 기회를 즐겼다.

그러다가 주은래가 문서 하나를 꺼내 등소평에게 보여주었다.

"이건 내가 오늘 새벽에 작성한 거요. 지금 심사를 받고 있는 368명 노 간부들의 명단인데 한번 훑어보시오……."

"단번에 이렇게 많은 노 간부들이 풀려나게 되는 것을 주석께서 동의하실까요?"

"이 일은 주석께서 내게 맡긴 일이요. 내가 기초 조사한 바에 따르면 전국의 현이나 시 이상의 영도 간부 가운데서 지금까지 심사를 받고 있는 사람이 모두 3천 7백 명이나 되오. 이 가운데 368명은 중앙 기관과 국무원 각 부, 위원회의 국장 급 이상의 지도자들이며, 모두 몇 십 년 동안 혁명 사업을 해온 오랜 동지들이오! 그런데 아무 죄도 없이 우리가 만든 감옥에서 7~8년 동안이나 갇혀 있었소!"

그리고 주은래는 말을 이어 "당신이 보기에 이 명단에 꼭 들어가야 하는데 빠진 사람이 없소?"라고 묻는 것이었다. 등소평이 잠시 뜸을 들이다가 만년필을 꺼내 명단 뒷면에 네 사람의 이름을 적었다.

만리萬里,완리, 호요방, 호교목胡喬木,후차오무, 조자양.

그래서 세상 사람들은 호요방과 조자양을 등소평의 사람이라고 말하는 것이다. 그런 자기 사람들 가운데 한 사람은 좌파 원로들을 달래기 위해 후퇴시키고, 또 한 사람은 천안문 사태의 책임을 물어 실각시켰다. 등소평도 모택동 못지않은 비정한 지도자일까. 그는 천안문 사태를 무력으로 진압했다 해서 엄청난 후폭풍에 시달려야 했고, 오늘도 서방에서는 그를 반민주 지도자로 낙인찍고 있다. 등소평은 왜 그런 바보짓을 했을까.

마키아벨리가 말했다던가. "지도자는 지옥으로 가는 길을 잘 알고 있어야 대중을 천국으로 이끌 수 있다"고. 정치지도자가 섣불리 착한 척 하고, 인기에 연연하고, 인민 대중을 천국으로 인도한답시고 달콤한 말만 내뱉으면 결과적으로 그 인민 대중들을 지옥으로 끌고 간다는 뜻이리라.

1989년 5월, 천안문 사태 당시 소련 수상 고르바초프는 중국을 방문하고 있었다. 그는 천안문 사태를 직접 목격했다. 그는 중국의 천안문 사태를 지켜보면서 어떤 생각을 했을까. 안정을 염두에 두지 않았던 그의 정치 개혁 실험은 결국 소련을 분열로 내몰아 붕괴시키고 말았다. 인민 대중들과 함께 천국으로 가기를 원했던 고르바초프였지만, 결과적으로 그는 자신을 포함한 전 인민을 지옥으로 내치고 말았다는 비판에서 자유로울 수 없다. 비록 서방 세계에서 '평화의 사도'로 칭송받고 있지만, 그 자신도 그의 실패를 인정하고 있다.

어느 시대 어느 나라에서건, 진정한 '개혁'은 목표와 방향, 실체와 결과가 뚜렷해야 할 것이다. 등소평 리더십의 강점은 자기 자신을 지옥으로 내몰 위험을 감수하면서도, 확고한 목표의식과 지도력으로 인민대중을 천국으로 이끌려고 안간힘을 썼다는 사실에 있다. 등소평은 특히 자기 앞 시대와 자기 다음의 시대를 잇는 연결 고리로서 '안정'을 가장 중시했다. 그에게 정치적·사회적 안정은 개혁을 성취하는 가장 높은 가치의 담보였던 것이다.

칠전팔기, 오뚝이 정신이
중국을 살려냈다

등소평에겐 항상 '오뚝이 영감[不倒翁]'이라는 별명이 따라 붙는다. 정치적 실각과 재기를 반복했기 때문이다. 그러나 암살 위기도 일곱 차례나 겪어냈다는 사실은 그리 널리 알려져 있지 않다. 과연 '오뚝이 영감'이라는 이름에 걸맞는 인생이다. 등소평은 1960년대 말부터 1980년대 말까지 여러 번의 암살 위험에서 아슬아슬하게 살아났었다. 2006년 여름, 홍콩의 일간지《성도일보星島日報》가 전했던 기사가 기억난다.

첫 번째 사건은 1969년 10월 등소평이 강서성으로 유배된 직후에 일어났다. 임표와 강청이 천하를 쥐락펴락 하던 시절이었다. 어느 날 새벽, 연금되어 있는 숙소로 민병들이 쳐들어와 총질을 해댄 것이다. 경호원 1명이 죽고, 여러 명의 민병들이 사살되었다.

두 번째 암살 기도는, 1973년 2월 20일 등소평이 북경으로 돌아가기 직전에 일어났다. 북경 귀환 통보를 받은 등소평은 유배지 강서성을 여기저기 돌아보았다. 시찰을 마치고 그는 비행기

등소평과 가족들은 강서성 남창으로 유배되어 이 집에서 3년 동안 힘든 나날을 보내야 했다.

로 북경으로 가기로 되어 있었는데 갑자기 군부대의 연락을 받고 기차로 바꿔 탔다. 애초에 타기로 되어 있었던 비행기는 바로 뒤 안휘성 공중에서 갑자기 폭파되고 말았다.

세 번째는 1975년 9월에 화국봉·강청 등과 함께 산서성에서 열린 농업혁신회의에 참석했던 등소평이 저녁에 혼자 산책을 나갔다가, 괴한으로부터 총격을 당한 사건이다. 경호원이 즉각 반격해서 목숨을 건졌다.

네 번째는 1976년 4월, 주은래 추모 시위 책임의 누명을 쓰고 북경 군구軍區에 연금되었을 때 일어났다. 그가 묵고 있던 옥천산玉泉山 초대소에 갑자기 큰불이 났는데, 때마침 등소평은 다른 건물에 가 있어서 죽음을 면했다.

276

그 밖에도 비슷한 총격사건과, 타고 가려던 차량에서 결정적인 결함이 발견되는 등, 그의 목숨을 노린 치명적인 사건들이 세 번이나 더 있었다.

등소평은 또 심한 장티푸스로 두 번이나 죽을 뻔했던 경험도 갖고 있다. 프랑스 고학 시절에 한 번, 1936년 12월 12일 서안사변이 일어났을 때 다시 한 번 심한 장티푸스에 걸려 목숨을 잃을 뻔했다. 심한 혼수상태에서 장개석 감금이라는 역사적인 사건 소식을 어렴풋이 듣기만 하고 다시 쓰러졌다. 들것에 누워 사람들을 알아볼 수도 없었다. 아무 것도 먹을 수 없고, 속에 무엇이 들어가기만 해도 오장육부가 뒤틀렸다. 겨우 미음으로 목숨을 부지했다.

모택동 시대를 '인치人治의 시대'라고 한다면, 등소평 이후의 중국은 '법치法治의 시대'로 들어섰다고 해도 좋을 것이다. 모택동이 사실상 중국공산당보다 높은 위치와 법의 바깥에서 통치를 했다면, 등소평은 당의 질서와 규범을 존중하고 체계적인 관리를 통해 국가경영을 하려고 애썼다. 극좌적인 혁명노선을 부정하고 '계급투쟁'이 아닌 '민주와 법제'를 강조했다. 등소평은 그러한 변화를 '사상의 해방'이라고 했고, '실사구시'에 근거한 변화라고 말했다.

요즘 들어 중국이 급부상하면서 과연 중국이 어느 위치까지 올라갈 수 있느냐에 대한 논란이 많다. 미국을 따라잡고 세계의 새로운 패권국가가 되고 말 것이라는 추측에서, 그러한 꿈은 결

국 꿈으로 끝날 허사라는 얘기에 이르기까지 추측과 전망의 폭
이 넓다.

 따라서 중국 안에서도 현재의 초강대국인 미국과 중국을 비교
하는 논의들이 점차 늘고 있다. 그 가운데에는, 미국의 역사는
겨우 2백 년이지만 중국은 5천 년이라는 식의 단순 비교로 은근
히 중국의 우월성을 드러내려는 사람들도 있는 모양이다. 최근
《인민일보》의 자매지인 《환구시보環球時報》는 사설에서 이러한
비교의 맹점과 오류를 지적하여 주목을 받고 있다.

 중국의 5천 년 역사라는 것은 중국의 오랜 문명사를 말하는 것
이고, 미국의 2백 년은 현대국가로서의 미국 역사를 일컫는 것
이라고 사설은 지적한다. 따라서 미국도 문명의 근원을 따져보
면 수천 년의 유럽문명사와 맥을 같이하고 있을 뿐 아니라, 오히
려 오늘의 미국은 서방문명의 최고 결정체로 평가할 수 있다는
것이다. 국가 건설 면에서 본다면 중국이 미국에 뒤지고 있다고
하면서 이 사설은 다음과 같이 지적하고 있다.

1931년 일본이 중국을 침략했을 때, 중국에는 남경의 중화민국 정
부가 있었지만 이 정부의 통치 범위는 동부 5개 성뿐이었고 그 밖의
지역은 130개 군벌이 통치하고 있었다. 중국이 국가체계를 갖추어
국제관계에 독립국가로 등장한 것은 1949년이었다. 그러나 그 뒤
중국은 또 다시 힘든 문화대혁명의 길을 걸었으며 진정한 현대국가
의 실천은 1979년부터 시작되었다.

　　미국에 대한 성급한 우월감을 등소평은 일찍부터 경계해 왔다. '빛을 감추고 실력배양에 힘써야 한다'는 뜻의 '도광양회韜光養晦'란 말엔, 등소평의 평소 신념과 후배들에 대한 간절한 당부의 뜻이 담겨 있다. 누구보다도 중국의 안정적 발전을 희구하고 그 대책에 부심했던 등소평이었다. 그는 모택동이 없는 중국의 장래에 대해서도 깊은 우려를 갖고 있었다.

　　1973년 3월에 부총리로 복직된 그는, 가을이 되자 모택동의 지시로 '4인방'의 한 사람이었던 왕홍문王洪文과 함께 여행을 하게 된다. 시찰 여행을 마친 두 사람은 모택동에게 불려갔다. 모택동이 물었다.

　　"내가 죽은 뒤 중국은 어떻게 될 것이라고 생각하느냐?"

　　당시 등소평과 왕홍문은 극과 극으로 맞서는 처지였다. 왕홍문은 중국은 주석의 '혁명노선과 사상'을 이어 갈 것이고, 그 바탕 위에서 통일을 지켜갈 수 있을 것이라는 '모범답안'을 내놓았다. 등소평은 군벌이 나타나 큰 혼란에 빠질 것이라고 대답했다. 모택동은 등소평의 말이 옳다는 반응을 보였다.

　　그해 12월, 8명의 지방 군구 사령관이 대폭 교체되는 커다란 인사가 있었다. 그들 군구사령관들은 각자 자기 지역에서 만만찮은 권력 기반을 가지고 있었다. 등소평은 이 인사에서 군사위원회 위원과 정치국원으로 다시 올라섰다. 오랜만의 복직인 셈이었다.

　　당시 위세를 떨쳤던 '4인방'의 장춘교나 왕홍문보다는 당 서

열이 낮았지만, 정부나 군에서 등소평의 위치는, 암으로 생사기로를 헤매고 있던 주은래를 빼고는 맨 위의 자리였다. 그는 이제 나라를 황폐화시켰던 급진파 실세들과 대등한 위치에서 투쟁할 수 있는 모처럼의 기회를 갖게 되었다. 모택동의 탁월한 용인술의 하나였다.

세 번이나 정치적 실각과 재기를 거듭하고, 일곱 차례나 암살 위기를 모면했던 등소평이다. 심한 장티푸스로 두 번씩이나 사경을 헤매기도 했다. 그의 이름 앞에 붙여진 '오뚝이 영감'은 이러한 그의 인생을 잘 대변해주는 절묘한 수식어가 아닐 수 없다.

'부도不倒'라고 하니 생각나는 것이 있다. "부도不倒, 불주不走, 불사不死"라는 주은래의 처절한 외침이다. 주은래는 문화대혁명 기간에 일생일대의 수모를 당했다. 모택동으로부터는 굴종과 굴욕을 강요당했고, 임표나 강청 등은 아예 그를 아랫사람으로 치부했다. 그런 간고한 세월 속에서 주은래는, "쓰러지지도, 달아나지도, 죽지도 않겠다"고 세 가지의 '아니 부不'를 가슴 깊이 새겼던 것이다.

'부도옹(오뚝이 영감)' 등소평은 도산倒産과 도괴倒壞로부터 중국을 건져냈다. 문화대혁명으로 만신창이가 된 중국을 '실사구시'로 안정을 되찾게 했고, 개혁·개방이라는 새로운 정책과 노선으로 국가의 혁신과 발전의 토대를 구축했다. 자기 자신만 쓰러지지 않은 것이 아니라 나라가 쓰러지지 않도록 역사의 커다란 버팀목이 되었던 것이다.

죽지 않고 버티어 나라를 살리는 일은 주은래도 마찬가지였다. 1935년 1월의 준의회의 전까지만 해도 모택동보다 서열이나 직책에서 우위에 있었던 주은래였다. 그런 모택동을 실질적인 중국공산당의 지도자로 모신 것이 주은래였고, 그는 그날로부터 1976년 1월 세상을 뜰 때까지 40여 년 동안 한결같이 모택동을 떠받들었다. 속마음이야 어떻든 그는 한 번도 일인자의 자리를 넘보지 않았으며, 그런 내색조차 하지 않았다.

1965년, 문화대혁명이 일어나기 한 해 전의 일이었다. 어떤 모임에서 주은래는 '모택동의 후계자'에 대해서 몇몇 지도자들과 이야기를 나눌 기회가 있었다. 그는 서슴없이 등소평을 모택동의 후계자로 꼽았다. 당 주석 모택동과 국가 주석 유소기가 시퍼렇게 살아있는데도, 주은래가 등소평의 이름을 거론했다는 사실 자체가 파격적이었다.

특히 자신보다 여섯 살 아래인 등소평을 모택동 다음 시대의 지도자로 점찍고 있었다는 것은 등소평에 대한 주은래의 기대와 애정을 그대로 드러낸 것이기도 하지만, 이 또한 그의 혜안과 공평무사의 정신이 돋보이는 대목이 아닐 수 없다. 물론 그 전에 한 번 모택동은 자기 후계자로 유소기와 등소평 두 사람의 이름을 댄 적이 있었지만, 당시 상황은 평소의 주은래답지 않게 모험을 했다고도 할 수 있는 일이다.

1965년이면 모택동이 72세이고 주은래와 유소기는 67세였다.

유소기는 암암리에 모택동 사후를 준비하고 있었고, 모택동은
그러한 유소기에게서 마음이 떠나 문화대혁명의 밑그림을 남모
르게 그리고 있을 무렵이었다. 바로 1년 뒤에 문화대혁명이 일
어났다. 지나고 보니 아주 민감한 시점이었다. 주은래의 사람을
보는 눈, 시국을 꿰뚫는 눈은 정말 예리하고 정확했다고 할까.
이와 관련된 나의 글 하나를 옮겨본다.

> 장정 중에 자기 자신을 버리고 모毛를 지도자의 위치로 끌어올린
> 것이나, 친동생처럼 이끌어주고 돌보았던 등소평을 서슴없이 모의
> 후계자로 꼽은 것은 아무나 쉽게 할 수 있는 일이 아니다. 주은래
> 위의 모택동과 주은래 아래의 등소평이, 주은래를 징검다리로 삼아
> 20세기의 중국을 실제로 이끌었다는 사실이 매우 중요하다.
> 주은래가 등소평을 이끌어주고, 모택동이 등소평의 능력과 자질을
> 인정해주고, 마침내는 주은래가 등소평을 모택동의 후계자로까지
> 공론화할 수 있었던 것은 나름대로 오랜 시간에 걸친 인과因果와 여
> 과濾過의 결과라 할 것이다. 모의 속마음을 누구보다 잘 읽고, 그의
> 노선이나 지향에 공개적으로 맞서지 않았던 주은래였다. 그는 모택
> 동 가까이에서 모의 등소평에 대한 애정과 기대를 반가운 마음으로
> 주목했을 것이다.
> ─ 이중, 〈주은래 기행평전〉, 《월간 조선》 1999년 4월호

문화대혁명 때, 기를 쓰고 "쓰러지지도, 달아나지도, 죽지도

않겠다"고 다짐했던 주은래, 강서성에 쫓겨 가서 이리저리 죽을 고비를 넘기고 마침내 다시 살아왔던 등소평, 그리고 이 두 사람을 평생을 두고 뒤흔들었던 모택동. 이 세 사람의 역사가 바로 20세기 중국의 현대사였다. 오늘의 중국은 분명히 이들 세대를 넘어선 새로운 지평에서 시작되고 있다.

나는 '경제 아마추어', 그러나 홍콩은 몇 개 더 있어야

"중국에서는 다른 데서보다 시간이 느리게 흘러간다." 프랑스의 자크 시라크 대통령이 2005년 중국을 방문했을 때 한 말이다. 시라크 대통령은 이 말로 중국 사람들로부터 크게 환심을 샀다. 중국의 지도자들은 "시간이 느리게 흘러간다"는 말을 '멋진 말'로 받아들이며 마음에 들어 했다. 중국의 지도자들만이 아니라 중국의 팬이라 할, 중국 안팎의 중국 연구가들도 박수를 쳤다.

그러나 단 한 사람, 프랑스의 문명비평가 기 소르망은 예외였다. 그는 자크 시라크의 말과 중국의 반응을 세게 꼬집었다.

"중국공산당 지도자들은 그들의 결함을 시간적 여유를 가져야 할 필요성 탓으로 돌리고 있기 때문이다. 등소평은 이렇게 말하지 않았던가. '공산주의 혁명의 결과를 평가하기에는 아직 너무 이르다. 우리는 과도기에 있다'고. 그러나 그 과도기는 영원히 지속되고 있다."

중국의 경제 발전은 눈부시다. 속도 조절이 안 될 정도로 하루가 다르게 경이로운 성장을 거듭한다. 한편으로 느린 부분도 많다. 그 대표적인 것이 정치적 민주화, 정치 발전이란 말로 요약할 수 있는 분야라 할 것이다. 소르망이 지적한 '그들의 결함'이란 것도 포괄적으로 이런 부분을 말한 것이 아닌가 싶다.

도농都農 갈등, 빈부 격차, 인권 문제의 대책이나 해결이 쉽지 않고, 티베트나 신강 지역의 독립 열기에 대한 중국 정부의 대응은 단호하다. 민족 문제에 관한 한 어떤 변화의 조짐도 보이지 않는다. 오히려 그 지역들은 완만하지만 한족화漢族化 추세가 크게 눈에 띈다. 티베트의 수도 라사까지 가는 고속철도가 놓인 것은 한족의 티베트 진출을 위한 것이라고 티베트 현지 사람들이 반발하고 있는 것도 이러한 분위기를 말해주는 것이다.

자크 시라크 프랑스 대통령의 '멋진 말'은 달리 보면 중국에 대한 야유로 비칠 수도 있는, 다소 모호한 말이기도 하다. 변화가 더딘 것을 빗대어 점잖게 야유를 한 것이 아니냐 하는 이야기도 그래서 나온다. "시간이 느리게 흘러간다"는 말은 어떻게 보면 시적 표현에 가깝다. 시란 멋있는 만큼 모호함의 매력을 풍긴다.

대체로 중국 사람들은 자신들의 변화나 행동이 '느린 것'에 대해 짜증을 내거나 불편해 하지 않고, 오히려 자랑스러워하고 긍지를 갖는 것 같다. 그런 인상을 받을 때가 많다.

그들은 "우리는 워낙 땅이 넓고 사람도 많아서……"라는 말을 곧잘 한다. '빨리 빨리'에 익숙한 우리 한국 사람들에게 그런 말들은 변명과 자랑으로도 들리기 쉽다. 한번 변화하려고 하면, 거대한 용이 머리와 몸통·꼬리까지 모두 움직여야 하는데, 그게 어디 쉬운 일인가 하고 말한다. 한국 사람인 내게 말할 때는 한 반도의 넓이를 염두에 두고 하는 말 같아서 듣기 거북할 때도 있지만, 아무튼 세계 최강국의 하나로 급부상하는 자기 나라에 대한 긍지를 이런 식으로 표현하는 것이 아닌가 싶어, "그래, 그래" 하고 맞장구를 쳐줄 때도 있다.

등소평은 자기 스스로 경제에 관한 한 '아마추어'라는 말을 했다. 개혁·개방의 총설계자인 등소평이 경제 분야의 아마추어라니. 그러나 그는 자기 자신이 경제 전문가가 아님을 분명하게 밝히고 있다. 이러한 그의 태도는 설득력을 가진다. 그리고 신뢰의 원천도 된다. 전쟁과 정치 공작으로 일생을 보낸 그가 하루아침에 경제 전문가로 둔갑해서 갖은 군더더기 말과 화려한 이론을 내세워 경제 정책을 지시하고 설파한다면 누가 그를 믿겠는가.

그러나 정치문제에서 그는 대단한 '프로'였다. 탁월한 안목과 방법의 소유자였다. 어떻게 보면 그는 중국의 정치적 과제를 해결해 나가는 아주 중요한 대목으로써 경제 개방을 서둘렀는지도 모른다. 최소한 두 문제의 접목만은 분명한 것이다. 경제는 서두르면서 정치는 아주 조심스럽게, 완만하게 다루었다. 실제로 그는 1984년 10월 어느 경제 관련 심포지엄에 참석한 사람들

앞에서 다음과 같이 이야기한 적이 있다.

"나는 경제 분야에서는 아마추어이다. 이런 문제와 관련해서 의견을 말한 적은 있지만, 모두 '정치적 견지'에서 말한 것들이다. 예를 들어, 외부 세계를 향하여 개방한다는 중국의 경제 정책을 제창했지만, 그것을 어떻게 실시하는가에 대한 세부적이고 구체적인 사항에 대해 나는 거의 아무것도 아는 것이 없다."

중국에는 정치 현안 아닌 것이 없다. 문화, 종교, 민족 문제도 정치와 연관 지어 의견과 대책이 나온다. 하물며 나라의 큰 틀을 새로 짜고 10여 억 중국 인민의 운명을 좌우하는 경제 정책의 대전환이야말로 가장 큰 정치현안이 아닐 수 없다.

중국의 정치 현안 가운데서 그에게 가장 민감하고 중요한 것이 홍콩과 대만 문제였다. 그가 홍콩 반환에 대해서 보인 태도는 유연하면서도 한편으로 단호했다. 방향은 단호하고 방법은 유연했다. 어떻게 보면 유장하고 완만하고 대범하기까지 한 것 같지만, 이것이 그가 늘 강조하는 '실사구시'에 입각한 것이라면 그 의미와 효과는 아주 큰 것이다.

홍콩 반환은 1984년 9월 26일, '공동선언'이라는 형태의 협정서에 양측 교섭대표단이 서명하고, 12월 19일 북경에서 대처 영국 수상과 중국 조자양 총리가 부본에 정식 서명함으로써 마무리 단계에 들어갔다. 이듬해 5월 27일에 비준서가 교환되면서, '1997년 홍콩 반환'이라는 이 시대의 가장 큰 약속의 하나가 마무리되었다. 99년 동안 실지로 영국이 통치해오던 조차지

등소평은 일국양제로 홍콩을 되찾았다. 위는 1997년 7월 1일에 열린 홍콩 반환식.

租借地를 중국으로 되돌려 주기로 약속한 해가 1997년인 것이다.

'일국양제一國兩制'가 홍콩 문제를 푸는 열쇠가 되었다. 하나의 나라에 두 체제, 곧 사회주의와 자본주의가 공존하는 새로운 양식에 대한 합의야말로 영국과 중국 두 나라의 고민을 덜어주었고, 난관을 극복하는 유일한 해결책이 되었다. 홍콩이 돌아오고 '한 나라 두 체제'가 어느 정도 자리가 잡히면서 새롭게 떠오른 것이 대만의 '일국양제'이다. '대만 독립'을 줄기차게 외쳐대는 대만 집권당에게 중국은 끈질기게 '일국양제'를 받아들이라고 강권하고 있다.

등소평은 언젠가, 홍콩 같은 것을 몇 개 더 만들고 싶다는 말까지 했는데, 그는 자본주의 체제인 홍콩의 유용성과 효용 가치를 잘 알고 있었다. 뿐만 아니라 '한 나라 두 체제'에 대한 자신 감과 확신이 있었다. 자신감의 바탕으로, 그는 먼저 대륙과 홍콩의 인구 격차를 들었다. 그리고 중국이 갖고 있는 규모의 압도적인 우위도 한몫 했다. 다음은 등소평이 한 말이다.

"사회주의는 중국에서 확실하게 유지되고 있으며, 10억 인민이 이곳에서 생활하고 있다. 대만에는 2천만 명, 홍콩에는 550만 명이 살고 있다. 이렇게 인구 차이가 큰 둘의 관계를 어떻게 조정하느냐의 문제가 있기는 하지만, 10억이나 되는 압도적으로 다수의 사람들이 넓은 지역에서 사회주의를 기본으로 살고 있으므로, 우리는 바로 옆에 있는 작고 한정된 지역에서의 자본주의 존재를 인정할 수가 있는 것이다."

애초에 중국의 고위 당국자들은 영국과 중국 사이에서 논의의 당사자로서 홍콩을 인정하지 않으려고 하였다. 홍콩은 논의의 당사자가 아니라 엄연히 중국의 일부라는 시각을 드러냈다. 그러나 등소평의 생각은 달랐다. 지혜로웠고, 느긋했다. 홍콩도 엄연한 협상의 주체일 수 있으며, 주체로 인정해야 문제가 풀릴 수 있다고 생각했다.

"홍콩 문제를 평화적으로 해결하기 위해서는 홍콩, 중국, 영국의 실제 상황을 고려해야만 했다. 다시 말하면, 이 문제의 해결 방법은 세 당사자 곧 중국과 영국, 홍콩의 인민이 모두 받아들일 수 있어야만 한다는 것이었다. 홍콩에 사회주의를 밀어붙여 재통일을 성취하려고 하면 홍콩 사람들이 거부했을 것이고,

영국 사람들도 마찬가지였을 것이다. 그들이 싫어하면서도 가만히 따르기만 한다면 혼란의 원인이 될 뿐이다."

완만하고 완곡하지만 확실하기만 하면 그 길을 택하는, 등소평다운 해결 방법이었다. 그러나 불행히도 그는 홍콩 반환을 몇 달 앞두고 세상을 떠났다.

등소평이 끝내 고향 광안을 찾지 않은 이유

초기에 중국 공산혁명에 참가했던 지도급 인사들의 면모를 보면 이상하게도 호남성, 사천성 출신이 많이 눈에 띈다. 쉽게 이름을 댈 수 있는 사람으로 모택동, 주은래, 주덕, 유소기, 임필시, 팽덕회, 임표, 하룡, 유백승, 진의, 등소평, 담진림, 도주, 나서경, 엽검영, 곽말약 등을 들 수 있겠다.

그 가운데 모택동·유소기·임필시·팽덕회·하룡·담진림·도주는 호남성 출신이고, 사천성 출신으론 주덕·유백승·진의·나서경·곽말약·등소평 등이 있다. 중국 10대 원수元帥만 해도 10명 가운데 6명이 두 지역 출신으로, 주덕·유백승·진의·섭영진이 사천성이고 팽덕회와 하룡이 호남성이다. 그런데 유소기와 팽덕회, 하룡 등 호남성 출신들이 문화대혁명 때 가장 심하게 고초를 당했고, 억울하게 죽었다. 사천성 출신들도 고초를 겪기는 마찬가지였지만, 그래도 등소평은 끝내 살아남아서 모택동 시대를 마감하고 새 시대를 여는 구실까지 하게 된다.

어떻게 보면 호남성과 사천성 출신 지도자가 1949년부터 1980년대까지 중공 정권을 도맡아 왔고, 그 이전의 공산혁명에도 큰 공을 세웠다고 보겠다. 호남성과 사천성은 매운 음식으로 유명한 고장이다. 모택동은 호남성 사람들이 매운 것을 좋아하는 것과 혁명을 결부시켜 매운 걸 잘 먹어야 혁명도 잘하는 것이라고 곤잘 얘기했다. 매운 음식과 혁명, 서로 맥이 통하는 것이 아닐까.

등소평은 사천성 출신들과는 끈끈한 인연을 맺고 있었다. '인맥人脈'이란 말이 이 경우 어폐가 있을지 모르지만, 등소평이 일생 동안 신뢰와 우정을 나누었던 혁명 동지 가운데에는 사천성 사람들이 적지 않았다. 일생을 형제처럼 지낸 사람으로 주덕, 유백승, 진의, 섭영진 등을 꼽을 수 있다.

그러나 등소평의 장점이자 진가는, 지역을 넘어서서 당대의 중국공산당 지도자들과 폭넓은 교유와 인간적인 신뢰를 쌓아 왔다는 사실이다. 임표를 제외한 10대 원수와 모두 가깝게 지냈고, 항일전쟁과 해방전쟁을 통해 이런 저런 인연으로 깊은 관계를 맺었다.

등용은 《나의 아버지 등소평》에서 "이상한 일이기는 하지만 10대 원수 가운데 아버지는 아홉 사람과는 사이가 좋았으나 유독 임표와는 왕래가 없었다. 이는 주로 임표의 성격이 괴팍하여 누구와도 쉽게 왕래를 하지 않았기 때문일 것이다"라고 전하면서, 등소평과 아홉 장군들과의 인연을 거론하고 있다. 그 가운데 하룽에 대한 부분만을 옮겨본다.

> 하룽은 털보라고 했는데, 성격이 남달리 호탕했다. 서남에서 우리
> 두 집은 아래 위층에서 살았고 아이들의 나이도 엇비슷해 늘 함께 놀
> 고 싸웠다. 해방 후에 아버지는 늘 우리를 데리고 하 아저씨 집으로
> 놀러 다녔는데, 어른들은 어른들끼리 웃음꽃을 피우고 아이들은 아
> 이들끼리 장난치며 노는 것이 남이 보면 한집 식구나 다름없었다.

등소평은 고향 선배인 주덕을 존경했다. 진의와는 친형제 이
상으로 가깝게 지냈다. 유백승과는 사령관과 정치위원으로 오랜
기간 생사고락生死苦樂을 같이 했다. 사천성 출신인 유백승과 등
소평이 고향인 서남 시역으로 진격해 들어갈 때, 모택동은 갑자
기 하룽 부대를 그 지역으로 이동시켜 두 부대가 사천성을 함께
점령하도록 했다. 유백승, 등소평 부대가 바로 진격해도 될 일을
왜 모택동은 잠시 그들의 걸음을 멈추게 하고 하룽 부대가 오기
를 기다리게 했을까.

등소평이 '촉왕蜀王'이 될 수도 있는 여지를 미리부터 막기 위
한 모택동 특유의 포석이었다는 해석이 유력하다. 중국의 역사를
너무도 잘 아는 모택동으로서는, 지방마다 어느 특정 세력에게
힘이 쏠렸을 경우에 옛날의 군벌軍閥까지 가지는 않더라도 통치
권이 분산될 수도 있다는 것을 우려했기 때문이라는 것이다. 그
러나 등소평은 한 치의 내색도 없이 걸출한 장군이었던 하룽과도

한 집안 식구처럼 지내는 친화력과 인간적인 매력을 발휘했다.

　장가계張家界란 명승지를 아직 가보지 못했다. 중국을 여행하면서 명승지라곤 태산, 아미산, 계림을 빼고는 특별히 기억에 남는 데가 없다. 양귀비와 병마용兵馬俑으로 유명한 서안西安만 해도 공산혁명과 관련이 있어서 두 번 다녀왔을 뿐이다. 아미산도 등소평의 고향인 광안을 찾아가는 길에 들렀으며, 계림은 광주에서 장사로 가는 길에 잠시 들렀다.

　요즘 한국의 관광객들이 많이 찾는 장가계 홍보물을 보다가 '하룡賀龍'이란 이름을 발견하고, 하룡 장군이 바로 이곳 출신이라는 것을 알게 되었다. 앞에서 인용한 호탕한 성격의 텁보 장군인 그 하룡이다. 하룡은 남송南宋의 충신인 '악비岳飛 장군'이라는 별명을 갖고 있다. 그는 모택동이 농민의 무장봉기를 시도하기 10년 전에 이미 고향에서 농민폭동을 주동했던 전력을 갖고 있다. 그는 1927년 주은래, 주덕 등과 남창기의를 주도하면서 공산당원이 되었다.

　하룡에게는 '부엌칼 혁명'이라는 말이 따라다닌다. 그는 자기 이름은 쓸 줄 알았지만 글자(한자)를 잘 몰랐다. 남창기의가 끝나고부터 그는 글공부를 시작했다고 한다. '부엌칼 혁명'의 유래가 헤리슨 솔즈베리가 쓴《대장정―작은 거인 등소평》에 나온다.

1916년 2월 16일 하룡은 처음으로 혁명 활동을 시작했다. 그는 커다란 부엌칼을 든 농부들과 함께 염전鹽田 세무서를 습격하여 건물을 파괴하고 몇 자루의 총을 노획한 다음 세금 징수원의 목을 베었다.

문화대혁명이 일어나자 하룡도 홍위병들의 '투쟁'의 대상이 되었다. 홍위병들은 1967년 정월, 이틀에 걸쳐서 하룡의 집을 뒤지고 1천 장이나 되는 기밀문서들을 빼앗아갔다. 잠시 중남해 안에 있는 주은래의 거처 서화청西花廳으로 피신했었지만 이곳 또한 안전지대는 아니었다. 간신히 서부 지역에 은신처를 마련했으나, 그곳은 임표와 비밀경찰 두목 강생康生이 지배하는 구역이었다.
　강생은, '투쟁'으로 상대하기에는 하룡이 너무 벅찬 존재였던지 '의학적 수단'을 써서 죽음을 재촉하기로 했다. 오랫동안 당뇨를

국민당을 공격하고자 사천으로 진군하는 도중의 하룡(맨 왼쪽).

앓고 있어서 인슐린 치료를 받아야 하는 하룡에게 인슐린이 아닌 포도당 주사를 놓게 했다. 1969년 6월, 하룡은 그렇게 죽어갔다.

장가계를 가면 빼어난 자연 경관뿐 아니라 그 지역의 역사 이야기도 알고 오는 것이 좋겠다. 일찍이 한漢 고조 유방劉邦의 개국공신인 장량張良은 '토사구팽兎死狗烹'을 미리 피해서 경관이 수려한, 이곳 청암산青巖山 골짜기로 깊숙이 숨어들었다. 토끼 사냥이 끝나면 사냥에 나섰던 개는 쓸모가 없어져 주인에게 잡아먹히기 마련이다. 개국에 공을 세웠지만 왕이 된 유방에게 장량은 사냥이 끝난 뒤 개의 신세일 수가 있었다. 장량과 쌍벽을 이루었던 또 한 사람의 개국공신 한신韓信 장군은 미련을 버리지 못하다가 끝내 비참하게 죽어갔다.

현명한 장량이 스스로 몸을 숨긴 곳이 오늘의 장가계였다. 원래 이 지역엔 장張씨 성을 가진 사람은 한 사람도 없었다고 한다. 장량이 살고부터 '장가계張家界'가 되었다. 하룡은 1896년, 이처럼 특이한 유래를 가진 장가계의 상식현에서 태어나 청소년 시절을 보냈다. 현재 그의 생가가 복원되어 있고, 생가 앞의 풍우교도 현재 하룡교로 불리고 있다고 한다. 장가계 여행에서 '하룡'이라는 이름 하나를 통해서 우리는 문화대혁명 등 격동의 중국 현대사에 접근할 수가 있다.

등소평은 고향인 사천성을 사랑하고 그리워했다. 그래서 말년의 그는 짬을 내어 아미산과 낙산樂山 등 명산과 명소를 찾기도 하고, 장강 유람에 나서기도 했다. 사천성 아미산은 3,099미터 높이로 새벽 해맞이가 유명하다. 1989년 겨울에 내가 찾았던 아미산 정상은 짙은 안개 속에 묻혀 있어서 아쉽게도 해맞이를 못 했던 것이 기억난다.

고향을 그토록 그리워했으나 등소평은 그의 생가가 있는 광안을 일생토록 찾지 않았다. 겉으로 내세운 이유는, 고향 사람들을 번거롭게 해서는 안 된다는 것이었다. 자식들에게도 될수록 고향을 찾지 말라고 일렀다. 1980년대에 들어 중국의 실질적 국가 지도자는 당연히 등소평이었다. 그 '영광'의 자리에서도 그는 '금의환향'을 스스로 마다했다. 고향이 바로 코앞인 성도까지가 스스로 정한, 귀향 코스의 마지막 지점이었다.

논두렁에 버려져 있다시피 하는 아버지의 묘와, 비교적 잘 다듬어진 어머니의 묘를 등소평인들 왜 생전에 한 번쯤 가보고 싶지 않았겠는가. 모택동도 1959년 4월, 고향 떠난지 32년 만에, 고향 소산에 있는 부모님 산소 앞에서 엎드려 절을 올렸다. 등소평은 모택동의 속마음을 너무나 잘 알고 있었다. 등소평 자신이 모택동 앞에서, 모택동 사후에 군벌이 일어나 천하가 혼란스러워질지 모른다고 걱정하는 말도 했다. 인맥으로 얽킨 패거리, 좋은 말로 '동아리' 만드는 것을 누구보다 경계했던 그였다. 모택동 시대에는 엎드리며 지켰다고 한다면, 그 뒤로 자기 시대에 와서는 더욱 적극적으로 모범을 보이며 스스로의 다짐을 지켜나갔다고 할 수 있다.

백성을 잘 먹이는 것이 진짜 공산당

문화대혁명의 주체도 중국공산당이요, 개혁·개방정책의 추진 주체도 중국공산당이다. 파괴와 건설의 주체가 모두 같은 공산당이다. 영구혁명을 이념화해서 줄기차게 추진했던 모택동과, 이에 맞서 만난을 무릅쓰고 중국의 현대화를 지향했던 등소평도 같은 중국 공산혁명의 1세대 지도자이다.

서방의 시각으로는 이해하기 힘든 부분이 바로 그것이다. 왜 중국에는 여당, 야당이 없을까. 선거에 따라서 정권교체가 이루어지고, 아울러 정책의 변화도 자연스럽게 이루어질 텐데 말이다. 1949년 집권 이래 중국공산당은 한 번도 정권을 놓친 적도, 스스로 놓은 적도 없다. 그 넓은 땅과 10억이 넘는 인민을 하나의 당이 60년 동안 줄기차게 다스리고 있는 것이다.

등소평의 개혁·개방 정책은 모택동이 주도했던 10년 동안의 일대 격랑이었던 문화대혁명의 종말과 함께 비로소 꽃을 피울 수 있었다. 건국의 1급 공신들인 주은래·유소기·주덕·팽덕회·등소평 등이 한결같이 중국의 미래는 현대화밖에 없다고 주장하고 있을 때, 모택동의 생각과 지향은 달랐다. 그는 인민공사와 대약진 운동, 반反 우파 투쟁으로 이들 당의 주역들을 심하게 옭죄고 있었다. 1959년 유소기가 국가주석이 되었을 때, 모택동의 심기는 아주 불편했다. 주은래, 유소기, 등소평이 당과 나라를 다 말아먹고 있다고 생각해 노골적으로 불평도 했다.

당의 실권파들을 공격하고 파괴하려면 외곽에서 때리는 방법밖에 없었다. 계급도 차별도 없다는 공산사회에 점차 계급이 생기고 계층 사이에 이질감과 불화가 조성되는 것을 빌미로, 모택동은 젊고 순수하고 혁명의 열정에 불타는 젊은 학생들을 투쟁의 전면에 배치하는 뜻밖의 방법을 택했다.

‘조반유리造反有理’를 내세워 "지도부를 공격하라!"고 선동했다. 무릇 모든 반대에는 나름의 이유가 있다는 것이 ‘조반유리’이다. 공격 대상의 정점에 유소기와 등소평이 있었다. 결국 유소기는 당으로부터 ‘영구 제명’을 당하고 감옥에서 죽었다. 문화대혁명이 얼마나 비극적이고 처절했던가를 유소기의 죽음이 웅변적으로 말해준다.

그의 죽음은 가족에게도 알려지지 않았다. 하기야 아내인 왕광미王光美마저 감옥살이를 하고 있었으니 더 말할 나위가 없다. 1968년 8월, 중국공산당은 그에게 ‘반도叛徒, 내간內奸, 공적工賊’이란 몹쓸 죄명을 씌워 ‘영구 출당’ 조치를 내렸다.

홍위병에 시달려 만신창이가 된 몸으로 그는 이듬해인 1969년

10월 북경에서 하남성 개봉開封으로 쫓겨나, 그해 11월 11일 새벽에 71세로 개봉감옥에서 눈을 감았다. 시신을 처리할 때에도 그의 이름은 유소기가 아니었다. '사망인 성명—유위황, 직업—무업, 사인—병사' 그리고 '열성 전염병자'로 다루어 죽자마자 화장해버렸다. 사망진단서에 적힌 그의 이름 유위황劉渭璜은, 사실 그의 자字였다. 유소기의 본명은 소선紹選이고, 위황은 자였다. 공산혁명에 뛰어들면서 그도 이름을 바꾸었다. 유소기로.

　하남성 개봉은 국화로 유명하다. 기온이 무척 낮고 일조시간도 짧은 것이 국화를 재배하는 데 도움이 되는 것 같다. 그래서인지 국화라는 이름의 이 가을꽃이 여름에도 피는 곳이 개봉이다. 국화는 통상 장례식에 많이 쓰이기 때문이다. 중국 사람들이 꽃을 선물할 때 국화만은 피한다고 한다. 그런데 국화로 유명한 이 개봉에서 국가주석을 지낸 중국공산당의 최고 지도자의 한 사람인 유소기가 죽어갔던 것이다.

　최근 한 일간지 특파원의 재미있는 글을 보았다. 〈덩샤오핑의 후계자가 된 홍콩〉이란 제목의, 최형규《중앙일보》홍콩 특파원이 쓴 기사였다. 등소평의 후계자는 흔히 강택민과 호금도로 알려져 있지만, 실제 후계자는 30년 전에 중국으로 되돌아온 '홍콩'이라는 것이 기사의 골자였다.

　이 기사에 나오는 중국인 금융전문가 유청송劉靑松은 4년 전에 정부 계획에 따라 홍콩에 가서 일하게 된다. 그는 홍콩의 금융

시장에서 미국인과 영국인 밑에서 하루 10시간씩 일했다. 작년에 대륙으로 돌아온 그는 현재 상해, 광동과 더불어 중국 3대 경제권으로 발돋움하는 천진天津시에서 핵심 금융전문가로 일하고 있다고 한다.

그가 한 말이다.

> "선진 시스템과 법치 정신, 그리고 전문성……중국의 미래를 결정할 대부분을 홍콩이 갖고 있다. 내가 홍콩에 온 이유와 돌아가 무엇을 할지를 알았다."

등소평이 홍콩 같은 것을 한두 개 더 갖고 싶다고 한 말이나, 홍콩을 되찾지 않으면 역사의 죄라고 한 말은 결코 정치적인 발언이 아니었다. 실사구시 정신에 따라 나라의 먼 미래를 내다본 국가 지도자의 경륜을 이런 곳에서 읽을 수 있다. 등소평의 생각과 바램은 오늘의 홍콩이 성공적으로 증명해 주었다.

그러나 등소평의 개혁·개방정책이 중국공산당이 만들어낸 자산이라는 점이라는 게 외국인에겐 좀처럼 이해되지 않는 것 같다. 호금도 주석이 에너지 외교라 해서 전 세계를 누비고 다니면서 한편으로 중국공산당의 정통성과 중국의 정체성을 살리려고 안간힘을 쓰는 것을 보면서, 이것 또한 서로 모순되는 하나의 수수께끼라고 생각하는 사람이 적지 않다.

등소평이 보기에 개혁·개방은 중국공산당을 위해서도 반드

개방·개혁 정책으로 빠르게 발전하고 있는 중국을 만들어낸 것은 바로 중국공산당이다.

시 필요했고, 개혁·개방을 추진하기 위해서도 공산당이 필요했다. 그는 경제전문가가 아니라 탁월한 정치지도자였기 때문에 개혁·개방의 필요성을 누구보다도 절감하고 있었다. 백성을 잘 먹이는 것이 공산당이라는 것은 그의 일관된 신념이자 주장이었다.

중국공산당이 사상을 해방하고 새로운 활로를 열기 위해서는 반드시 개혁·개방이 필요했고, 개혁·개방이라는 아직까지 있어본 적이 없는 역사적인 대변혁을 성공하기 위해서도 등소평에게는 공산당의 통치력과 역사적 소명감이 필요했다.

서방인들은 '시장경제=자본주의=정당정치(양당 또는 다당제)'라는 등식을 어릴 적부터 배우고 익혀왔다. 그러나 평생을 공산주의자로 살았고, 중국 공산혁명의 선두 그룹에 있던 등소평과, 등소평의 중국인들에겐 그런 등식이 쉽게 이해될 수도 없고 받아들이기도 어렵다고 하겠다.

중국의 정치현황에 대해서 조금씩 불만을 드러내는 중국의 젊은 지식인들과 얘기해보면, 뜻밖으로 한국의 어지러운 정치현실을 부러워하지 않는 것을 보고 약간 당황스러울 때가 있다. 너무 질서가 없고 뒤죽박죽이라는 촌평이 쉽게 나온다. 그들은 변화를 갈구하면서도 중국 자체를 망가뜨리는 급격한 변화에 대해서는 무척 조심스럽다. 미국이나 한국의 대통령 선거 같은 것을 보면서, 사람들의 마음을 확 씻어주는 카타르시스 작용만은 인정하지만, 그런 정치가 중국에는 맞지 않는다고 못을 박는 경우가 많다.

신영복 교수는 그의 저서 《강의》에서 '중국이 추구하는 21세기의 구성 원리'에 대해 얘기하고 있다. 그가 바라보는 오늘의 중국은 '자본주의를 소화하고 있는 중'이며 '자본주의와 사회주의를 지양한 새로운 구성 원리를 준비하고 있는 현장'이다.

기 소르망이 중국의 현재와 미래에 대하여 어두운 전망을 하고 있는 것과는 달리, 신 교수는 매우 긍정적이며 희망적으로 진단하고 있다. 이 같은 신 교수의 희망과 기대에 동조하는 한국의 지식인들이 적지 않다.

21세기에 들어 국가들 사이의 경쟁은 더더욱 치열해지고 있다. 아귀다툼에 가까운 생존경쟁의 무대가 21세기에도 여전히 펼쳐지고 있다. 양질의 국가 지도자 그룹을 어떻게 효율적으로 만들어내는가에 따라 결과가 많이 달라질 것이다.

한국에는 고위 공무원을 만들어내는 기능으로 고시考試제도가 있다. 1948년 건국 이래 줄기차게 있어온 제도이다. 다른 한편으로는 각종 선거로 고위 공직이나 지도자 그룹에 합류하는 경우가 있다. 정당 활동을 통한 선거의 결과로서 새로운 지도자 그룹에 들어가거나, 일정한 틀의 시험에 합격해서 법조계나 정부에 들어가는 것 말고는 달리 뾰족한 '출세'의 길이 없다.

앞에서 유청송은 중국의 미래를 결정할 요소로 '선진 시스템과 법치정신, 그리고 전문성'을 들었다. 이러한 덕목들이 오늘의 우리에게도 적용될 수 있는 것일까? 그렇다면 옛날 과거科擧 제도의 맥을 이어온 '고시' 출신 인력이 21세기 국가 경영의 주체로써 얼마만큼 보탬이 되고 이바지할 수 있을까.

한국의 정당들이 가지고 있는 인적 자원에 문제는 없는 것일까. 정파 사이의 이합집산은 말할 것도 없고, 훈련되지 않고 정제되지 않은 인력들이 오로지 선거의 결과로서 지도층에 바로 진입할 수 있는 우리의 정치제도가 이대로 지속되어도 좋은 것인지, 깊은 성찰이 있어야 할 것 같다. '선진 시스템과 법치정신, 그리고 전문성'은 국가 선진화와 통일시대를 열어갈 우리에게도 합당한 필요조건이라면, 이를 감당할 수 있는 선진화된 인재 발굴과 양성 시스템의 개발이 절실한 과제가 되어야 하지 않을까. 오늘의 중국을 보며 골똘히 생각해 본다.

6

오늘의 중국을 보며
내일의 한국을 생각한다

한국은 1948년 건국 이후, 두 차례에 걸쳐 커다란 전쟁을 치렀다. 한국전쟁과 베트남전쟁. 한국군은 나라 안에서는 중국과, 나라 밖에서는 베트남과 피를 흘리며 싸웠다. 한국전쟁에서는 남북한이 싸우는 데 중국이 나선 격이었고, 베트남전쟁에서는 월맹과 미국이 싸우는 데 우리가 끼어든 형국이었다.

이제 한국과 중국은 국교가 수립되었고, 베트남에도 한국의 경제 진출이 활발하다. 언제 우리가 목숨 걸고 싸운 원수였더냐 싶게 친밀한 사이가 되어버렸다. 특이한 것은 전쟁 당사국이었던 한국의 경제발전이 양국의 경제개발 모델로 원용되었다는 사실이다. '한강의 기적'은 가장 효율적인 내수용이면서 수출용으로도 모범적인 교본으로 크게 인정을 받았다. 국제관계에는 영원한 우방도 영원한 적국도 없다는 말이 그대로 실증된 셈이다.

한국이 1960년대 후반부터 경제개발에 성공하면서 비약적인 경제성장을 하고 있을 때, 중국은 1966년부터 10년 동안 문화대혁명이라는 국가적 대혼란에 빠져 있었다. 1980년대에 들어서서 등소평의 개혁·개방정책 덕분에 어느 정도 경제대국의 기반 조성에 성공하고 있었지만, 1988년 분단국가로는 상상도 못할 올림픽을 치르는 한국을 경이로운 눈으로 바라보아야만 했다.

그러나 오늘의 중국은 다르다. 너무 달라졌다. 바로 그들 자신이 2008년 북경 올림픽을 치렀다. 10여 년 전만 해도 시골 비행장이나 다름없던 북경 수도首都 공항이 이제는 세계 굴지의 국제공항으로 탈바꿈했다. 2008년 2월 29일 수도 공항의 제3터미널이 문을 열었는데, 그 규모는 인천국제공항의 두 배나 된다고 한다. 무려 170개의 축구경기장이 들어갈 수 있는 넓이로, 영국 런던의 히스로 공항의 5개 터미널을 합친 것보다 크다는 것이다. 15년 전의 북경공항을 기억하면서 새로 생긴 제3터미널을 드나들다보면, 상전벽해桑田碧海란 것이 바로 이런 것이구나 절감하게 된다.

꼭 20년 전, 서울 올림픽을 부러워하던 그들이 어느새 한국을 눈 아래로 내려다보기 시작하는 징조가 여러 군데에 드러나고 있다. 한국이 나라 안에서 과거사 파헤치기와 이런 저런 편 가르기에 여념이 없는 사이, 중국은 동북공정東北工程이다 뭐다 해서 한국인의 신경을 건드릴 대로 건드려 왔다.

한국이 양극화 해소다, 분배 우선이다, 신도시 건설이다, 부동산 정책이다 하며 알맹이도 없이 부산을 떠는 사이, 중국은 도광양회(빛을 감추고 힘을 기른다)에서 유소작위(有所作爲 : 필요할 때 할

일을 다한다)로 기지개를 펴고 있다. 등소평의 선부론先富論에서
호금도의 화해사회론和諧社會論으로 완만한 선회가 이루어지고
있는 것이 중국의 현실이다.

지역과 계층 사이의 갈등과 긴장을 해소하고, 조화로운 사회
를 지향하는 것이 화해론의 골자이다. 호금도가 2004년 9월에
제창하여 지난 2006년 10월, 중국공산당 16기 중전회中全會에서
새로운 당 이념으로 채택된 화해사회론은 이제 '국가부강', '민
족 진흥', '인민행복' 의 보장이라는 중국의 현재 위상에 걸맞는
전향적 국가 목표를 제시하는 선까지 나아가고 있다.

2006년 11월 4, 5일 이틀 동안 북경에서는 중국과 아프리카 협
력포럼 북경 정상회담이 열렸다. 48명의 아프리카 수뇌들이 호금
도 등 지도부와 75차례에 걸쳐 양자회담을 했다. 지구상에서 48
명의 한 지역 정상들이 자리를 함께 한 것은 UN이 아닌 곳에서
는 처음 있는 일일 것이다. 중국은 100억 달러나 되는 아프리카
여러 나라들의 빚을 탕감해주었다. 체제와 이념에 상관하지 않고
오로지 실리외교로 달리는 중국이다. 중국 외교는 전통적 공산주
의 노선에서 벗어난 지 이미 오래다. 아프리카 자원 개발 국가들
은 이제 거대한 블랙홀과도 같은 중국에 빠져들고 있다.

북경 올림픽을 계기로 중국의 국가 위상도 치솟을 대로 치솟
았다. 중국 국가주석을 예방하고 함께 기념사진을 찍기 위해 세
계의 정상들이 30분 씩이나 줄 서서 기다려야 했다는 이야기도
국제사회의 변화를 실감나게 해주는 대목이다. 중국측이 의도적

여러 나라를 순방하며 활발하게 외교를 펼치고 있는 호금도 주석.

으로 힌 것은 물론 아니었지만, 현실이 그랬었다는 인식이 중요
하다.

이 쯤에서 모택동이 1950년대에 했던 말을 상기할 필요가 있
겠다. 모택동은 "50년 뒤, 중국은 강대한 사회주의 공업국이 될
것인데, 그때 가서 스스로 대국주의大國主義를 경계해야 한다"고
말한 바 있다. 이 말은 모택동 특유의 엄살일 수도 있고, 대국주
의에 시달린 나머지 대국주의에 대한 혐오감에서 나온 진정성의
발로일 수도 있다. 그 무렵 모택동은 미국, 소련 양 진영의 패권
주의에 외롭게 맞서면서 비동맹국들의 단합을 강조하고 있었다.
모택동이 전망했던 중국의 공업화와 강대한 사회주의 국가건

설은 그가 선호했던 모식模式이 아닌, 전혀 엉뚱한 등소평의 개
혁·개방 정책으로 꽃을 피우고 있다. 그러나 모택동이 50년 전
에 꺼냈던 대국주의 경계론이라는 화두는 오늘에 와서 더욱 유
효하고 절실하다.

아프리카 정상 48명을 한 자리에 모아서 빚을 탕감해주고 협
력을 다지는 일이 실제로는 굴절된 대국주의의 표현인지, 약소
국을 포용하며 다 함께 잘 살아보자는 부린富隣정책의 표출인지
꼬집어 설명하기는 어렵다. 그러한 중국의 오늘을 바라보는 세
계의 시선도 복잡하기 이를 데 없다.

2006년 11월 초에 있었던 미국의 중간선거 기간 중, 미국의
유력 TV방송들이 정치인을 풍자하는 정치 개그를 많이 내보냈
다. 민주당이 공화당의 대북한 정책의 오류를 지적하자, 개그
맨은 "미국 대통령 부시에겐 아예 대 북한 정책이란 게 없었는
데……."라며 부시를 꼬집었다. 그렇다면 오늘날 한국 정부에
는 대중국 정책이란 것이 있는 것일까. 분명 있기는 할 텐데, 어
떤 모양일지 궁금하다.

중국의 《신민보新民報》라는 신문은 지난 2006년 10월 15일자
에서 일본과 한국을 비교하며 우리를 비아냥댔다. UN 대책에서
한국은 '역보역추亦步亦趨'의 모양이라고 비판했다. 남이 걸으
면 따라 걷고, 남이 달리면 따라 달린다는 얘기다. 줏대도 주견
도 없이 남의 장단에 놀아나다보니 제대로 된 걸음걸이가 될 수

없다. 늘 기우뚱거리는 절름발이 걸음이 될 수밖에 없다.

일본은 '견벽청야堅壁淸野'라고 했다. 이 말은 원래 《삼국지》나 《위서魏書》에 나오는 전략 가운데 하나로, 성을 튼튼히 지키며 상대의 공격에 대비해서 미리 미리 식량과 가축 등을 말끔히 치우는 전략이다. 대비를 완벽하게 한다는 뜻이 될 것이다.

'역보역추'라는 빈정거림은 한국에 대한 단순한 모략성 폄훼일까? 중국인이라고 다 그렇게 생각하는 것은 아닐 것이다. 그러나 중요한 것은, 중국 언론이 벌써부터 한국을 얕잡아보는 발언을 쉽게 하고 있다는 사실이다. 이러한 시각에서 중국의 대일본, 대한국 정책이 펼쳐지고 있는 것이 아닐까 하는 우려를 떨쳐버릴 수 없다. 혹시 중국은 우리의 대중국 정책도 대UN 정책처럼 '역보역추' 정도로 이해하고 대응하고 있는 것은 아닌지 두렵다.

중국에선 소학교 학생들도 당시唐詩를 배운다는 얘기를 앞에서 한 바 있다. 이렇게 어릴 때부터 중국 고전에 익숙한 중국의 지도자들은 틈이 날 때마다 당시와 송사宋詞를 인용하거나, 어떤 때는 자작시 낭송을 즐기기도 한다. 호금도 중국 국가주석도 미국 대통령 부시를 만났을 때, 오찬 건배사를 하면서 의미 있는 시 한 구절을 읊었다.

언젠가 저 산의 정상에 올라서서	會當凌絕頂
산 아래 작은 산들을 내려다보리라	一覽衆山小

　두보의 〈태산을 바라보며望嶽〉에 나오는 구절이다. 지난 2006
년 가을, 중국 호금도 주석의 방미訪美에는 여러 말이 무성했다.
백악관 측이 끝내 국빈 방문을 거부했고, 환영 행사 때는 대만
국가를 중국 국가라고 연주하는 어이없는 일도 있었다. 의도된
실수라는 말이 나돌 정도였다. 이런 맥락에서 보면, 두보의 시는
호금도의 섭섭해 하는 마음과, 미래를 다지는 결의 같은 것이 잘
드러나고 있다.

　이 시점에서 모택동의 대국주의 경계론의 진실은 무엇일까.
앞으로 중국과 세계의 관계설정에 아주 중요한 열쇠가 바로 '대
국주의' 다.

중국의 시간은 느리게만 흘러가는 것일까?

 굴곡이 많았던 중국의 현대사에서 문화대혁명을 수습하는 것만큼 어려운 일은 없었을 것이다. 문화대혁명을 마무리하는 방법으로 똑같은 방법을 동원했더라면 오늘과 같은 중국의 안정과 번영은 없었을 것이다. 그 넓은 대륙에 피비린내 나는 보복이 이루어진다고 한번 상상해보자. 치명적인 혼란과 갈등이 온 중국을 뒤흔들었을 것이다. 개혁·개방도 전적으로 불가능했을 것이다. 중국의 개혁·개방은 문화대혁명 못지않은 변혁적인 상황이었다. 천지개벽에 가까운 대전환이었다.

 그로부터 30년의 세월이 흘렀다. 경제는 속도에 속도가 붙어 오늘의 성장을 가져왔다. 정치는 어떤가. 서방의 지식인들이 보기엔 답답하기 짝이 없을 것이다. "우리는 과도기에 있다"는 등소평의 말을 꼬집어, "그러나 그 과도기는 영원히 지속되고 있다"고 비아냥댄 것이 대표적인 사례이다. 중국의 정치적 변화는 대체로 완만하다. 그런 속에서 정치권력을 시민과 나눠 가져야 한다는 목소리가 점점 높아가고 있다.

"중국 헌법에 '모택동 주석'의 이름이 몇 번이나 나올까?" 하고 물으면, "아직도……?", "'모 주석'의 이름이 아직도 있느냐?" 하는 반응들이 적지 않다. 지난 2007년 3월 5일의 중국인민대표대회에서 통과된 결의문엔 모택동의 이름이 빠져 있었다. 결의문은 "전국 여러 민족 인민들은 호금도 동지를 총서기로 하는 당 중앙위원회의 지도 아래 '등소평 이론'과 '세 가지 대표 중요사상'의 위대한 기치를 높이 들고……개혁·개방과 사회주의 현대화 위업을 적극 추진해나가야 한다"고만 되어있다.

온가보 총리의 '정부사업 보고'도 "호금도 동지를 총서기로 하는 당 중앙의 두리(주변)에 굳게 뭉쳐 '등소평 이론'과 '세 가지 대표 중요사상'의 위대한 기치를 높이 들고……"라고 장시간의 연설을 마치고 있다.

현행 중국 헌법엔 모택동 주석의 이름이 두 번 나온다. 그러나 앞의 결의문과 총리 연설에서 보다시피, 모택동이란 이름 석 자는 이제 중국의 중요 회의에서 슬그머니 사라지고 있다. 지식인들마저 헌법 속에 모택동의 이름이 있는지 없는지 아리송해 할 정도로 세상이 변해버린 것이다.

천안문 광장엔 아직도 모택동의 대형 초상화가 걸려 있고, 중국의 모든 단위 지폐에 모택동의 얼굴이 나오지만, 이제 '모택동 사상'은 더 이상 중국의 미래에 영향을 주지 못한다. "헌법 속에 아직도?"라는 반응을 보인 사람들은 "모택동 주석의 이름을 거론 안 한 지는 오래 되었는데……"라고 말끝을 흐린다.

중국 헌법도 몇 차례 손질되었다. 하지만 헌법 서언의 도입부에 나오는 "모택동 주석을 수령으로 하는 중국공산당"이란 구절은 그대로 살아 있다. 두 번째로 이름이 나오는 대목은 "중국 각 민족 인민들은 계속 중국공산당의 영도 아래, 맑스-레닌주의, 모택동 사상의 인도 아래"라는 부분이다. 그런데 이 구절 바로 다음에 두 번씩이나 또 다른 문구가 첨가되었기 때문에, "아직도?" 하는 혼란이 생기는 것이다.

'맑스-레닌주의, 모택동 사상……'에 이어 '등소평 이론'이란 구절이 1999년 3월의 헌법 개정 때 새로 들어갔고, 다시 2004년 3월의 개정에는 강택민이 주창했던 '세 가지 대표 중요 사상'마저 추가되었다. 현행 헌법은 "맑스-레닌주의, 모택동 사상, 등소평 이론, '세 가지 대표 중요 사상'의 인도 밑에"로 정착이 되었다. 그리고 "공업, 농업, 국방과 과학기술의 현대화를 점진적으로 실현한다"는 말 뒤에 "물질문명과 정신문명의 조화로운 발전을 추진한다"를 덧붙여 호금도 주석의 '화해론和諧論'을 뒷받침했다.

지난 2007년 3월의 전국인민대표자대회에서 토지 소유를 인정하는 물권법物權法이 통과되었다. 최근에 열렸던 제4회 전국과학기술대회에서는 호금도 국가주석이 '혁신형 국가' 지향에 대한 의지를 밝혔다. 온가보 총리도 정부 사업 보고에서 '혁신형 국가 건설'을 강조했다. 중국이 느린 걸음이기는 하지만 제 갈 길은 제대로 가고 있다는 느낌을 강하게 주는, 주목할 만한 변화요 발전이라 할 것이다. 물권법 제정은 어쩌면 실제 생활이 앞서가고 법이 뒤를 따라가고 있는 형국이라 할 수 있겠지만, 그 법 제정의 의미는 결코 단순하지 않다. 30년 가까운 개혁·개방정책으로 개인과 가정의 저축이 비약적으로 늘어났으며, 대다수 인민들은 '자기 살림'을 갖게 되었다. 중국의 경제 전문가들은, 개인의 소유가 극도로 제한되었던 공유 체제에서 개인의 소유를 허용하고 인정하는 사유 체제로 중국이 단계적으로 변하고 있음을, 물권법의 제정이 잘 보여주고 있다고 말한다.

> 개혁·개방이 실시되기 이전 중국에서는 부동산이든 생산 원료든 소비품이든 모두 공동소유였다. 개인들은 그 중의 일부를 할당받을 수 있는 표만 나누어 받는 셈이었다. 그래서 독립된 인격이나 권리 같은 것을 생각할 수도 없었다. 이제 중국에서 물권법이 통과돼 각 개인들의 소유권이 인정됐으니, 개인들의 소유권뿐만 아니라 개인들의 인권이 보장되는 기초가 마련된 것이다. 지금까지는 각 개인과 가정에 생명의 안전과 재산들을 지킬 의무가 없었으니, 그런 환경에서 무슨 법치나 민주를 논할 수 있겠는가?

위의 글은 《조선일보》의 〈동아시아 칼럼〉에 소동파蘇東波 중국재정금융연구원장의 글을 북경지국장 박승준 기자가 정리하여 지난 2007년 5월에 실은 것이다. 소동파 원장은 사유경제의 확장에서 오는 사회적 역기능도 걱정한다. '권귀자본주의權貴資本主義'가 문제라는 것이다. 사유경제 체제를 운영하는 과정에서 그동안 공유경제를 주물렀던 내부 인사 곧, 일부 특권층이 이익의 배분을 독점하는 최악의 상황을 염려하고 있는 것이다. 그러나 중국이 2008년 북경 올림픽을 앞두고 민주화의 벽돌 하나를 더 쌓아올린 것만은 틀림이 없다.

아직도 중국인의 자존심을 건드리는 것 가운데 하나가 '짝퉁 경제'이다. 이미 상해 같은 대도시에서는 유명한 짝퉁 전문시장이 두 차례에 걸쳐 된 서리를 맞았다. 상해시 공상국工商局은 최근 베르사체 같은 20개의 세계 유명 브랜드 제품은 허가받은 전문점에서만 거래하도록 하여 '짝퉁' 유통을 원천봉쇄했다. 단속의 근거는 '지적 재산권 위반'이다.

중국은 예로부터 땅이 넓고 생산물이 풍부하다[地大物博]고 알려져 있다. 타고난 자원 국가라는 것이다. 그러나 이러한 막연한 관념이 아직도 중국을 지배하고 있는 것이 아닌가 하는 반성이 최근에 일어나고 있다. 중국은 현재 자원 외교에 총력을 쏟고 있다. 과학기술의 혁신이 지속적으로 또 효과적으로 이루어지지 않는다면, 중국의 미래는 있을 수 없다는 것이 호금도의 '혁신국가' 지향의 핵심이다. 느리지만 정확하게, 그들은 그들 나라의 진로를 제대로 챙기고 있다.

자원빈국? 세계의 자원을 빨아들이는 속사정

　중국은 자원이 풍부한 나라인가? 아닌가? 새삼스레 문제 같지 않은 문제를 한번 내 본다. 땅은 엄청 넓고 인구도 세계 제일인 중국이다. 물산이 풍부한 나라로 치부되어 왔다. 그런데 요즘 중국 정부나 전문 분야 지식인들의 걱정을 들어보면 그게 아닌 것 같다. 오히려 '자원 빈국'이라는 인식이 강하게 퍼지고 있다. 중국이 더 이상 '지대물박地大物博'이 아니라는 자성自省이 중국 안에서 일고 있다. 오늘날 중국의 기본 실정은, 인구는 턱없이 많은데다 발전의 기초는 약하고 자원과 생태 환경도 상대적으로 부족하다는, 자가진단마저 나오고 있다.

　최근 《인민일보》에 실린 한 칼럼은, "중국의 1인당 경작지 면적은 세계 평균 수준의 2분의 1, 1인당 수자원 보유량은 세계 평균의 4분의 1, 1인당 삼림 면적은 세계 평균의 5분의 1, 4종의 주요 광산자원 1인당 보유량은 세계평균의 절반에 불과하다"고 지적하고, "자원 보유량은 적고 에너지 소모량이 큰 현실은 중국의 자원 부족과 경제발전의 모순을 가중시키는 동시에, 절약의 절박성과 중요성을 더욱 표출시킨다"(《베이징 저널》 제480호)고 강조하고 있다.

모택동 시대를 그리워하는 사람들이 아직도 있다. 농촌의 경우가 더하다. 사람에게 견디기 힘든 것이 상대적 박탈감이다. 적어도 모택동 시대는 너나 없이 가난한 '빈곤의 평등' 시대였다. '나 하나 못 사는 것'이 특별히 억울하지도, 배 아프지도 않았다. 지금은 시장경제에 따라 치열한 경쟁 시대에 살고 있다. 각자 자기 주머니를 차지 않으면, 또 하루라도 주머니를 불려나가지 않으면 불안하고 불행하다.

지역과 계층에 따라 다소의 차이는 있겠지만, 오늘의 중국이 '절대빈곤'으로부터는 일단 해방되었다는 진단이 쉽게 나온다. 통계로도 검증이 가능하다. 국제기준으로 따져도 인도는 절대빈곤층이 인구의 34퍼센트(3억)인 데 견주어, 중국은 17퍼센트(1억 6천만)으로 추산되고 있다. 정부는 농촌으로부터 걷는 세금을 없앴다. 하루가 다르게 물가가 오르고 있어서 농민들에게 정부의 세금 감면이 피부에 와 닿지는 않을지 모르겠지만, 이처럼 어려운 정부의 정책결정은 명분만으로도 농민의 마음을 달래고 급한 불은 끌 수 있다.

문제는 인구가 13억이라는 사실에 있다. 그 많은 사람들 사이에 지역 사이, 계층 사이 소득의 불균형이 날로 커지고 있는 것이 문제다. 어느 하루아침에 중국정부가 국민으로부터 1달러씩을 거둔다고 한다면 단번에 13억 달러가 모아진다. 거꾸로 정부에서 13억 인구에게 10달러씩의 혜택을 준다고 가정하면 130억 달러의 돈이 소요된다. 130억 달러면 우리 돈으로 13조원 남짓 된다.

13억 인구를 고루 배불리 먹게 하고, 좋은 옷 입게 하고, 현대식 아파트에서 살게 한다고 할 때, 식량과 옷감은 다 어디서 끌어대며 철골과 시멘트 같은 건축자재와 석유 등의 자원은 다 어디서 구해야 하는가. 중국인의 풍요한 삶은 지구상의 제한된 자원에 충격을 줄 수 있다. 하나의 조크이긴 하지만, 중국의 가난은 인류의 재앙이고 중국의 풍요 또한 지구의 재앙일 수 있다고 나 혼자 생각해해 볼 때가 있다. 중국은 세계의 자원을 빨아들이는 거대한 블랙홀인 것이다.

오랜 사회주의 생활습성에서 중국인들은 가난은 견디어낼 수 있어도 불평등은 참지 못했다. 다 같이 누리는 '배고픔'은 참을 수 있지만, 남은 잘 살고 나만 못 사는 불평등은 가난한 사람들의 '배를 아프게' 한다. 그러나 절대기아에서 벗어난 오늘날, 이제 '배고픈' 것은 면하게 되었다고 하지만 '배 아픈' 현상이 두드러지게 나타나기 시작했다. 경제정책이 바뀌면서 개개인의 소득에 차이가 나기 시작한 것이다. 지난날의 '배고픈' 것도 실제로는 많이 힘들지만 오늘의 '배 아픈' 것에 비하면 좀 낫다는 생각이 들 법도 하다. '배고픈' 것과 '배 아픈' 것을 동시에 해결해야 하는 것이 중국이 당면한 딜레마이다.

하긴 이러한 사회적 모순과 정책적 갈등은 중국에만 해당되는 것은 물론 아니다. 자유경제를 하는 나라, 선진화를 지향하는 발전 단계에선 으레 따르기 마련인 고통이며 고민이다. 개혁·개방 정책을 줄기차게 추진한 결과로 오늘의 중국이 그런 고민의 지경에까지 올라섰다는 것 자체에 큰 의미를 찾아야 할 것이다. 우리가 주목해야 할 대목이 바로 그것이다.

발해만灣 지역에서 저장량 규모 10억 톤 급의 대형 유전이 발견되었다고 해서 중국이 떠들썩하다. 하북성 당산시 경내에 자리한 이 유전의 탐사 면적은 1,750평방킬로미터, 그 가운데 육지 면적은 570평방킬로미터, 해변의 모래사장이 1천 평방킬로미터나 된다. 40여 년 동안의 탐사 끝에 찾아냈다고 한다. 지난 2007년 5월 1일, 온가보 중국 총리는 직접 이 유전을 돌아보고 흥분을 감추지 않았다. "나는 이 소식을 듣고 흥분해 잠을 이루지 못했다. 5·1절 기간에 특별히 찾아와 여러분에게 축하를 보내는 동시에 경의를 드린다"고 현지 일꾼들에게 인사말을 했다. 노동절 연휴인데도 현장을 찾아와서 인민들의 가슴을 두드리는 지도자의 이러한 행동은, 인민들을 희망의 언덕으로 끌어 올리는 중요한 구실을 한다.

정치에는 감동이 있어야 한다고 하는데, 통치에도 감동을 불러일으키는 기술이 필요하다. 한국의 고위층들이 무슨 현장을 찾는 걸 보면 대체로 딱딱하기 짝이 없다. 고개를 끄덕끄덕 하며 설명을 경청하고, 굳은 얼굴로 지시를 내리고, 그리고는 대형 승용차에 올라 손을 흔드는 것으로 현지 방문을 끝낸다. "소식을 듣고 흥분해 잠을 이루지 못했다"고 새 유전 발견에 들떠있는 지도자를 보는 국민들도 아마 함께 신나고 흥분을 감추지 못할 것이다. 이런 '감동의 쇼'는 백번 있어도 좋은 것이 아닌가.

중국에는 1년에 세 번의 황금연휴가 있다. 음력 설인 춘절春節과 5월 1일 노동절, 10월 1일의 건국절이다. '배고픈 단계'를 넘어선 중국 인민들은 휴가를 이용하여 고향도 찾고 여행도 떠나는데, 땅은 넓은데 교통수단은 만만치 않다. 그래서 정부는 인민들의 편의를 위하여 2000년부터 이 세 휴일 기간에 한하여 약 1주일 동안의 연휴를 갖도록 했다. 내수 경기 진작도 숨은 이유 가운데 하나였다.

지난 5월 노동절 연휴 기간에 최소 1억 5천만 명이 여행을 다녀왔다는 통계가 있다. 중국 인구의 10퍼센트 남짓한 숫자이지만 1억 5천만이면 한반도 인구의 갑절이 넘는다. 항공편도 늘고 서비스가 좋은 버스도 생기는 등 교통수단도 이제는 다양해졌지만, 일반 서민들은 아직도 기차에 많이 의존하기 마련인데, 여기에 문제가 생겼다.

정부에서 임시 열차를 증편해주지 않은 것이다. 기차역은 물론 버스 터미널과 공항에는 표를 사려는 사람들이 한꺼번에 몰려들어 인산인해를 이루었다. 숙박시설이나 식당 등도 예약이 폭주했다. 모처럼 정부에서 인민들의 편의를 위해 마련한 정책이었지만 실제 상황은 엇나가고 있었다.

업계에서는 노동절 황금연휴 특수로 즐거운 비명을 질렀지만, 인민들의 불만은 점차 이 황금연휴에 대한 거센 비판으로 이어졌다. 지난 5월 1일 하루에 북경의 자금성을 찾은 관광객은 7만 4천 명, 2일에는 수용인원의 2.3배인 11만 5천 명에 이르렀다. 그러나 자금성 관광을 바라는 절대다수의 중국 농민 수에 비추면 '새발의 피'였다.

다 같은 농촌이라 해도 지역에 따라서 소득과 쓰임새의 격차가 날로 커지는 것도 문제다. 어떤 농촌은 가구의 반 이상이 자가용을 소유하고 있다는 사실이 보도되기도 했다. 1억 5천만 명이 여행을 다녀왔다고 하지만 더 많은 서민들은 귀성이나 관광은커녕 현상에서 일에 매달려야 했다. 더구나 황금연휴 동안 1주일씩이나 은행이나 공공기관이 문을 닫다보니, 기업체나 개인기업도 업무가 제대로 돌아가지 않아 야단들이었다. 네티즌들의 아우성이 빗발쳤다. 어떤 네티즌은, 노동절 연휴는 '황금의 주간[黃金周]'이 아니라 '죄짓는 주간[遭罪周]'이 되었다고 말하며, '세 가지 죄[三宗罪]'를 들먹이기까지 했다. 첫째는 경치를 망가뜨린 죄, 둘째는 여행길을 고생길이 되게 한 죄, 셋째는 시간을 낭비하게 한 죄 등이다.

"코끼리 다리가 아무리 가늘어도 쥐 다리에 비할쏘냐"라는 말이 있다. 중국인들의 전통적인 강대국 의식을 드러낸 말이다. 그 거대한 몸통이 자원 낭비에 몸살을 앓고 있다. 그래서 올해부터

중국정부는 세 번의 장기연휴를 없애버렸다. 대신 전체 휴일 수
는 줄이지 않고, 대신 다른 이름의 휴일을 많이 만들어냈다.

상해 양산심수항에 세계인이 몰려온다

양자강이 황해 바다와 닿는 지점을 장강 삼각주長江三角洲라
일컫는다. 장강 삼각주는 양질의 항만을 필요로 하고 있다. 현
재 상해항의 수심은 9.4~15미터 정도인데, 만조가 되어야만
2,500TEU 물량을 실은 화물선이 드나들 수 있다. 세계 제1의
물류 허브 항으로 발전시켜 나가는 데에는 한계가 있다. 그렇다
고 무작정 준설만을 계속할 수도 없기 때문에 수심 15m의 항구
적인 항만 시설이 필요했다.

지난 2004년 통계를 보면 상해항의 총 물동량은 3억 7,900
톤에 이르렀다. 세계 2위였다. 컨테이너 물동량은 세계 3위로
1,455만 TEU였다. 물동량은 날로 증가 추세에 있다. 상해와 가
까운 바다 한 가운데 수심 15미터 이상의 섬을 찾아낸 것이 절강
성의 양산도洋山島였다. 양산도와 육지를 잇는 다리를 만들고,
소양산도와 대양산도 두 개의 섬에 대규모 컨테이너 터미널을
만들자는 구상은 그래서 나온 것이었다. 1차 공사는 재작년에

완성을 보았다.

입구에서 양산 보세항구 관리위원회가 발행하는 임시통행증을 받아서 32.5킬로미터의 동해대교를 건넜다. 바다 위에 놓인 부분만도 25킬로미터나 되는, 세계 최장의 다리라고 하는데, 상해 남회구의 여조항蘆潮港과 양산항을 이어주고 있다. '소양산 터널[隧道]'을 지나 펼쳐지는 양산 심수항은 하나의 별천지였다.

그런데 소양산도에 이어 대양산도 공사도 진행 중이었다. 전망대 비슷한 바위산에 오르니 사방이 창망한 바다였다. 컨테이너를 연방 실어 나르는 배와 화물차가 이 바위섬을 들락거리고 있었다. 양산 심수항의 최종 규모는 선석船席 52개(수심 15미터), 처리 능력 2,200만 TEU, 세계 최대 규모를 목표로 하고 있다.

2년 전, 나는 부산 신항新港이 건설되는 가덕도加德島를 가 본 적이 있다. 20여 년 전에 가덕도 앞 바다에서 생선회를 먹던 것만을 추억 속에 넣고 현장을 찾은 나에게, 가덕도 신항의 거대한 밑그림과 부푼 꿈은 '천지개벽이 바로 이런 것이구나' 하는 감탄을 자연스럽게 내뱉게 했다. 그러니 그보다 규모가 크고, 이미 1차 공사를 마쳐 이미 가동하고 있는 양산 심수항 컨테이너 터미널 광경은 또 다른 경악의 대상이 되기에 충분했다. 거대한 자본이 투입되는 이러한 공사들은 2010년 '상해 엑스포EXPO'와 연동되어 추진되고 있는 것도 눈여겨 볼 대목이었다.

바위에 새겨진 '양산 심수항에 부치는 글' 또한 걸작이었다. 중국인다운 자기 자랑과 긍지가 넘쳐 있었다. "天涯賓朋踏浪

而來"로 시작되는 글은 "偉哉洋山大港, 世界惊嘆, 人間滄桑"으로 끝맺고 있었다.

"천하의 벗님네들, 파도를 타고 이리로 오나니. 오 위대하도다 양산대항이여, 세계가 경탄하고 사람들이 몰려드는 도다."

대충 이런 뜻의 격문이 아닌가 싶다.

삼협댐 건설과, 양자강 물을 황하로 끌어가는 남북수조(南水北調), 그리고 양산 심수항 건설 등을 보며, "중국이 돈이 많긴 많구나!" 하는 감탄사가 절로 나왔다. 달러가 넘쳐나는 오늘의 중국, 그 돈을 어디에 어떻게 투자하느냐에 따라 중국의 미래는 결정될 것이다. 등소평의 말을 빌린다면 "지금 잘 하고 있지 않느냐?"가 될 것이다.

외국 기자와 등소평이 어느 날 이야기를 나누었다.

"당신이 죽고 난 뒤에도 개혁·개방 정책이 계속된다고 보는가?"

"개혁·개방 정책과 내 죽음이 무슨 상관이냐? 중국의 개혁·개방 정책은 건국 이래 중국이 실패와 성공을 거듭해 온 모든 정책의 총화이다. 그것이 좋은 것이라면 내가 죽고 난 뒤에도 계속할 것이고, 좋지 않은 정책이라면 지금 당장이라도 폐기해야 할 것이 아닌가? 그런데, 지금 잘 하고 있지 않느냐?"

1992년 제2차 남순강화南巡講和에 나섰을 때, 등소평의 나이는 88세였다. 이 무렵에 찍은 등소평의 사진을 보니 90을 바라보는

경제특구로 지정된 심천을 둘러보는 등소평.

노인의 기색이 완연했다. 그럼에도 그는 1984년의 제1차 남방 순시에 이어, 8년 뒤 88세 고령의 나이에도 심천深圳 등지를 다니며 개혁·개방을 다그치고 있었다.

8년 전 제1차 남방 순시 때만 해도 심천과 홍콩은 비교가 되지 않았다. 그때 등소평은 심천의 낡은 망대에 올라 홍콩을 바라보았지만, 영국 대처 수상과 협상이 잘 풀려서 홍콩 반환도 타결을 보았고, 이제 5년 뒤면 꿈에 그리던 홍콩 땅을 밟을 수 있는 터였다. 그는 새로 만든 심천의 통도대교 위에서 홍콩을 바라보며 "1997년 홍콩이 조국의 품에 돌아오면 반드시 홍콩을 찾아가겠다. 걷지 못하면 휠체어라도 타고 가겠다"고 기대와 의욕을 불태웠다.

비록 홍콩 반환이라는 역사적 대사건 몇 달 전에 세상을 뜨고
말았지만 등소평은 그의 '한 나라 두 체제一國兩制' 구상으로 홍
콩 반환을 매듭지을 수 있었다. 쉽게 물러나는 것이 못내 아쉬웠
던 영국이 '중국 주권, 영국 통치'라는 편법을 내놓았을 때, 이
런 제안을 한 방에 물리칠 수 있었던 것이 '한 나라 두 체제'라
는 절묘한 대안이었다.

홍콩 반환 못지않게 등소평이 역점을 두었던 국가적 과제가 상
해 개발이었다. 등소평이 죽고 10년이 지났다. 그의 역점 사업은
오늘에도 줄기차게 이어지고 있다. 등소평이 오늘의 양산 심수항
을 보았더라면, 1920년 열여섯 살의 나이로 상해 항구에서 배를
타고 프랑스로 향했던 날을 회상하면서 어떤 상념에 젖을까?

우리에게도 팔순을 넘긴 정치 지도자들이 적지 않게 생존해
있다. 전직 대통령만 해도 벌써 다섯 사람이나 된다. 이미 현직
에서 물러났다고는 하지만 국가경영에 대한 훈수나, 경륜을 앞
세운 지도와 충고 같은 것은 할 수 있는 일일 것이다. 그러나 우
리의 현실은 안타깝게도 그렇지 못한 것 같다. 지난 대통령 선거
앞뒤만 보더라도 그들 과거 지도자들의 언동은 그만 한 수준에
미치지 못했다. 대선大選 정국의 울타리 안에 갇혀 있는 인상이
었다.

대한민국이 다당제 정치인만큼 어쩔 수 없는 측면이 있었다고
변명할 수도 있겠지마는, 도대체 우리나라에 10년이 넘은 정당

이 몇 개나 될까? 정치인들의 거듭되는 이합집산離合集散은 말할 것도 없고, 정당의 이름 하나 뚜렷하게 기억하기 힘들다. 그러한 정치놀음에 부화뇌동한 것인지, 정치적 이해관계를 계산한 것인지, 전직 대통령이나 지도자들은 너나없이 내 편, 네 편으로 갈라져 지난 대선의 열기를 달구었다.

한 수 가르치는 것인지, 새롭게 줄을 서는 것인지 분간조차 안 되는 모습들이었다. 명색이 정당정치 하는 나라인 만큼, 자기가 속했던 정당이나 가까운 정당의 후보를 지지하는 것쯤 하등 문제될 것은 없다. 그러나 조금 비켜서서 한번 그때의 그 모습들을 되돌아보자. 나라의 백년대계를 다짐하는 원로 정치 지도자들의 음성과 행보가 너무나 아쉽지 않은가? 우리 정치의 한계일까, 운명일까. 양산 심수항을 에워싸고 있는 황해 바다가 너무나 넓고 망망하게 다가왔다.

단동에서 본 끊어진 다리가 머릿속에서 쉽게 지워지지 않았다. 중국은 한반도의 전쟁에 직접 개입해서 전쟁 당사국이 되었다. 1950년 9월 맥아더 장군의 진두지휘로 인천 상륙작전이 성공하고, 바로 서울 탈환과 북진이 이어지면서 평양과 원산이 유엔UN군과 한국군의 손 안에 들어오자 중공군의 한반도 진입이 시작되었다. 200만 명의 중공군 병사들이 '인해전술'로 한반도의 전선을 누볐다. 지금도 18만 3천 명의 중공군 전사자들의 시신이 북한 땅에 묻혀 있다.

　한국의 한 케이블 방송(중화TV)이 중국이 만든 〈압록강의 기억〉이란 기록 영화를 상영한 적이 있다. 참전 동기와 과정도 물론 중국 시각으로만 되어 있다. 압록강을 건너서 한국 땅으로 진격해 들어가는 중국 병사들의 모습을 나레이터는 "그 기상, 너무도 웅위하도다氣像非常雄偉"라고 소리를 높이고 있었다.

　그 영화에서는 사령관으로 내정된 팽덕회가 주로 참전을 주장하는 것으로 묘사되고 있었지만, 중공군 참전의 진상은 그리 단순하지가 않다. 도입부만 해도 주목되는 나레이션과 비밀스런 이야기도 간간이 나왔다. 예를 들면, "9월의 인천상륙작전의 성공으로 미국의 한반도 점령의 제1차 계획은 완성되었다"라는 해설은 통상적인 우리의 역사 인식과는 괴리가 너무 크다. 아니 정반대이다.

　참전 직후 팽덕회가 산속의 김일성을 찾아가서 만나는 장면도 나온다. 팽덕회가 묻는다. "병력은 어느 정도인가?" 김일성이 조금 머뭇거리며 "이건 비밀인데 당신에게만 말한다. 우리 병력은 3개 사단만 남아 있다"고 대답한다. 중공군이 참전할 무렵, 북한군의 병력이 고작 3개 사단에 지나지 않았다는 증언도 흥미를 끄는 대목이다. 함경도 깊은 산속으로 숨어들어 유격전으로 전쟁을 이어가느냐, 아니면 국경 넘어 만주로 도망가서 망명 정부를 세우느냐, 그 당시 북한 정부의 다급했던 상황을 읽을 수 있다.

모택동이 한국전쟁 참전을 결심하게 된 여러 이유 가운데 하나로 북한의 만주 망명정부 수립 가능성을 드는 주장이 최근에 나왔다. 만일 북한의 망명정부가 만주에 세워진다는 것은 소련군으로 하여금 다시 만주로 진입할 수 있는 평계가 되고 빌미가 된다. 소련 군대가 다시 중국 동북지역에 나타나는 상황은 중국으로서는 최악의 상황이다. 이러한 위기 상황을 막기 위하여 모택동이 참전을 결심하게 되었다는 것이다. 중국 측 자료에 나오는 이야기이다.

한국전쟁과 관련된 새로운 자료들이 러시아로부터 계속 쏟아져 나오고 있다. 남한의 '북침 혐의'를 깨끗이 씻어낸 것도 이러한 러시아 자료 덕분이다. 우리는 그동안 스탈린·모택동·김일성을 한국전쟁의 공모자로 쉽게 말해왔으나, 이 세 사람 사이에

한국전쟁 당시 병력에 대해 이야기를 나누고 있는 팽덕회(좌)와 김일성(우).

도 미묘한 갈등과 입장 차이가 보인다. 모택동으로서는 다급해
진 북한을 도와서 당장 미국 세력이 다시 한반도로 밀려오는 것
을 막아야 했고, 스탈린이 지원하는 전쟁에 직접 나섬으로써 소
련으로부터 군사·경제 원조를 더 많이 받아내야 하는 속사정도
있었을 것이다.

30년 가까이 국민당군과 싸우고 일본군과 싸우며 기력이 바닥
난 중국공산당이었다. 민생부터 먼저 챙겨야 하고, 피폐된 경제
를 일으켜야만 하는 신생정부가 제2차 세계대전 이후 세계의 최
강국이 된 미국과 맞바로 붙어서 한판 전쟁을 치른다는 것은 엄
청난 부담이 아닐 수 없었다. 여기에 스탈린의 '음모론'이 설득
력을 갖게 된다.

소련은 1950년 6월, 유엔 안전보장이사회에서 세계의 예상을
뒤엎고 거부권을 행사하지 않았다. 그래서 미군과 유엔군이 합
법적으로 한국전쟁에 나설 수 있는 길을 열어주었다. 스탈린의
예상과 전략은 그런대로 맞아떨어졌다. 스탈린은 2차 대전 후에
전과로 얻은 동유럽 공산권의 안정적인 유지를 무엇보다 중요시
했다. 미국의 막강한 군사력을 아시아 지역, 그것도 한반도의 전
쟁에 장기간 묶어둠으로써 그의 전략은 성공을 거둔 셈이었다.

중공군의 한국전쟁 참전은 소련에게 일석이조一石二鳥의 이익
을 주는 좋은 장사였다. 이제 막 일어서려는 중국공산당을 전쟁
에 끌어들임으로써 중국의 힘을 뺄 대로 빼는 것이다. 그렇게 되
면 중국은 소련에 대한 의존도를 높일 수밖에 없고, 세계 공산주

의 종주국인 소련에 감히 맞설 수 없게 된다는 것이 스탈린의 속셈이며 노림수였다는 것이다. 북한군이 패주하여 중국 동북 3성에 망명정부를 세워, 이를 빌미로 다시 소련군이 중국 땅으로 올 기미를 보인다면, 중국이 가장 우려하는 전후 최악의 시나리오가 되는 것이었다.

중국 자국중심사상의 역사적 배경

한국은 미국의 잉여농산물에 목을 매달고 보릿고개를 넘기다가 중국의 문화대혁명 기간인 1960년대 후반부터 경제적 도약을 하게 된다. 20년의 시간차로 올림픽을 치르는 두 나라가 되었지만, 현재로는 한국이 간발間髮의 차이로 앞서가고 있는 것 같다. 그 편차가 좁아지는 날이 한국의 위기이다. 이미 경제적으로 추월당했다는 시각도 있다.

그러나 우리 역사에서 오늘만큼 중국의 영향권으로부터 멀리 있어 본 적은 일찍이 없었다. 한국 기업이 물밀듯이 중국으로 들어가고 한국의 관광객이 중국 전역을 유람하면서 우월감을 만끽하는 시대가 단군 이래 언제 또 있었던가. 크고 작은 중국 안의 한국 기업과 업체가 중국의 젊은이들의 취업을 돕고 있다. 이들이 한국말을 열심히 익히며 한국의 대중문화를 동경하여, 한때는 '한류韓流'가 중국을 휩쓸기도 했다.

한반도에 대한 중국인의 향수와 일본 사람들의 추억은 역사적 사실에 바탕을 두고 있다. 우리는 원하지 않지만 그런 향수와 추억은 엄연히 존재한다. 유럽의 단합과 공동체 구성을 부러워하고, 한·중·일 세 나라가 주축이 되어 최소한 동북아 공동체라도 만들었으면 하는 기대들도 많지만, 안타깝게도 세 나라에는 그런 역사적 기반이 조성되어 있지 않다는 것이 내 생각이다.

영국과 프랑스, 독일은 앙숙 가운데서도 앙숙이었다. 서로 치고받았던 처절한 전쟁의 아픈 추억을 함께 갖고 있다. 싸울 때마다 돌아온 것은 상처뿐이었고, 셈을 해보면 빈손이었다. 그들은 초강대국 미국의 패권 앞에서 왜소해진 유럽의 자존심을 지킬 길을 찾아야 했다. 영원한 승리자도 패배자도 없는 전쟁의 연속, 그래서 빅수를 찾지 않으면 공멸할 수도 있다는 위기감에서 그런 공동체 구성이 가능했다.

한국을 제외한 중국과 일본은 아직 한국과 더불어 비김수를 찾아야 할 만큼 평화공동체 구성이 절실하지 않다. 근래 중국과 일본 두 나라의 외교를 보면 한반도의 어깨 너머로 주거니 받거니 서로 비난과 화해의 제스처를 거듭하고 있을 뿐, 그들은 한국을 대등한 적수나 파트너로 보지 않는 고압적인 자세마저 엿보인다.

한반도에 대한 그들의 진한 향수와 고약한 추억 때문이다. 부끄러운 얘기지만, 40년 넘게 한국인은 일본 제국주의의 노예였고 마름이요 종이었다. "애비는 종이었다"는 미당未堂 서정주의 절규는 시인 자신의 가계보에서 나온 메타포가 아니다. 한반도

식민지 상황을 압축한 한 마디 절창이었던 것이다.

중원中原의 지배권을 두고 원元과 명明이 혈전을 벌이며 일진일퇴一進一退를 거듭하고 있던 시대의 이야기이다. 1368년 주원장朱元璋이 지금의 남경에서 명 태조로 등극하면서 큰 싸움은 막을 내렸지만, 만리장성 이북으로 도망간 원나라의 잔존세력은 여전히 '원元'이라는 국호를 사용하면서 명을 괴롭히고 있었다. 이른바 북원北元이다.

이 무렵 한반도도 고려에서 조선으로 정권이 교체되는 미묘한 상황이 겹쳐 일어나고 있었다. 건국 이듬해 주원장이 고려에 사절을 보내 자신의 등극을 알렸다. 이때부터 고려는 원 나라의 '지정至正' 연호를 거두고 명 태조의 '홍무洪武' 연호를 쓰기 시작했다. 중국의 《명태조실록》에는 고려에 보낸 명 태조의 조서詔書도 실려 있다.

> 짐은 원래 평민이었는데, 이제 중국의 황제가 되어 팔방의 주변 국가들을 무마하고 있다. 피차간 평화롭게 지내고 변방을 소란하게 하는 일이 없도록 하는 것이 함부로 정벌을 단행해 흥하고자 하는 것보다는 나을 것이다. 고려는 하늘이 내려준 땅이라 지형이 험준하니, 짐은 조금도 탐내지 않을 것이므로 서로 편안하게 지내며……

그러나 1374년 고려에 정변이 일어나면서 다시 북원의 입김이 고려를 괴롭혔다. 북원은 공민왕이 살해되고 우禑가 왕으로 옹립되는 과정에 간섭을 했다. 고려는 명나라 연호 '홍무'를 버리고 다시 북원 소종昭宗의 '선광宣光'이라는 연호를 쓰게 된다. 1378년 소종이 죽고 북원의 힘이 쇠잔해지자 고려는 다시 명조의 '홍무' 연호를 쓰기로 했다.

명나라, 원나라의 틈새에서 시시각각으로 눈치를 보며 연호를 바꿔 써야 하는 것이 고려왕조 말기의 실상이었다. 그뿐이 아니었다. 이러는 과정에서 고려는 신흥 명나라에 1384년까지 대량의 말과 금, 은을 공물로 바쳐야 했다.

조선왕조의 운명도 별다를 바 없었다. 태조 이성계는 1392년에 등극했다. 같은 무렵 명나라에서도 내란이 일어나 혜제惠帝가 연왕燕王 주체에게 쫓겨나는 사태가 발생했다. 새로 임금이 된 명의 성조成祖는 이미 번왕으로 있을 때부터 조선과 접촉이 있어서인지 조선왕조에 까탈스럽게 굴지 않았던 것 같다.

조선왕조 태종이 임금이 되기 전 성조를 만났던 적이 있었고, 일설에는 성조의 생모인 석공비石貢妃가 고려인이었다는 이야기도 있다. 이런 소용돌이 속에 조선은 연호를 또 바꾼다. 혜제의 연호 '건문 4년'을 '홍무 35'년으로 바꾼 것이다. 성조가 등극하고 난 뒤 대륙의 명나라와 한반도의 조선왕조는 대체로 우호 관계를 유지한 것으로 기록되어 있다.

북경대학 한국학연구센터에서 펴낸 《중한관계사中韓關係史》에서 한 대목 인용해본다.

1402년 명 성조가 즉위한 때로부터 1592년 일본군이 조선을 침략
할 때까지 근 2세기에 걸쳐 명과 조선의 관계는 안정적인 발전 단계
에 있었다.……양국은 정상적인 관계를 유지했으며 화목한 왕래를
유지했다. 조선은 바다 동쪽에 위치하고 있으며 명나라와 가깝게
맞닿아 있고, 오랜 기간 중국 문화의 영향을 받은 예의지국이었다.
그렇기 때문에 명의 각 속국 중에서 가장 중시되었으며, 자주 상을
내려주었고 인정상 가까웠기 때문에 다른 번국들과는 감히 비교할
수도 없었다. 구체적인 교류 중에는 때로 약간의 갈등과 마찰이 있
기도 했지만……

중국인 역사학자가 쓴 글이다. 우호적인 글 같지만 그들이 예
사로 쓰는 '속국'이란 말이 상처를 준다. 이 책은 북경대학 역
사학과 교수들이 중심이 되어 펴낸 것이지만 한국에서 연구비를
지원해주었다고 한다. 이러한 사정으로 미루어 중국 학자들로서
는 표현에 있어서 한국을 최대한 배려하려고 애썼을지도 모르겠
다. 그러나 옮긴이도 '역자 후기'에서 다음과 같이 절망에 가까
운 분노의 말을 했다시피, 한국과 중국의 역사 인식은 그 간극이
너무나 크고 깊다.

그러나 그러한 여유 있는 생각을 가지고 책장을 넘기는 순간부터 중

국인들의 일방적인 자국중심의 역사인식을 느끼게 됨은 가히 충격적이라고 하지 않을 수 없다. 그것은 다시 말해서 자신들의 일방적인 역사인식이라고 하기 이전에 이미 강박적으로 박혀 있는 지울 수 없는 역사인식의 벽이라고밖에 표현할 수가 없다.

한반도에 대한 중국인의 향수는 이처럼 뿌리가 깊다. 중국의 동북공정에 대해서 우리가 중국 정치인들의 두루뭉술한 군더더기 말에 현혹되지 않고 계속 경계심을 늦추지 않아야 하는 것은, 이토록 뿌리 깊은 저들의 향수병 때문이다. 한국의 경제가 간발의 차이로 중국에 앞서 있는 형국이 오늘의 한중 관계이다. 그들의 향수를 향수에 머물게 하기 위해서도 우리의 분발과 냉혹한 역사 인식이 그 어느 때보다 절실하다.

사느냐, 죽느냐,
전략이 있느냐, 없느냐

중국은 예로부터 전략과 전술에 강하다. 《손자병법孫子兵法》이
나 《육도삼략六韜三略》 등등 이 방면에 명작도 많다. 모택동은 전
략·전술에 통달했다. 모택동만이 아니라, 오늘의 중국도 전통
적인 중국 고래古來의 전략·전술을 잘 활용한다.

1939년에 모택동은 홍군대학을 위해 3개의 교훈을 내려 보냈다.

1. 견정하고 정확한 정치 방향.

2. 간고하고 소박한 공작 작풍.

3. 영활하고 기동적인 전략 전술.

한마디로 요약하면 영활성과 원칙성의 통일이라 하겠다.

앞에서도 말해듯이, 모택동이 일찍이 소련의 흐루시초프 앞에
서 등소평을 가리켜 '원칙성도 강하고 영활성도 강한 인물' 이라
고 평한 말은 유명하다. 결국 중국의 현대사는 모택동 다음에 등

소평의 시대가 예비되어 온 것이나 마찬가지 결과가 되었다. 원칙성과 영활성에 특출한 당대의 전략가 두 사람이 차례로 국가 경영을 맡아서 오늘의 중국을 일구어 냈다고 말할 수 있다.

모택동 전략의 또 하나의 특징은, 전략상에서 적을 멸시하고 전술상에서는 적을 중시한다는 것이다. 우선 상대를 멸시해야 상대에게 겁 없이 덤벼들 수가 있다. 그러나 한편으로 상대를 어려워하고, 상대를 이겨내는 방법을 찾아내지 못한다면 백전백패하고 만다. 그가 늘 질책하고 비판했던 것이 '우경右傾 패배주의'와 '좌경左傾 모험주의'였다.

우경 기회주의는 적을 호랑이 대하듯 미리 겁부터 내 감히 싸우려 들지 않는 것이고, 좌경 기회주의는 맹목적으로 싸우려 덤비기만 할 뿐 싸워서 이기는 방법을 찾으려 하지 않는다는 것이었다. 그래서 그는 그의 동료나 부하들로부터는 이론가이자 전략가로 부러움을 샀고, 선배나 스승으로부터는 행동가이며 실천가로 인정받았다.

한국 기업의 중국 진출도 이러한 전략 차원에서 훑어보면 재미있다. 삼성 그룹의 이건희李健熙 회장이 2007년 4월 하순 무렵, 6년 만에 중국을 방문하고 돌아왔다. 그는 1995년 4월 중국의 조어대釣魚臺 국빈관에서 한국 특파원들과 이야기하는 자리에서, "한국의 정치는 4류, 관료와 행정조직은 3류, 기업은 2류"라는 말을 해서 파문을 일으킨 적이 있다.

백번 들어도 옳은 말이다. 전략 개념에서 보면 '4류 정치'를 5
류로 끌어내리고, '2류 기업'을 1류로 끌어올려도 된다는 생각
이다. 그는 한국의 위상을 중국과 일본 사이에 끼어 있는 샌드위
치로 비유하여 공감을 불러 일으켰다. 일본은 앞서 가고, 중국은
한국을 맹추격하고 있다. 10년 뒤의 한국이 잘 보이지 않는다고
깊은 근심을 드러냈다. 편하게 생각할 수도 있다. 어차피 일본은
우리보다 앞서 있는 나라이고 중국 또한 우리를 추월하고 말 터
인데, 그것이 우리 팔자 아니겠느냐, 지정학적 운명이 아니겠느
냐고 지레 체념부터 앞세울 수도 있다.

태평양 건너 미국이 밉다 하여 조선왕조 말엽까지 조공朝貢을
바치다시피 했던 중국에게 새삼스럽게 스스로 엎어지는 모습을
보이는 것 같아, 작금의 국가 현실이 어둡기만 하다. 안타깝고
답답하다. 이것이 바로 패배주의이다. 대륙 세력에 대한 복속服
屬의 역사는 우리에게 '버려야 할 유산'이다. 21세기에 들면서,
반드시 청산해야 할 유산이 다시 기지개를 펴고 있다. 역사를 거
꾸로 돌려도 한참을 되돌아가는, 아주 위험한 정책 발상이 아닐
수 없다.

오늘의 삼성이 반도체에서 세계시장을 이끌어가고, 어느 면에
서 한국을 먹여 살리는 것도 전략에서 우위를 놓치지 않았기 때
문이다. 한국에서 뒤늦게 반도체 개발을 시도했을 때, 정부는 물
론 삼성 안에서도 반대가 많았지만 이병철李秉喆 회장이 밀어붙
였다. 전략적인 측면에서, 미국이나 일본 등 선발 국가들에게 겁

을 먹지 않고 용감하게 대들었던 것이 성공의 시작이었다면, 기업을 이어받은 이건희 회장은 전술 면에서 단순한 낙관주의나 모험주의를 배격하고 꾸준히 이기는 방법을 개발함으로써 한국 반도체의 신화를 이어가고 있다.

삼성은 지난 2006년 말까지 이미 50억 달러(약 4조 7,500억 원)를 중국에 투자했다. 강소성 소주蘇州에 있는 반도체 공장을 비롯해 26개의 투자기업이 중국에 있다. 삼성전자는 또한 2008년 8월의 북경 올림픽 공식 후원사이며, 북경 올림픽 마케팅도 이 회장의 중국 방문을 계기로 더욱 활성화하는 모습이다.

삼성만이 아니라 LG와 현대, SK 등 한국 굴지의 기업들이 공격적인 마케팅으로 중국에 진출해서 경영 성과를 극대화하고 있다. 중국의 기업 환경이 급변한 까닭으로 중국에 진출한 한국의 중소기업들은 고전을 면하지 못하고 있지만, 대기업은 나름대로 자구책과 차별적인 경영전략을 통해 중국에서 기업영역을 계속 확장하고 있다.

사실 대기업들이 중국에서 내다보는 것은 13억 인구가 가지는 막대한 구매력과 넓은 시장이다. 생산원가의 절감에만 매달려야 하는 중소기업과는 처지나 목표가 다르다. 쉬운 예로 삼성이나 LG의 전자제품만 하더라도 중국의 하이얼 같은 거대기업과는 경쟁이 되지 않는다. 중국 안에서는 역시 중국 제품이 판을 친다. 그러나 삼성이나 LG의 브랜드로 중국 시장을 공략하면 한국 내수 시장과는 비교가 안 되는 물량을 팔 수가 있는 곳이 바로 중국이다.

　상해에 거점을 둔 '신＊라면'의 농심만 하더라도 중국에서 성공한 기업으로 정평이 나 있지만, 전체 판매 물량에서는 중국 라면 기업에 한참 뒤진다. 그러나 제품의 차별화 전략으로 중국인의 라면 기호를 자극함으로써 중국시장 공략에 성공하고 있다. 어지간한 시골 마트에도 농심의 '끓이는 신라면'과 컵라면이 진열되어있는 것을 보면 신기하고 흐뭇하다.

　한국이 처한 샌드위치 상황은 매우 심각하다. 그럼에도 정부나 정치권은 4~5류 수준답게 전혀 전략적인 측면에서 접근하지 않고 있는 인상이어서 안타깝고 답답하다. '동북아시아의 허브' 운운하던 큰 목소리는 어느덧 간 곳이 없다. 원래부터 전략 부재의 헛구호였던 것이다. 동북아시아 3강 운운하는 말도, 백번이라도 듣기엔 좋은 소리이지만 한국의 경제력이 전제되어야만 가능한 이야기이다. 일본을 영원히 따라 잡지 못하고, 중국에게도 머잖아 추월당하고 만다면 경제력의 낙후는 곧바로 국가 위상의 추락으로 이어진다. 그것은 또한 잊고 싶은 치욕의 역사로 되돌아갈 수도 있는 중요한 문제이다.

　유럽 공동체와 같은 한·중·일 3국의 정치·경제공동체를 언젠가는 이뤄야 한다는 구상도 있으나, 앞에서도 말했듯이 나는 불행히도 이러한 전망과 구상에 대해서는 회의론자이다. 솔직히 말해서 중국의 동북공정에 대해서나, 일본의 독도, 정신대 문제 등에 대한 대응에서 한국은 전략 부재를 드러내왔다. 오로지 목소리 하나로 소총수 노릇만 열심히 해왔을 뿐이다. 중국이 일본을 공격할 때 포격으로 한 방씩 날린다고 한다면, 한국 정부나 언론의 반응은 소모적인 소총 공격으로 중국인들의 카타르시스까지 대행해주는 모양새이다. 잠시 끓는 냄비처럼 와글대며 일관성 없이 뒤뚱거리기만 한다.

일본은 독도나 정신대 문제 등으로 계속 한국인의 신경을 건드리고 있다. 중국은 중국대로 동북공정이다 뭐다 하면서 한반도의 역사적 정체성에 시비를 걸기 일쑤다. 이런 시비들이란 원래 당사국들 사이의 국력과 외교전략에 따라 부침하기 마련이다.

한국, 중국, 일본 세 나라 사이에는 오랜 역사의 빛과 그림자가 뒤섞여 있다. 치욕과 원한이 사무쳐 있다. 일본은 청일전쟁과 러일전쟁에서 승리하고 난 뒤부터 1945년 제2차 세계대전에서 패할 때까지 거의 50년 가까이 실질적으로 한반도를 지배했다. 중국은 또 어떠한가. 우리는 잊고 싶은 몇 천 년에 걸친 수치羞恥의 멍에를 우리에게 안겨준 나라이다. 왕년의 지배국들은 그러한 추억의 반추를 즐기기 마련이다.

나라의 영원한 제1원칙
― '국가이익'

폭풍우 휘몰아치고	風雷動,
깃발이 마구 휘날리니	旌旗奮,
이것이 바로 인간세상이어라	是人寰.
지나간 서른여덟 해	三十八年過去,
눈 깜짝할 사이 지나가버렸네	指彈一揮間.
구중 하늘에 올라 달을 따고	可上九天攬月,
오대양에 내려가 자라를 잡아	可下五洋捉鱉.
개선가 흥얼대며 돌아오리라	談笑凱歌還.
세상에 못해 낼 일 없노라	世上無難事,
마음먹고 오르려고만 한다면	只要肯登攀.

　모택동의 시 〈정강산에 다시 올라重上井岡山〉의 마지막 구절이
다. 1965년 5월 하순, 모택동은 38년 만에 자기의 첫 혁명 근거

지었던 정강산을 찾아서 이 시를 읊었다. 1937년 10월, 그는 호남성 고향에서 추수봉기를 일으켰다가 실패하고 잔여부대를 이끌고 험한 오지인 정강산으로 숨어 들어왔다. 정강산에서 시작된 그의 공산혁명 전쟁은, 1949년 10월 10일 북경 천안문 광장에서 세계 인류의 이목을 집중시키며 새 중국의 건국을 선포하면서 승리로 막을 내렸다.

"지나간 서른여덟 해/ 눈 깜짝할 사이 지나가버렸네"라고 의역을 했지만, 직역을 하면 "서른여덟 해 지나간 시간도 손가락을 튕기는 짧은 한 순간이네"쯤 될 것이다. 이 시는 중국의 유명한 시 전문 잡지 《시간詩刊》 1976년 1월호에 발표되었다. 이 시를 쓴 시기는, 1966년 문화대혁명이 일어나기 1년 전쯤이었고, 발표는 묘하게도 모택동이 죽기 8개월 전에 이루어진다.

1992년 8월 24일에 한국과 중국의 수교가 이루어졌다. 오늘에 와서 보면 15년 정도가 어느새 지나가버렸다. 38년에 비기면 '손가락을 튕기다 만' 아주 짧은 시간일 것이다. 너무나 이질적이어서 이념과 체제, 관습과 지향, 어느 것 하나도 닮은 것이 없는 두 나라가 어느 하루 덥석 손을 잡고 인적·물적 교류를 시작한 지 어느덧 15년이 넘는 세월이 훌쩍 흘러가버린 것이다.

지난 2006년 한 해만 해도 한국과 중국을 오간 사람 수는 엄청나다. 한국인 392만 4천여 명이 중국을 찾았고, 중국인 89만 7천여 명이 한국을 다녀갔다. 수교 첫해인 1992년엔 한국을 찾은 중국인이 8만 7천 명, 중국을 찾은 한국인이 4만 3천 명이었는데, 겨우 15년 만에 인적 교류는 37배나 늘어난 셈이다.

한국인 중국 유학생 수도 날로 늘어나고 있다. 지난해엔 6만 여 명이 중국으로 유학을 가서, 중국 내 전체 외국인 유학생의 40퍼센트나 차지한다. 1992년 매주 30여 회에 지나지 않던 항공편도 이제는 780회를 넘어섰다.

한국과 중국의 수교는 시기적으로 보아 사실 힘든 일이었고, 북한과 대만을 두고 외교적으로 매우 긴장되는 문제였다. 중국과 북한은 한국전쟁을 통해서 피를 나눈 동맹이었고, 대만 또한 대한민국 정부에게는 오랫동안 유일한 중국 정부였다.

중국은 북한을 달래려 공을 들였고, 한국은 서울 시내 한복판에 자리한 명동의 중국대사관을 새로 국교를 튼 중화인민공화국

1992년 한중 수교로 30년이라는 단절의 벽을 허물고, 1995년 한국을 방문한 강택민 주석.

에 넘겨주고 말았다. 북한과 대만의 배신감은 짐작이 가고도 남음이 있다. 나라와 나라 사이에는 영원한 적국도, 영원한 동맹국도 없다는 것을 여실히 보여준 극적인 사건이 아닐 수 없다.

　한중 수교보다 20년 앞서 미국과 중국은 적대관계를 청산하고 국교 수립을 다짐하는 양국 수뇌회담을 북경에서 가졌다. 당시 국제 반공反共전선의 최선봉에 섰던 미국의 닉슨 대통령이 공산 중국을 직접 방문하고 모택동과 자리를 같이 했던 것이다.

　1972년 2월 21일, 닉슨은 북경 공항에 내려 주은래 총리의 영접을 받았다. 중국 측은 많은 고위 환영 인사를 배제시키고, 비행기에서 내려오는 미국 대통령 내외를 주은래 총리 혼자서 영접했다. 전 세계의 매스컴이 주목하는 가운데 연출된, 이 선명하

닉슨의 중국 방문으로 30년 남짓 중단되었던 중미관계가 회복되었다.

고 기억에 오래 남을 '역사적인 명장면'은 오로지 닉슨 대통령에게 포커스가 맞추어지도록 배려한 결과였었다는 얘기가 나중에 나왔었다.

원래 두 정상의 만남은, 날짜와 시간을 미리 정하지 않은 상황에서 모택동의 건강상태를 고려해서 적절하게 진행하기로 되어 있었다. 그러나 모택동은 닉슨이 오는 그날 바로 만나보고 싶어 했다. 당일 만나는 것은 의전 관례상 무리였고, 일정을 조정해야 할 주은래도 이미 공항으로 가고 없었다.

나중에 이와 같은 모택동의 뜻을 전해들은 주은래가 '영활성'을 발휘했다. 닉슨과 공식 오찬을 마친 뒤, 닉슨의 다른 공식 일정이 시작되기 전에 중남해의 모택동 서재로 닉슨을 안내하도록 시산표를 바로 바꾸었던 것이다. 모택동과 닉슨의 만남은 순조롭게 진행되었다. 애초에 15분으로 예정했던 회담 시간이 65분으로 늘어나 1시간을 넘겼다. 모택동과 주은래, 닉슨과 키신저, 그리고 양 측의 통역들만 배석하는 자리였다.

미국과 중국의 수교는 철저히 국가 이익의 추구라는 원칙에 바탕 해서 추진되고 진행되었다. 닉슨은 이 점을 분명히 했다. 양국의 수교는 미국의 국가 이익을 위한 것이고, 중국의 국가 이익에도 부합하는 것임을 확실히 했다. 모택동은 바로 이러한 닉슨의 현실 추구 노선을 높이 평가했다. 닉슨이 워터게이트사건으로 대통령직에서 불우하게 도중하차하고 난 뒤에도, 모택동은 닉슨 전 대통령을 칭찬하며 챙겼다.

키신저의 회고록 《백악관 시절》엔 모택동과 나누었던 다음과
같은 이야기가 나온다.

한번은 중국 방문 중, 등소평에게 우리 양국의 관계는 서로가 상대
방에게 아무 것도 요구하고 있지 않으므로 건전한 토대 위에 있다
고 논평한 일이 있었다. 다음 날 모택동은 나의 논평에 대해 언급하
면서 동시에 세부적인 데까지 관심을 표시하였다.
그는 단호한 태도로 나의 진부함을 반박하면서 이렇게 말하였다.
"만약 어느 쪽도 상대방에게 요구할 것이 없다면 귀하는 무엇 때문
에 북경에 왔나요? 어느 쪽도 서로에게 요구할 것이 없다면 우리는
무엇 하러 귀하와 대통령을 받아들이려 한단 말입니까?"

주은래, 모택동, 닉슨, 키신저가 회담을 하고 있다.

그는 우리를 폭풍 앞에 있는 제비에 비유하였다.

"이 세상은 고요하지가 않습니다."

그는 고통스럽게 말을 토해내면서 이야기를 계속하였다.

"폭풍과 바람과 비가 다가오고 있습니다. 그리고 바람과 비가 가까워질수록 제비들은 바빠집니다. 바람과 비가 닥쳐오는 것을 연기시키는 것은 가능할지 모르지만, 오는 것 자체를 막는다는 것은 어려운 일입니다."

한국과 중국도 바람과 비가 닥쳐오니 바빠지기만 하는 제비들처럼 수교를 서둘렀던 것일까? 두 나라의 국가 이익은 무엇이었을까? 오늘에 와서 보면 분명히 '경제'였다. 공산권과의 수교의 폭을 넓히려는 한국 정부의 이른바 '북장정책'과, 중국의 당면한 경제현실이라는 두 손바닥이 마주쳐서 국교수립이라는 소리를 냈던 것이다. 한국 경제의 확실한 우위優位, 곧 1988년 서울 올림픽 이후 한국 경제의 눈부신 성장 동력이야말로 중국이 가장 탐내는 미끼일 수 있었다. 중국은 외국 자본의 투자가 간절한 시기였다.

15년이 지난 오늘에 이르러 적지 않은 분야에서 역전 현상이 없지 않고, 많은 부분에서 상호의존적인 관계가 되어버렸지만, 1992년 당시만 해도 한국 기업의 중국 진출이야말로 중국 경제의 갈증을 해소해주는 중요한 몫이었다. 양국 사이의 교역 총량은 1992년 63억 7천만 달러에서 2006년 1천 180억 5천만 달러로 무려 20배 이상이 늘어났다.

떠오르는 장백산, 낮아지는 백두산

얼마 전 한국의 한 공중파 방송이, 한국 대학생들이 연변의 조선족 대학생들과 함께 백두산에 올라 플래카드를 흔드는 장면을 보여주었다. 보는 순간 조금 생뚱맞다는 느낌이 들었다. 한중 수교 직후인 15년 전쯤의 일이리면 몰라도 지금이 어느 때인가. 요즘은 여름 방학이면 초등학교 학생도 가는 곳이 백두산이다. 여름 한철, 중국 연변자치주 수도인 연길에는 백두산 관광객으로 호텔이나 여관이 초만원을 이룬다.

대학생들의 역사 탐방이라고 해서 특별한 의미를 부여한 모양인데, 그렇다 하더라도 북한 쪽 루트를 따라간 '백두산' 등정이라면 모를까, 중국 땅 연길을 거쳐 백두산을 찾는 일은 흔하고 흔한 일이 되어 버린 지 오래다. 더구나 요즘엔 '대학생'과 '역사탐방'이란 메뉴도 희귀성이나 약발이 많이 약해졌고, 영양가도 그리 높지 않다.

나는 백두산 천지에 네 번 올라가 보았다. 복되게도 날씨가 화

창하여 매번 천지를 볼 수 있었지만, 한 번은 바람이 어찌나 세
던지 잠시 서 있기도 힘들 정도였다. 거의 엎드려서 바람이 지나
가기를 기다려야 했다. 천지까지 올라가지 않고 그 밑의 장백폭
포까지는 4~5번 더 간 것으로 기억한다.

작년 정월 초하루의 이른 새벽을 백두산에서 맞기도 했다. 해
발 2천 미터가 넘는, 장백폭포가 훤히 올려다 보이는 천상호텔
에서 하루를 묵었다. 거세게 날리는 눈보라 속에서 저무는 해의
마지막 그믐날과 새로 시작되는 한 해의 첫날을 보냈다.

비록 중국 땅을 거쳐서 가보는 백두산이지만 갈 때마다 가슴
이 이상하게 설레고 찡한 것이 사실이다. 천지의 파란 물을 보고
있으면 형용할 수 없는 격동 같은 것이 솟구친다. 이유는 모르겠
다. 아무튼 백두산엔, 우리 민족만이 느끼는 원형질의 영감 같은
것이 있지 않나 혼자 생각해 볼 따름이다.

나는 친구나 후배들에게 가능하면 백두산과 천지를 한 번쯤
다녀오라고 권한다. 백두산 산행을 이야기하다가 천지 이야기만
나오면 입을 다무는 분들이 있다. 빠듯한 여행 일정 때문에 일기
불순으로 천지를 보지 못한 사람들이 뜻밖으로 많다. 그래서 천
지는 "사람의 힘으로 오를 수는 있어도 하늘이 보여주지 않으면
내내 헛고생"이라는 농담조차 있다.

대체로 한국 관광객들은 연길을 통해서 백두산을 찾는다. 연
길에 가려면 아무래도 항공편이 편리하다. 연길에는 한국에서

연길로 바로 가는 직항로도 있고, 북경·대련·심양·장춘을 거쳐서 다시 비행기 편이나 육로를 통해 연길로 갈 수도 있다. 배편도 있다. 강원도 속초항에서 출발, 러시아의 자르비노 항구와 중국의 훈춘琿春을 거쳐서 연길로 가는 코스도 있는데, 최근 무슨 사연인지 운항을 멈추었다고 한다.

그러나 이러한 코스들도 조금씩 변화가 예상된다. 백두산 관할이 길림성으로 넘어가고, 연길이 아닌 백산이라는 도시에다 새롭게 비행장을 건설하고 있기 때문이다. 연길 시는 연변조선족자치주의 수도이다. 한국의 관광객은 연변조선족자치주도 구경할 겸 연길시를 거쳐 백두산으로 가기 마련인데, 앞으로 백산의 장백산 공항이 열리면 나라 안팎의 손님들이 연길을 거치지 않고 곧바로 중국 쪽 장백산으로 갈 수 있다. 연길과 백산은 백두산과의 거리가 비슷하지만 백산은 심양이나 대련, 장춘 같은 중국의 큰 도시와 가깝다. 중국 관광객에게는 장백산 공항이 더 편리할지 모른다.

주목되는 것은, 근래에 와서 장백산이 중국 명산 가운데 명산이 되어 특별한 관광지로 각광받고 있다는 사실이다. 이제 중국 장백산은 한국인의 '민족 감정'을 정화시키는 한국인의 '백두산'에서 중국인이 자랑하는 새로운 관광자원으로 빠르게 변신하고 있다.

길림성 산하의 장백산 보호개발구 관리위원회는 유네스코에 세계자연유산 등재를 신청했으나 기각되었다. 그러나 중국 당국은 유네스코 신청을 빌미로 백두산 출입 구역에 세워진 한국인 소유의 호텔 등 시설물 철거를 명령했고, 일부는 강제로 철거하기까지 했다. 중국 길림성은 장백산의 보호와 관리를 주요 시책의 하나로 채택하고 있다.

어떤 통계를 보니, 최근 장백산을 찾는 관광객의 70퍼센트는 중국인이고 한국인은 30퍼센트에 지나지 않는다고 한다. 그러면 한국인 관광객이 갑자기 줄어든 것일까. 아직까지는 그렇지 않다. 한국 인구는 4천500만이지만 중국 인구는 13억이다. 인구 비례로 따진다면 역시 한국인이 더 많이 백두산을 찾는다는 이야기가 된다. 가령 1만 명의 관광객이 백두산을 다녀갔다고 할 때, 7천 명은 중국인이고 3천 명은 한국인인 셈이다. 그러나 중국인 7천 명은 중국인 전체 인구 가운데 아주 적은 숫자이지만, 한국인 3천 명은 결코 작은 비율이 아니다.

현재의 연길공항은 국제공항이다. 한국인뿐만 아니라 중국인 대부분이 연길 공항을 이용해 장백산을 찾는다. 그런데 왜 새로 백산 시에 공항을 짓는 것일까. 미심쩍은 구석이 없지 않다. 아마도 조선족자치주인 연변과 백두산 사이에 거리를 두려는 것이 아닌가 하고 의구심을 가지는 사람도 있다. 여러 말들이 있지만, 더 많은 중국인에게 손쉽게 장백산 구경시키기 위해서가 아닐까 하고 생각하면 마음이 편하다.

북한과 중국은 이미 오래 전에 백두산을 반씩 나눠 가지는 것으로 협정을 맺었다. 1962년 10월에 맺은 변계邊界조약이다. 이

조약으로 말미암아 백두산의 반은 중국령 '장백산'이 되고, 반은 한국령 '백두산'이 된 셈이다. 안타깝게도 한국인들에겐 북한이 관할하는 백두산 등정 길이 막혀 있다. 극히 제한된, 특정한 손님에게만 북한 당국은 백두산 산행을 허가하고 있다.

머지않아 북한쪽 백두산 관광 길이 열린다는 소식이 있지만, 금강산 관광에서 보듯이 한참 동안 불편한 점이 한둘이 아닐 것이다. 이런 답답한 현실에서, 중국 땅의 '장백산' 정상에서 '백두산' 천지와 만나 감격을 누릴 수 있다는 것이 그나마 다행한 일이 아닐 수 없다.

중국의 많은 정치 지도자들이 장백산을 다녀갔다. 한때 중국의 최고위 지도자였던 등소평, 강택민도 장백산을 다녀갔다. 그들은 중국과 러시아의 국경지대인 방천防川도 순시했는데, 두 사람의 휘호를 새긴 커다란 바윗돌이 방천에 있다. 방천은 아주 예민한 국경지대이기 때문에 두 지도자는 방천을 다녀가면서 백두산을 들렀을 수도 있겠다.

훈춘에서 두만강 물줄기를 따라 하류를 향해 가다보면, 요즘은 잘 보이지 않지만, 한때 재미있는 현수막을 볼 수 있었다. 커다란 아치형의 현수막엔 '일안망삼국一眼望三國'이란 글자가 선명했다. 한눈에 세 나라를 본다는 뜻이다. 두만강 하류를 향해서 길을 달리면 왼쪽에 길게 철조망이 보인다. 철조망 너머가 러시아 땅이다. 오른쪽으론 두만강이 유유히 흐르는데, 흐르는 물줄기의 한가운데가 북한과 중국을 가르는 국경선이다. 중국 땅 안에서 러시아와 북한 등 세 나라를 동시에 볼 수 있다.

지난 2007년 8월 29일, 등소평의 막내딸 등남이 연길을 찾았다. 중국과학기술협회 상무부주석이 그의 현직이다. 신문에서 본 그녀는 작은 키에 둥글둥글하고, 웃고 있는 모습이 귀여운 인상이었다. 그러나 그의 나이도 50을 넘었다.

신문만 보아서는 등남의 여행 목적이나 일정이 뚜렷하지 않았지만, 장백산 등정도 일정에 포함되어 있지 않을까 짐작하는 사람들이 많았다. 하루가 다르게 장백산은 중국인으로부터 관심과 사랑을 받는 산이 되어가고 있다. 사실 장백산이 중국 명산의 하나로 자리 잡는 데에는 등소평이 결정적인 구실을 했다. 1983년 8월, 등소평이 장백산을 다녀오고 난 뒤부터 '백두산' 은 점차 '장백산' 으로 굳어지기 시작했다.

등소평은 백두산 등정 기념으로 '장백산과 천지' 라는 휘호와 함께 "인생불상장백산 실위일대감사人生不上長白山 實爲一大憾事" 라는 찬사를 썼다. "사람이 태어나 장백산에 오르지 않는다면 그야말로 가장 유감스러운 일이 아니겠는가"라는 찬사로 보아, 등소평도 어지간히 백두산의 위용과 천지의 매력에 마음을 빼앗겼던 것 같다.

등소평이 의도적으로 '장백산' 을 강조한 것인지, 등소평이 관심을 보였기 때문에 분위기가 그렇게 돌아갔는지, 아무튼 등소평의 백두산 등정이 있고 난 뒤부터 중국은 장백산이라는 이름을 본격적으로 쓰기 시작했다. 최고 권력자의 한마디가 중국의 장백산을 새롭게 탄생시킨 셈이다.

1962년 10월 12일 북한과 중국은 이른바 '조중변계조약朝中邊界條約'이라는 것을 맺었고, 1964년의 조중변계의정서에 따라 백두산을 한국 영토와 중국 영토로 나누었다. 조중변계조약은, 비밀리에 북한을 방문한 중국의 주은래 총리와 북한 김일성 사이에 맺어진 조약이다. 이때 중국 외교부장 진의가 수행했다.

이듬해인 1963년 9월에는 중국 국가주석 유소기가 평양을 방문해 이 조약을 확인하고 "백두산 꼭대기로부터 한반도 남부까지를 조선(북한) 영토로 재확인한다"는 말을 한 것으로 전해진다. 이러한 과정을 거쳐서 1964년 3월 북경에서, 북한 외상外相 박성철과 중국 외교부장 진의가 '조중변계의정서'에 서명을 했다. '압록강—백두산—두만강'을 잇는 오늘의 국경선은 이러한 경로를 거쳐서 오늘에 이른 것이다.

이 조약 제1조에도 산 이름이 '백두산'으로 되어있다. 뿐만 아니라, 청나라 말엽부터 중화민국과 만주국(일본이 만주 땅을 침략하여 세운 만주국을 중국인들은 반드시 '위(僞)' 만주국, 곧 가짜 만주국이라 부른다) 시절에는 물론, 중화인민공화국도 내내 백두산으로 표기해왔다. 그러던 것이 1983년 8월 등소평이 백두산을 등정하고 난 뒤부터 중국은 백두산 호칭을 점차 장백산으로 바꾸고, 지도에도 백두산을 모두 장백산으로 고쳐놓았다.

대만 국적을 가진 화교 부부와 그들이 운영하는 중국식당에서 짧은 대화를 나눈 적이 있다. 그들은 중화민국(대만) 여권과 중화인민공화국이 발행한 입국허가증 둘을 다 내게 보여주었다. 그들의 부모님 고향은 중국 산동성이지만 자신들은 한국에서 태어났다. 중화인민공화국과 수교한 지 15년이 되었는데 왜 아직 대만 시민권을 가지고 있느냐고 물었더니, 대만 여권이 외국 나들이에 편리하기 때문이라 한다.

선조의 고향에는 자주 가느냐고 물었더니 대체로 1년에 한 번씩은 다녀온다고 대답했다. 올 봄에도 다녀왔다고 한다. 10여 년 전에 갔을 때에는 가난에 찌든 삶을 보고, "야 공산당 사회가 다르긴 다르구나, 하는 생각에 하루가 무섭게 한국으로 돌아오고 싶었다"고 말하며 웃는다. 하지만 10년 전과는 완전히 다르게 변모한 중국 대륙을 다녀오는 그들의 가슴은 뿌듯했을 것이다. 자랑과 자신감 같은 것이 대화 속에 묻어나고 있었다.

대만 국적을 가지고 있다고 해도 중국 정부 입장에선 엄연한 중국 국민이다. 북경, 상해 등 어느 국제공항에 가도 대만 국적 중국인들은 홍콩 사람들과 같은 출입구를 이용하게 되어 있다. 외국인이 아닌 것이다. 대륙의 정부는 대만인의 자유로운 출입을 허용할 뿐 아니라, 적극적으로 대만 기업의 중국 진출을 장려하고 여러 가지 특혜를 베푼다.

‘경제 통일’부터 하자는 것이다. 그런데도 대만의 현 야당인 민진당은 대만 독립을 부르짖고, 대륙 정부는 절대로 대만 독립만은 허용할 수 없다고 엄포를 놓는다. 중국은 ‘일국양제’로 평화통일을 지향한다고 지난 17기 전국인민대표대회에서도 정부의 방침을 거듭 천명하고 있다.

지난 2007년 10월 15일부터 제17기 인민대표대회가 북경에서 열렸다. 서방 언론의 촉각은 이 회의에서 결정될 정치국 상무위원의 교체 범위와 그들의 정치적 배경과 성분에 집중되었다. 이러한 인사와 관련지어 일부 한국 언론들도 호금도 주석이 승리하느냐 상해방이 이기느냐, 이분법적으로 권력투쟁에 관심을 보이기도 했다.

그러나 정작 인민대표대회에서는, 그동안 개혁·개방으로 다져진 경제발전의 바탕 위에서 중국의 새로운 진로와 방향을 모색하고 설정하는 것이 중요한 관심 사항으로 다루어졌다. 빈부 격차 해소를 정점으로 교육, 의료, 주택, 취업 등 삶의 질을 높이는 더 광범위한 화두들이 대회를 지배하는 주요 논점이 되었다.

북경의 지역당 대표 토론에서 한 대표는 "공평 교육의 문제가 화두다. 이를 해결하기 위한 핵심 전제는 교육 기회와 우수한 교육 서비스를 누구에게나 균등하게 제공하는 것이다"라고 말했다.

광동성 주해珠海 지역의 한 대표는 "수입의 평등이 있어야 비로소 사람의 평등이 있다고"고 외쳤다. 이러한 주장들은 당면한 중국의 고민과 난제를 고스란히 드러내고 있다.

중국의 지도부는 이미 이러한 문제들을 해결하기 위해 발 벗고 나선 지 오래다. 작년 10월의 제16기 중국공산당 중앙위원회 전체회의中全會에서 호금도 주석의 '화해사회론和諧社會論'이 당 지도이념으로 채택된 바 있다.

중국 정부가 2020년 실현을 기약하는 9개 당면 목표가 있다.

1. 사회주의 민주법제 정비

2. 도시와 농촌 사이, 지역 사이의 격차 축소

3. 취업과 사회보장 체계 수립

4. 기본적인 공공 서비스 체계 완비

5. 사상과 도덕의 소질 향상

6. 창조형 혁신국가 건설

7. 사회 관리 체계 완비

8. 효율적인 자원 이용

9. 높은 수준의 전면적인 소강사회小康社會 실현

대회에서는 이러한 국가 목표를 재확인하고 실천 방안을 더 구체화하고자 새로운 지도부를 구성했다. 지도부의 재충전이라 할 수 있다. 중국의 이러한 지도부 개편을 단순한 권력투쟁이나 파벌 싸움으로만 보는 시각이 있는데, 이러한 시각은 굴절되거나 왜곡된 것이라 할 것이다.

중국은 당과 정부의 간부들을 대상으로 ①혁명화革命化, ②지식화知識化, ③전업화專業化, ④연경화年輕化를 강하게 추진하고 있다. 당의 정체성을 위해서도 혁명성 고양은 자연스런 목표이지만, 실제로 더 중요한 것은 지식화와 전문화, 그리고 세대교체라는 점이다. 중국 당정의 최상층 지도부인 정치국 상무위원들의 교체가 초미의 관심사가 되었던 것도 이런 배경 때문이었다.

대회 초반에 거론된 인물로, 이극강 요 령성 당 서기, 이원조李源潮, 리위안차오 강소성 당 서기, 박희래薄熙來, 보시라이 국무원 상무부장, 습근평 상해시 당 서기 등을 들 수 있는데, 새로이 정치국 위원이나 상무위원으로 발탁되리라는 전망이었다.

이들에겐 하나의 공통점이 있다. 이들 모두가 '후삼계后三屆'에 속하거나 그 언저리 연배들이라는 점이다. 중국에서는 1977, 1978, 1979년도에 대학에 입학한 세대를 가리켜 '후삼계'라고 일컫는다. 중국의 당·정부·기업 등 다방면에 걸쳐 이들 학번 세대들이 주된 미래 세력으로, 중국의 희망으로 떠올라 있다. 그들은 대체로 1947년~1955년생들이다. 그렇다면 왜 1977, 1978,

1979학번인가. 여기에 등소평의 교육개혁과 미래 지향의 강력한 의지가 드러난다.

1976년 9월에 모택동이 세상을 떠났다. 10년을 끌었던 문화대혁명의 불길이 사그라지면서 '4인방'이 타도된다. 역사의 전환점이다. 명목상의 후계 주석은 화국봉이었지만, 대세는 당의 사상 개방과 개혁·개방을 내세운 등소평의 집권으로 기울어지고 있었다. 등소평은 대학의 재건, 대학 입시의 부활을 단행했다.

그 이전의 대학 입학생은 '공농병학원工農兵學員'에 국한되어 있었다. 공장이나 농촌, 또는 군대에 있는 사람들 가운데 사상성이 좋고 모범이 되는 젊은 사람들을 골라 대학으로 보내주었다. 그러다보니 자질이나 능력 면에서 차이가 심했다. 물론 현재의 중국 지도부에도 당시의 공농병학원 출신들이 없지 않고, 최고 지도부에서 활동하는 사람도 있다. 그러나 그들 대부분은 문화대혁명이 끝나고 제대로 된 대학에서 계속 석사, 박사 학위를 한 사람들이다. 문화대혁명 기간에 대학은 이름만 대학이었지, 교수진이나 교육환경 등 모든 면에서 거의 망가진 상태라 해도 지나친 말이 아니었다.

'후삼계로 불리는' 그들은 나이 차이도 심했다. 농촌이나 공장에서 5년 내지 7~8년씩 생고생을 하며 '썩은' 젊은이들이었다. 출신 성분이 좋지 않거나 우파분자로 낙인찍혔던 사람들의 자제들이 대부분이었다. '그냥 이렇게 인생이 끝나는구나' 하고 체념과 절망감에 사로잡혀 있던 유능한 인재들이 1977년 가을, '회복고고恢復高考'의 소식을 듣고 몸부림치며 흥분했던 것이다(중국에서는 대학 입시 통일고사를 '高考'라 한다).

그동안 중국의 정치국 상무위원들은 거의가 이공계 출신으로 기술 개발형 경제 발전의 주역들이었다. 그런데 새로 짜인 젊은 지도자 그룹은 거의가 대학에서 법학이나 경제학을 전공했다. 북경대학, 청화대학, 당학교의 경제학 박사나 법학박사들이다. 5년 뒤의 국가 주석과 총리로 지목되는 습근평과 이극강이 바로 청화대학과 북경대학의 법학 박사들이다.

이공계 중심의 지도자 그룹이 국가 발전의 기능 면이나 효율적인 면에 더 높은 가치를 두었다고 한다면, 새 팀은 경제 사회적인 안정과 조화를 위한 새로운 정책 개발에 치중할 것으로 보인다. 중국의 현실과 미래가 그런 변화를 바라고 있다. 지도자 교체에서 단순한 연경화年輕化뿐만이 아니고, 전문성의 교체도 아울러 진행되었던 것이다.

중국은 어떻게 잃어버린
10년을 되찾았는가?

노귀老鬼라는 괴상한 이름의 작가가 있다. 《핏빛 노을血色黃昏》, 《어머니 양말母親楊沫》이란 작품으로 유명한 그는 중국에서 천재작가로 통한다. 그는 문화혁명 동안 몽골 자치구의 건설병단에서 5년 동안 갖은 고생을 다했다. 그는 1976년에야 노전우老戰友의 한 사람인, 아버지 친구의 도움으로 겨우 산서성 대동大同 시로 옮겨올 수 있었다.

아버지는 물론 소설가인 어머니로부터도 따돌림을 받았던 그는 외롭게, 처절하게 혼자 '어문語文 지식'을 공부하며 창작 수업을 하고 있었다. 그런 그에게도 '회복고고恢復高考'의 소식이 들려왔다. 1977년 12월 6일 오전 9시, 그는 대동 시 제10중학 교실에서 치르는 '고고'에 참가해 지나온 30년 젊은 날의 인생을 돌이키며 극도로 흥분하고 있었다.

노귀는 지난 30년의 개혁·개방으로 말미암은 사회적 진보가 없었더라면, 오늘의 '작가 노귀'는 없었을 것이라고 말한다.

1977년 이전의 30년은 그에게 굴욕과 고통, 열등감과 참담함만 안겨 주었다. 그러나 부활한 '대학 입시'로 북경대학에 진학하고부터, 그는 시대의 거대한 변화 속에서 자아 가치의 실현이라는 새로운 30년을 보낼 수 있었다.

월간 잡지《소강小康》2007년 10기(10월 1일 발행)에는〈핏빛 낭만血色的浪漫〉이란 글이

노귀의 소설 〈핏빛 노을〉

실려 있다. 이 회고에서 노귀는, 1977년 12월 고시 과목의 하나인 '작문' 시험을 치를 때의 추억을 더듬고 있다. 산서성 어문 과목의 작문 제목은 "知心話兒獻給華主席"으로, "마음속에 있는 모든 걸 당시의 국가 주석인 화국봉에게 털어내다"였다.

그의 표현에 따르면, 지난날의 "각종 신산辛酸과 능욕凌辱"이 한꺼번에 떠올랐다. "부모님의 사랑도 못 받고 한 마리 외로운 이리父母不理我, 孤狼一介"처럼 살아온 자신의 인생 역정에 스스로 격동되어 시험을 치르고 사흘 동안 안정을 찾지 못했다고 한다.

중학교의 조그만 책상 위에 수험표를 올려놓고 시험을 치르면서 그는 지난 8년 동안의 몽골 생활의 고통을 떠올리며, 마치 자기 자신이 유엔UN의 안전보장이사회安全保障理事會 대표 자리에

앉아있는 것 같은 격정을 이기지 못했다고 회고한다.

내가 아는 중국의 지식인들, 교수나 전문직에서 대체로 성공한 사람들, 특히 77, 78, 79학번 출신들과 얘기해보면 노귀의 격렬했던 심정이 이해가 된다. 그들 대부분은 농촌이나 공장, 광산에서 최소 5~6년 이상은 생고생을 한 사람들이다. 출신 성분이 좋지 않아서 갖은 수모도 겪어야 했다. 앞길이 도통 보이지 않았다. 그것이 더 암담했다. 그런 자녀들을 옆에서 또는 멀리에서 지켜보아야 하는 부모의 아픈 마음은 말할 것도 없었다.

어느 날 갑자기 그들 앞에 날아온 소식, '대학입시 회복'은 천상天上의 소리였다. 그것도 울림이 엄청나게 큰 복음이었다. 정확한 통계는 아니지만, 대체로 문화대혁명이 시작될 무렵 고등학교 학생이었던 사람들은 2,200여 만 명으로 추산되고 있다. 반면에 1977과 1978년에 입학한 대학생들은 어림잡아 40만 명 정도라고 한다. 경쟁이 얼마나 치열했던가를 웅변으로 말해주는 대목이다.

앞의 《소강》 10월호에 실린 좌담회 기사에서 진명명陳明明, 천밍밍 상해 복단대 교수는, 그들 77과 78학번 학생이야말로 '역사적 행운아'라고 말하고 있다. 만약에 문화대혁명이 끝나지 않았더라면 그들 대부분은 아직도 고난의 삶에서 벗어나지 못했을 것이다. 그래서 그들에게 1977년은 '재생의 원년'이 아닐 수 없다.

개혁·개방 30년 동안, 그들 77과 78학번은 대체로 새로운 사상을 전파하고 낡은 질서를 개혁하는 세력으로 하나의 역사적 의미를 갖게 된다. 그들은 현재 당과 정부, 학술, 교육, 기업 등에서 거의 중추 구실을 해오고 있다. 그들은 1977년에서 2008년 오늘에 이르기까지 30년 동안 중국이 이룩한 일찍이 없었던 역사적 성취와 발자취를 함께 해왔다.

중국이 사회주의 경제의 기본 틀인 계획경제를 극복하고, 자본주의식 시장경제를 과감하게 도입하면서 공업화와 현대화에 박차를 가하고, 현대국가 건설의 토대를 마련하며 '민생 행복', '사회 번영'의 길로 한달음에 나아가고 있을 때, 바로 '후삼계'가 그 핵심에 있으면서 스스로도 착실하게 성장하고 있었다.

2007년 10월 22일 끝난 제17기 인민대표대회는 예상대로 '후삼계' 세대가 중국 국가 운영의 중심부로 진출한 것을 대내외에 선포했다. 이극강이 정치국 상무위원으로 선출되었고, 이원조李源潮와 박희래가 정치국 위원으로 이름을 올렸다.

습근평은 1953년 6월생이며, 1975년부터 79년까지 청화대학을 다닌 것으로 미루어 공농병학원의 한 사람으로 발탁되어 대학에 진학한 것으로 보인다. 이극강은 1955년 7월생으로, 78학번으로 북경대학 법학부에 입학했다. 5년 뒤 그들 50대의 젊은 지도자 그룹은 중국 지도부의 최정상에서 제5대 영도집단의 핵심으로 떠오를 것이다. 그들이야말로 말 그대로 '중국 개혁·개방의 증인이며, 수혜자이며, 참여자이며 추진세력'인 것이다.

학계에도 이들 77, 78학번이 많이 진출해 있는 것으로 안다.

나로서는 만날 수 있는 범위가 대체로 교수 사회이기 때문에 그
들을 통해서 '후삼계' 세대를 살펴볼 수밖에 없다. 그들의 특징
을 굳이 말하라면, 은근히 프라이드가 강하고 국가 사회에 대한
헌신성과 열정이 대단하다고 말하고 싶다. 그들은 1977년 이전
까지의 아픈 기억을 쉽게 잊어버릴 수는 없지만, 그 이후의 삶에
서 많은 부분을 보상받았다는 생각도 하는 것 같다.

　앞에서 진명명 교수의 입을 빌려 '역사적 행운아' 라는 말도
했지만, 그들 대부분은 '행운' 못지않게 시대에 대한 소명감과
책임감도 대단하다. 꿈에 그리던 대학 입학고시를 볼 수 있었고,
대학에 진학하고서는 모든 것을 국가부담으로 공부할 수 있는
국가 시스템의 혜택도 충분히 받았기 때문에, 사회에 대한 신뢰
와 국가에 대한 책임의식이 유난히 강한 세대라고 말할 수 있다.

　얼마 전, 연변대학의 김호웅金虎雄 교수로부터 재미있는 얘기
를 들었다. 그의 형제 네 분이 다 연변대학 교수인 것은 이미 알
고 있었지만, 그들이 한 날 한 시에 대학입시를 치르고 같은 날
에 대학생이 되었다는 말은 그날 처음 들었다. 두 살 위인 그의
형 김관웅金寬雄 교수도 잘 아는 처지인데, 두 분 다 조선-한국
학 학원의 교수로 있다. 그들 형제는 현재 연변작가협회 부주석
으로 함께 일하고 있어서 주목을 받고 있다. 그러나 그들 형제가
연변사회의 이목을 집중시켰던 사건은 뭐니 뭐니 해도 1978년
네 형제가 나란히 연변대학에 입학한 사실일 것이다.

　10여 년 만에 대학 입시가 부활되어 어느 집안의 어느 학생이 대학생이 되나 좁은 연길 바닥에서 모두가 관심을 모으고 있는 가운데, 한 집안에서 네 형제가 나란히 합격을 했으니 사건치고는 대단한 사건이 아닐 수 없었다. 등소평의 대학입시 부활 정책은 이렇게 전국 도처에서 중국인을 흥분시켰고, 중국 천하를 격동시켰다. 나이 차가 있는 형제들이 꿈에 그리던, 그러나 쉽게 상상조차 할 수 없었던 대학 입시 부활 소식을 듣고 한꺼번에 지원을 했으니, 이런 일이 지구상의 어느 나라, 어느 시대에 또 있을 수 있을지 가늠이 되지 않는다. 동생들인 김철웅金鐵雄, 김영웅金英雄 교수는 각각 의과대학과 체육대학 교수로 있으며, 네 사람 다 박사학위를 갖고 있다.

　김관웅, 김호웅 형제는 연변대학의 뿌리라 할 수 있는 '조문학부朝文學部' 교수들이다. 현재의 조선−한국학학원의 전신이다. 연변대학 총장인 김병민金柄珉 박사도 조문학부 출신이며, 이 글의 앞부분에 나오는 양계초의 〈조선애사〉라는 시를 우리말로 옮긴 분이다. 작년 한국의 연세대학으로부터 용재학술상을 받았다. 연변대학 조문학부 출신으로 가장 이름 높은 분이 중국 공산당 정치국 위원이며 국무원 부총리인 장덕강張德江이다. 그는 한족으로 연변대학 조문학부를 거쳐 북한의 김일성대학에 유학했으며, 연변자치주·광동성 당 서기 등 요직을 거쳐 중앙정부의 최고수뇌부로 진입한 엘리트 중의 엘리트이다.

시장경제가 제대로 궤도를 타면서 중국 사회는 엄청나게 변하고 있다. 대체로 1980년 이전까지만 해도 대학생들은 국가의 보조를 받고 있었다. 대학생 수도 적었지만 사회 시스템이 그랬었다. 입학금과 등록금은 말할 것도 없고, 기숙사와 교과서도 무료로 공급받고, 적게나마 생활보조비도 받았었다. 그러나 지금은 아니다. 대학생 수는 늘어났고, 국가의 대학 지원금도 나날이 줄어들고 있다. 학생들은 옛날 같지 않게 등록금도 내야하고, 숙식비 모두가 자기 부담이다.

취업도 제 힘으로 해야 한다. 농촌이나 오지의 백성들은 대학 보내기가 여간 힘들지 않은 세상이 되고 말았다. 결국 부익부 빈익빈富益富 貧益貧의 문제가 중국의 진로를 새롭게 열어가도록 강요하고 있는 셈이다.

지난 2007년 가을에 한국을 다녀간 미국 최초의 흑인 국무장관이었던 콜린 파월 전 미 국무장관이 중국에 대해 한 말이 있다. "중국의 힘은 군사력에서 나오는 것이 아니라 경제적 부흥에서 나온다"고 말하고, "냉전의 위협이 사라진 지금 인류 앞에 놓인 중요 과제는 빈부격차 해소, 에너지·환경 이슈와 자라나는 세대를 어떻게 교육시키느냐다"라고 세계 전반의 문제를 진단했다. 중국이라고 예외일 수가 없다. 오히려 더 심각하다고 말할 수 있다.

1966년부터 10년 동안, 한국과 중국은 너무 다른 길을 걸어왔다. 그 기간에 한국 경제는 비약적으로 발전했으나 중국은 문화대혁명으로 쑥밭이 되어버렸다. 그러나 시장경제로 경제적 도약을 이루어냈던 한국에서는 대학생들이 학비를 마련하고자 여간 고생을 하지 않으면 안 되었으나, 중국은 이와 달리 대학생들마저 공짜로 공부하고, 취업(직장 배분)도 국가가 다 맡아서 해주었다.

한국과 중국은, 살아온 방식이나 환경이 이렇게 서로 달랐다. 우리는 문화대혁명 때 겪었던 중국인의 고통이나 사회체제 등을 이해할 수 없고, 중국 사람 또한 우리를 제대로 파악하기가 여간 어렵지 않다.

그런 사회주의 계획경제가 시장경제로 이행하면서 중국의 대학생과 학부형들은 지금 생고생들을 하고 있다. 지난 제17차 중국 인민대표대회에서 채택된 호금도의 '과학적 발전관'이라는 것도 성장과 함께 배분의 문제 또한 심각하다는 것을 얘기해준다. 다만 '양극화'니 어쩌니 하면서 '빈부격차' 문제를 노골적으로, 적대감을 드러내며 사생결단으로 정치 싸움의 도구로 삼지 않는 것이 한국과 다를 뿐이다.

작가 노귀는 서른 살이 되어서야 대학생이 될 수 있었다. 그는 고난의 30년 세월을 '대학입시 회복' 한 방으로 되찾았다. 5년 뒤면 중국사회의 정상에 오를 '후삼계' 세대, 그들은 노귀와 더불어 고난의 시절을 보냈고, 지난 30년 개혁·개방에 구체적으로 참여하고 헌신했다. 문화대혁명, 그 잃어버린 10년을 중국 사람들은 용케도 살려냈다.